新潮文庫

悲素

上巻

帚木蓬生著

新潮社版

10848

和歌山カレー事件の犠牲者・被害者の方々に本書を捧げる。

悲素（上）——目次

下巻目次

悲素

上巻

1　一九九八年七月二十五日

事件を知ったのは、翌二十六日の、日曜の朝刊だった。

夏祭りで60人食中毒
和歌山、手作りカレー原因か

小さな見出しだったものの、「中毒」はまがりなりにも専門にしていたので、眼が釘《くぎ》づけになった。

二十五日の午後六時過ぎ、町内の夏祭りで手作りカレーライスが出され、住民六十数人が食中毒症状で病院に搬送されていた。

症状は吐き気と腹痛だ。激しい嘔吐《おうと》と手のしびれ、不整脈を伴った三十五人は入院になっていた。市保健所は集団食中毒とみて、原因食材の特定を急いでいる――。

このくだりを二、三度読み返して、首をかしげた。集団で中毒症状が出ているにしても、これが食中毒であるはずがない。食中毒、いわゆる食あたりでは、通常の食物の中に潜む病原菌が、食品中や体内で繁殖して毒素を出し、病気をひき起こす。

そのため経口摂取から発症までは時間を要する。仮に夕食の食べ物に菌がはいっていたとする。吐き気に襲われ、腹痛と下痢が始まるのは、寝入る前か夜中、あるいは明け方だ。

もちろん早いときは、三十分くらいでも症状が出る。この場合、食物の中で病原菌が充分に繁殖して、毒素を出していなければならない。当然、食物は変色して腐敗臭がし、味も変わっているはずだ。

いくら独特の匂《にお》いと色、味をもつカレーとはいえ、調理担当の住民が気づかないはずはない。

新聞記事は、「食べている最中から気分が悪くなる人もおり、会場は一時騒然となったという」と記していた。

これが事実なら、食品自体に変わった点は一切なく、症状は口にしたとたんに発現している。何らかの毒物がカレーライスに混入したとしか考えられない。

しかし「住民が集う」夏祭りの会場で、何のためにカレーの中に毒を入れなければならないのか。さまざまな薬品を使う大工場ならいざしらず、住民総出の炊《た》き出しのような場で、誤混入など起こるはずはない。

無差別のテロだろうか。

特定の人物をねらった殺人だろうか。ひとりを標的にするのはむずかしいので、他の犠牲はかえりみず、犯行におよんだのだろうか。もしそうなら、冷酷無比の犯人だ。

いやそもそも、混入された毒物は何なのか。

疑問は堂々巡りで、また振り出しに戻っていた。

妻のいれたコーヒーを口にして、ＮＨＫのテレビをつけっ放しにした。後続の情報が分かるかもしれなかった。

はたして正午のニュースの冒頭が、カレー事件だった。内容が朝刊と異なり、混入毒物が青酸に変わっている。しかも既に四人の死者が出ているという。

青酸が検出されたのは、犠牲になった人の司法解剖の結果だった。

アナウンサーの滑らかな口調にかかると、いかにも理路整然、まことしやかに聞こえる。しかし混入された毒が青酸となると、食中毒以上におかしい。

青酸中毒は、吐き気や嘔吐、腹痛といった生やさしい症状ではない。低濃度の青酸化合物であれば、確かに吐き気とめまい、脱力感、呼吸促迫がくる。しかし死人が出るほどの高濃度の場合、数秒以内に意識消失する。十五秒以内に呼吸数が増し、三十秒以内にけいれん発作に襲われる。いずれにしても短時間で呼吸停止する。

青酸化合物が延髄にある呼吸中枢《ちゅうすう》に直接影響して、呼吸を止めるからだ。その一方で、青酸が赤血球中のヘモグロビンと結合して、シアンヘモグロビンをつくる。血液は鮮やかな赤色となって、被害者の顔も紅潮して見える。司法解剖に手慣れた医師であれば、容易に異変に気づく。

しかも青酸中毒の治療法は確立している。たとえ、被害者が昏睡《こんすい》状態にあって自発呼吸がない場合でも、心臓が動いていれば、救命の可能性はある。気道を確保して、酸素を吸入させ、すぐさま亜硝酸アミルとチオ硫酸ナトリウムを投与する。二つとも青酸の解毒剤《げどくざい》だ。亜硝酸アミルは、五分毎《ごと》に一アンプルを三分かけて吸入させる。チオ硫酸ナトリウム一〇％は一二五ccを十分かけて静注《じょうちゅう》する。その前に、亜硝酸ナトリウム三％の一〇ccを三分静注してもよい。

夕方のニュースは、NHKも民放も事件を青酸カレーと言い続けた。

二十七日の月曜日、テレビと似たような内容の新聞記事を読んだあと、家を出て地下鉄に乗った。大学病院前駅で降り、売店で、購読していない全国紙二紙を買った。

母校の衛生学教室の教授として赴任したのは六年半前だ。自ら願っての就任ではなかった。

そもそも出身は衛生学教室ではない。卒業と同時に神経内科に入局し、八年働いて学位を取った。その後二年間、カナダのモントリオール大学附属臨床医学研究所に留学した。研究所での専攻はパーキンソン病で、実験モデルとして、ラットにマンガン中毒を起こさせる治療実験に従事した。

帰国後、労災病院に併設された健康診断センターの初代部長に推挙された。健康診断といっても通常の健診ではなく、特定化学物質によって、労働者の健康が損われていないかどうかを調べる仕事だった。化学物質による健康被害には、鉛や水銀、砒素《ひそ》などの金属中毒と、トルエンやトリクロルエチレン、メタノールなどの有機溶剤中毒があった。

四年後にS医科大の神経内科助教授になり、五年後、同門先輩のあとを継いで教授に昇格した。同時に、大学内に新設された産業生態科学研究所、環境中毒学研究室の教授も併任した。

ここでの研究は、環境物質や有毒ガスが生体に及ぼす影響についてだった。ラットなどの動物に、さまざまな化合物を投与したり、ガスを吸入させて、どういう症状が発現するのかを確かめ、さらに治療手段を探る研究には、興味がつきなかった。

犠牲にした小動物の数は、とても数えきれない。しかしどれも、人の健康を守るための研究で、ラットやマウスの死体を眼にするたび、胸の内で合掌した。

この仕事が気に入り、定年まで研究を続け、骨を埋《うず》めるつもりでいた。ところが八年目に、母校の衛生学教授のポストが空いたので就任して欲しいとの依頼が、医学部長から届いた。

その任ではないと、一度は辞退の返事を書いた。これが同期卒業の友人たちに知れ、何人もから説得された。

結局、「母校を見捨ててどうするのだ」という同期生たちの叱責《しっせき》が効いた。見捨てているわけではなかった。しかし推挙されて断るのは、見捨てるのと同義だろう。衛生学教授の席は、もう半年以上空いたままだったのだ。

二十年ぶりに通い始めた学内は懐《なつか》しかった。ほとんど以前と変わらないなかで、ひとつだけ大きな違いがあった。明治後期の開学時代に建てられた解剖学の講堂が、影も形もなくなっていた。

医学部に進学すると、まず解剖学の講義が始まる。その木造の講堂は古色蒼然《そうぜん》としていて、若い医学徒を驚かせるのに充分だった。急峻《きゅうしゅん》な階段教室は二百人弱の収容能力があり、最上段に着席すると、教壇はまるで谷間に沈んでいるかのようだった。

それでも教授の声はよく響き、黒板の字も前席に坐《すわ》る頭や肩に邪魔されずに見えた。

卒業して医局にいた頃、老朽化した学内の建物の取り壊しが始まった。唯一《ゆいいつ》、解剖学講堂だけは残存が決まった。桜並木のある比較的広い空地まで、建物は解体されずに、そのまま移転させられた。

毎日数十センチずつ、転《ころ》の上を動いていく光景は、壮観だった。移設が完了したのは、二、三ヵ月後だったろうか。移動と補強も含めて、四、五千万円はかかったらしい。

臨床棟から医学図書館に向かう途中、この解剖学講堂の脇《わき》を通るのが近道だった。手で板壁にも触れられた。コンクリートの建物だらけの医学部構内で、そこだけが木造だったのだ。

建物は使われていなかったものの、いつか講堂内の教壇に立ち、医学生たちに講義ができる日が来るのを夢想もした。

しかし講堂は、ある日、忽然《こつぜん》と姿を消していた。S医科大にいたころ母校の教室に用事があって学内にはいったとき、講堂のあった場所は更地になり、あたりに建設用のシートが張り巡らされていた。

関係者に訊《き》くと、新病院の建設が決まり、計画の敷地内にある建物と樹木、記念像などは、すべて撤去されたのだという。

桜並木は伐《き》られ、記念像は移転保存させられた。あの解剖学講堂については、移す場所もなく、取り壊しを教授会が決定したらしい。

今になって解体するくらいなら、なぜあのとき、わざわざ費用と手間暇をかけて移動させたのか。

おそらく、移転を決めたときの教授会と、取り壊しを決定したときの教授会では、メンバーが全員替わっていたはずだ。どの科でも教授は通常十年から十五年で入れ替わる。四半世紀経《た》つと顔触れは一変する。

過去も大事にする世代から、将来しか見ない教授世代に総入れ替えになったに違いない。

母校は確かに、忌《いま》わしい過去を持つ。特に解剖学教室は過去の汚点と密接につながっていた。

先の大戦末、昭和二十年の五月、陸軍西部軍の収容所にいた米軍機の搭乗員のうち八人が、母校での生体解剖の犠牲者になった。

その現場が、解剖学教室にある解剖実習室だったのだ。執刀担当は第一外科の教授以下であり、解剖学教室としては、単に実習室を貸したに過ぎなかった。

担当の教授は戦後獄中で縊死《いし》し、西部軍関係者で絞首刑二名、終身刑二名、母校の医学部関係で絞首刑三名、終身刑二名の判決が下された。二年後の再審減刑と講和条約による恩赦で、関係者は昭和三十三年までに全員が出獄した。

こうした汚点など、母校出身者にとっては、足裏の飯粒同様、取り去ってしまいたいのが人情だ。その眼で見れば、解剖学講堂も、汚点を思い出させるやっかいな物でしかない。

母校の前身である京都帝大福岡医科大の開学は一九〇三年だから、あと五年もすると、百周年を迎える。しかし、百周年を祝おうにも、開学当時を目撃していた建物はもはやひとつも存在しない。

解剖学講堂は、それほど貴重な証言者だったのだ。

かつて留学していたモントリオール大学では、古い建物を壊すなど、古木《こぼく》を伐るのと同じくらいの愚挙とされていた。創建当時のままの建物があちこちに残され、まだ現役だった。学生や研究者たちにとっては、自分が伝統の中にあり、新しい伝統を築いていく責務を、知らず知らず感じとる環境になっていた。

赴任した衛生学教室は、かつて在籍していた神経内科と違って、こぢんまりとした所帯だった。助教授と講師、助手がひとりずつ、他に研究員が五名、補助員が三名で、総勢十二名だった。うち、女性が八人なので、ここは女性の職場だと言ってよかった。既に出勤している教室員たちが、教室で購入しているブロック紙を広げていた。

「先生、これは青酸じゃないですよね」

牧田助教授が訊いてきた。

「でも警察が、犠牲者の身体《からだ》から青酸を検出したのでしょう」

女性の研究員が言う。

「それは検出ミスじゃないかな」

答えると、全員が意外な顔をした。警察の科学班がそんな初歩的な誤りを犯すなど、信じられないという表情だ。

「だとすれば、大変ですよね」

牧田助教授がブロック紙の三面を指さした。

「カレー食べるな」怒声

それが大きな横見出しで、脇に少し小さく「和歌山の青酸事件」と付記され、さらに下に縦の小見出しが見える。

口がピリピリ…「苦しい」うずくまる子ら

記事の横には四人の犠牲者の顔写真が載っている。上二人は男性、三人目の女性はまだ中学生だろうか。四人目は明らかに小学生の男児だ。

さらに左側に見出しと記事が並ぶ。

医師証言「青酸と分かれば手あった」

伝達遅れ治療後手に

これらの大見出しと小見出しだけでも、青酸でないのは明々白々だ。青酸で口がピリピリするはずはなく、特徴は苦味だ。「苦しい」と、もがいたとしても、うずくまるのではなく、喉元《のどもと》をかきむしるはずだ。うずくまったのは、むしろ腹痛のためだったからではないか。

牧田助教授からブロック紙を受け取って、活字を読む。「次々に腹を押さえてうずくまる子どもや大人たち」と書かれていた。さらに医師証言にも眼を移す。

当初、集団食中毒とみられていた和歌山市の青酸カレー事件。患者の搬送先の病院には二十六日午前十一時前になって、市当局からようやく青酸化合物であることが伝えられたが、その時点で既に四人の犠牲者を出していた。

患者が次々と運ばれた二十五日夜。「他の病院に運ばれた患者の瞳孔《どうこう》が縮小している。リン中毒ではないか。しかし警察は青酸化合物の見立てで動いているようだ」。ある病院の医師が保健所に問い合わせると、そんな返事が返ってきたという。

この医師は「リンの数値が特異に出るということはなかった。初めから青酸化合物と分かっていれば、解毒剤の投与など違う手だてもあった」と悔やむ。

市幹部は二十六日夜の記者会見で「けさから報道でシアン混入の話を聞き、警察に問い合わせたが相手にしてもらえなかった。こちらも事実確認できないと動けない。病院では酸素の吸入など青酸中毒の処置はなかなか施されていなかったようだ」と苦渋の表情。

別の病院の医師は「当初は食中毒として対症療法をしていたが、まさかシアン化合物とは思わなかった。シアンと分かって解毒剤を投与することにしたがストックがなかった。入手できたのは二十六日午後になってから。初めての経験だ」と話した。

治療現場のうろたえぶりが、そんな記事から伝わってくる。しかし記事中、「患者の瞳孔が縮小している」という症状は、見逃せない事実だった。青酸化合物の中毒では、瞳孔は散大し、縮小はしない。それが分かっている現場の医師は、警察の発表に戸惑ったに違いない。

「青酸では瞳孔は縮小しないですよね」

牧田助教授が確かめるように再び訊いた。

「しません」

首を振り、買って来た全国紙をテーブルの上に置く。

保健所によると、「二十五日午後十時ごろ、患者が搬送された一病院から、青酸化合物特有の瞳孔が閉じている症状が出た」という連絡があった。

今回の青酸カレー事件では、治療にあたった医師が「発症が速すぎる」「患者の瞳孔が縮小している」として、通常の食中毒と異なることを指摘していた。

食中毒ではないと判断をしていた医師も、瞳孔の縮小が青酸化合物ではない証拠だとは、思い至っていないようだ。その前の医師は、瞳孔の縮小を青酸化合物特有だと誤解しているふしも、記事からはうかがわれた。

いずれにしても、現場の医師たちは、自分の臨床的直感や知識よりも、警察の発表を大本営発表のように受け取って、思考停止に陥っていた。

「青酸の症状ではないのに、どうして警察は青酸だと断定したのでしょうか」

牧田助教授が解せないというような顔をする。

「県警の科学捜査研究所というのは、看板倒れで、研究所の名には値しません。検査間違いですよ」

「警察で、検査間違いをするのですか」

若い研究員が素頓狂《すっとんきょう》な声をあげる。

「研究所の能力から言って、仕方ない。青酸化合物の検出にはピリジン・ピラゾロン法を使う。しかしこの方法では、極めて低濃度の青酸でも反応するし、塩素にも反応して、クロの結果が出る」

「偽陽性ですね」

牧田助教授が頷《うなず》く。

「青酸は通常の食品にも微量含まれているし、イネ科やバラ科の植物の種子にも、含まれています。トウモロコシ、サトウキビ、タケノコを食べていれば、陽性反応が確実に出るでしょうね。ピリジン・ピラゾロン法では」

「先生、青酸はおかしいと、和歌山県警に通報しなくていいのでしょうか」

年長の研究員が訊き、牧田助教授も顔を向けた。

「いずれ、誰かが言うと思うよ」

「誰かって、誰ですか」

研究員が食い下がる。「先生が言えば、警察も聞く耳を持ってくれます」

一瞬、室内が静まり返ったようだった。

答える代わりに、新聞の一紙を手にして教授室にはいった。

教室員が勧めるように、県警に連絡すべきか一瞬迷った。しかし和歌山県警に知り合いなどいない。地方の医学部の衛生学教授が電話を入れたとしても、とり合ってくれないだろう。地元の福岡県警に一報を入れたとて、県警同士の垣根は高い。よその県警の発表に水をさすような出しゃばり方はしない。

ここは黙して待つしかない——。そう決めても、まだ心の内では何かがケバ立っていた。

食中毒でも青酸でもなければ、混入された毒物は何だろうか。手がかりは瞳孔縮小だった。

搬送された患者を診察した一部の医師が疑ったように、有機リンやカーバメイトによる中毒が最も考えられる。つまり農薬で、これなら比較的簡単に誰でも入手できる。この場合、血液中のコリンエステラーゼが極めて低くなる。今のところそこまでの検査は、各病院でされていないようだ。低下が判明すれば、治療には硫酸アトロピンの大量投与がいい。有機リンの重症例ではＰＡＭ《パム》（ヨウ化プラリドキシム）を使う手もある。

治療法がある以上、やはり和歌山県警なり、市の保健所に知らせるべきだろうか。またしても迷いがきた。

もし間違っていれば、こちらに責任がふりかかってくる。いや間違っていないのは確実で、農薬が原因だろう。

逡巡《しゅんじゅん》を紛らわすように、新聞を広げて、読み直す。そこには、事件現場の阿鼻叫喚《あびきょうかん》が活写されていた。

夏祭りの主催者の自治会会長は、救急車が駆けつけたときにも、「自分はいいから皆さんが先に」と最後まで現場に踏みとどまっていた。ようやく搬入された病院では、「しんどい、しんどい」と繰り返しながら、帰らぬ人になっている。

自治会副会長が犠牲になったのも、カレーを早めに食べ、発症したあとも、他の住民の搬送を優先させたからに違いない。

一方、救命された男性は、カレーを自宅に持ち帰り、三、四口食べた際、異変に気がついた。おかしいと思ったとき、外で「カレーを食べるな」と、怒鳴るように触れ回る声を聞いていた。数回吐いて病院に運ばれ、大事に至らずにすんだ。

小学四年の男子児童は、運ばれた病院で、三時間の心臓マッサージを受けたあと死亡していた。もうひとりの犠牲者である女子高生は、翌朝やや持ち直したあと、容体が急変して亡《な》くなった。

四人の犠牲者の他に、治療を受けている住民は六十名を超えているという。

これは無差別殺人ではないか。

何のために。

疑問が頭の中を駆け巡る。

厳密に言えば、無差別ともいいがたい。無差別なら、不特定多数が標的になる。しかしここでは、夏祭りに集う地区の住民が標的になっていた。

地域の住民全体に怨《うら》みをもつにしても、いったいどういう類《たぐい》の怨念《おんねん》なのか。

外部からはいり込んで毒物を混入させるのは、容易ではない。地域の夏祭りとはいえ、集まって来る住民はお互い顔見知りのはずだ。犯人はその地区の住民だろうから、早晩足がつく。

自殺目的で毒物を混入させたのだろうか。何の罪もない他人を道連れに自殺することがあるにはある。しかしその場合、賑《にぎ》やかな夏祭り会場などは選ばないのではないか。

それとも犯人は、他人がもがき苦しんで死んでいくのに快楽を感じる人間なのだろうか。そうなると快楽殺人の無差別殺人だ。犯人はこれ以前にも、似たような殺人をしている可能性が大きい。快楽が快楽を呼び、次第に多人数の殺人に拡大していくからだ。

とはいえ、そうした殺人鬼は孤立した生活を送っているのが通常で、地域住民の中には溶け込まない。

いくら考えても、結論めいた考えには行きつかなかった。

その後の一週間、牧田助教授もこの事件を話題にしなかった。五人目の犠牲者は出ておらず、被害者たちの治療が順調に進んでいるように見えたからだろう。

八月三日の月曜日、出勤すると間もなく牧田助教授が教授室の扉を叩《たた》いた。

「先生、砒素だそうですよ、あれは」

全国紙のひとつを広げて、指さす。何の言及もなかった、家で購読している経済紙に対して、そこには大見出しが躍っていた。

青酸カレー　ヒ素化合物を検出
複数毒物混入　故意、強まる

「砒素ですか。なるほど」

「砒素だと辻褄《つじつま》があいます」

牧田助教授が大きく頷く。

そのとおりで、自分の浅慮を恥じるしかなかった。急性の砒素中毒であれば、まず発現するのは嘔吐で、それも二、三回にとどまらず、二十回や三十回でもおかしくない。瞳孔も縮小する。

迂闊《うかつ》さを悔いる理由は、他にもあった。衛生学教室先代の西石教授は慢性砒素中毒研究の大家だった。教室には砒素に関する資料が集められ、業績も多かった。しかも西石教授が、一九八五年発足の日本ヒ素研究会の初代会長だったため、教授就任を機に、成り行きで自分も副会長に祭り上げられていたのだ。

西石教授が率いた教室の主要業績も、森永砒素ミルク中毒事件の食品汚染や、土呂《と ろ》久《く》に代表される公害病、環境中にある砒素の長期曝露《ばくろ》による職業病など、健康影響が主な研究目的になっていた。

とはいっても、今回のような急性砒素中毒と慢性砒素中毒では、病状が全く違う。もちろん、当初は食思不振、嘔吐、下痢と便秘がある。ついで皮膚の発疹《ほっしん》と色素沈着、結膜炎、経気道曝露すれば鼻炎、気管支炎が生じる。その後知覚異常と感覚麻痺《まひ》、四肢の筋萎縮《いしゅく》が起こり、最終的には、心臓水腫《すいしゅ》、肝腫、黄疸《おうだん》、腹水、貧血、腎不全《じんふぜん》などによって死亡する。

砒素を検出する生体試料としては、急性の曝露では尿と血液、慢性曝露では尿の他に毛髪と爪《つめ》が用いられる。

捜査本部が今回用いたのも、おそらく被害者たちの尿に違いなかった。

牧田助教授に文献を集めておくように頼み、午後、衛生学の補充講義に赴く。前期の出席日数が不足している学生に対して、夏休みの最中に行う補講で、これを受講すれば欠席分が補える。意地の悪い措置ではあるものの、一種の免罪符で、学生には人気があった。

講義室にぱらぱらと坐っている十人ほどの学生を前にして、スライドを使いながら講義をする最中も、砒素中毒が頭に去来する。講義の内容は、振動工具の長期使用が起こす振動障害についてだった。一九八一年、大企業であるM重工業K造船所の元従業員たちが、障害が出たとして会社を訴えた。訴状では、手の振動が中枢神経にも広範な影響を及ぼして、脳に器質的な障害を及ぼしていると主張されていた。

振動障害の病態そのものは、そんなに新しい病気ではない。白蠟《はくろう》病とも言われ、チェーンソーを使う山林労働者に多く見られる疾患だ。レイノー現象が特徴で、寒冷下、発作的に手指が白くなる。白蠟という呼称もそこに由来していた。

レイノー現象は末梢《まっしょう》循環障害であり、末梢神経障害も加わって、手指のしびれとだるさ、痛みが生じる。肘《ひじ》関節より末梢の可動制限や、握力低下の運動障害も発生する。

S医科大神経内科の助教授をしていた頃、大手造船会社から鑑定を頼まれた。元従業員たちが、中枢神経にも障害が出ていると訴えたからだ。

諸外国の研究論文をかき集めて解析すると、手の振動が脳までも変化させるという研究結果は、ひとつも得られていない。患者を診察しても、障害が出ているのは末端部のみで、末梢循環障害と末梢神経障害、骨・関節系の運動機能障害の三障害にとどまっていた。

元従業員たちが、被《こうむ》った障害をなるべく広範囲にしたい気持は分かる。しかし医学的事実は絶対に曲げられない。

「手腕振動が大脳の自律神経中枢に損傷をひき起こすという仮説を確認する資料は、現在のところ全くない。当該患者の診察でも、障害は末端の三障害に限定される」

これが鑑定の結論になった。その後、国の林野庁関連の職域で、振動障害の訴訟が相継いだ。判決は、いずれも大脳障害説を認めず、三障害のみを認定していた。

医師たるもの、医学的な基本問題に関しては、公正かつ妥当な結論を導くための助力は惜しむべきではない。そのための行動と尽力は、医師の重要な使命である――。

補講の学生たちを前に、そう結んで講義を終えたものの、胸の内では冷汗をかいていた。カレー事件で、警察の青酸説が誤謬《ごびゅう》だと分かっていながら、一週間何の行動も起こさなかったのが悔やまれた。

講義を終えて教室に戻ると、牧田助教授がひと抱えはある資料をテーブルの上に置いた。

「先生、教室にある資料は、ほとんど慢性の砒素中毒に関するものです。急性中毒については、これから探します」

それだけ言って、そそくさと退室した。

資料に眼を通しているうちに、二つの事件が記憶の底から立ち上がってきた。

ひとつは森永砒素ミルク事件だ。事件は一九五五年の六月頃から八月にかけて起こっていた。西日本一帯で、乳児に原因不明の病気が発生した。発熱・不眠・不機嫌・下痢・嘔吐・咳《せき》・流涙《りゅうるい》が初発症状だった。皮疹・色素沈着・脱毛が続き、腹部膨満・貧血・肝腫、重症になると黄疸と腹水、けいれんに至る。

患児はすべて人工栄養児であり、その粉ミルクは森永乳業の製品だった。

原因が砒素中毒だとつきとめたのは岡山大学の小児科教室で、厚生省は直ちに飲用中止の通達を出した。被害患児の総数は約一万二千人、死亡した患児は百三十人にものぼった。

粉ミルクを製造したのは、森永乳業の徳島工場だった。乳質の安定剤として添加された第二燐酸《りんさん》ソーダに、多量の砒素が混入していたのだ。第二燐酸ソーダの納入業者は製薬会社で、製造元は日本軽金属だった。その製造過程で砒素が混入していた。

本来この製品は工業用の薬品で、製薬会社もそのつもりで納入していたという。工業用だから価格は安い。森永乳業が使った理由もそこにあった。

「砒素が混じっていたなど知らなかった」「納入業者を信じていたので、品質検査もしておらず、必要性もない」と、裁判の過程で森永乳業は責任を認めなかった。自社が売り出す食品の最終的な検査は、当然その会社がやるべきだった。森永乳業の頑迷な態度は、大企業の傲慢《ごうまん》ともとれた。広汎《こうはん》な不買運動が起こったのも、当然の帰結だろう。

事件から十四年後、成長した患者に、後遺症が残っている事実をつきとめたのは、大阪大学の衛生学教室だった。一部の患者に、中枢神経系における発達の遅れが存在しているのが判明する。中枢神経系の変化として、知的障害やてんかん、脳性麻痺が出た。その他身体的には、皮膚に角化症や点状白斑《はくはん》が見られた。

ところが森永乳業は責任はおろか因果関係さえも認めなかった。見かねて被害者支援に立ち上がったのが中坊公平《なかぼうこうへい》弁護士だ。組織的な不買運動に苦りきっていた森永乳業を説得し、国も舞台に引っ張り出す。被害者を守る会とともに、三者合同による救済の会が設立された。それが一九七四年で、被害発生から十九年の歳月が経っていた。

もうひとつの慢性砒素中毒事件が、宮崎県で起きた土呂久砒素公害だ。一九二〇年、土呂久鉱山で始まった亜砒酸《あひさん》製造のための亜砒焼きは、一九三七年の日中戦争勃発《ぼっぱつ》とともに、毒ガスの原料として製造が増加する。戦時中の一九四一年、火災で休山となったものの、一九五五年に再開される。最終的な休山は一九六二年である。

戦前の二十一年間と戦後の七年間、総計二十八年間の亜砒焼きで、土呂久の谷は粉《ふん》塵《じん》やガスの飛散、坑内水によって汚染された。最初の被害は、製造開始後の牛馬の奇病と付近住民の死亡だった。

住友金属鉱山が、鉱山の鉱業権を譲渡された一九六七年以降も、健康被害は続く。住民や地方紙の公害告発で、県医師会と環境庁がようやく動き出す。一九七一年である。ところが、検診を実施した県医師会は公害を否定し、環境庁から派遣された調査官も公害とは認めなかった。同年、宮崎県行政当局が、粉塵の砒素濃度調査を実施した。土呂久地区が高濃度の砒素で汚染されている事実をつきとめたにもかかわらず、数値を三桁《けた》低くして発表した。

ここで調査に乗り出したのが、母校の公衆衛生学教室だった。もともと衛生学教室と公衆衛生学教室は、兄弟分の関係で、同じ建物の同じ階にある。衛生学が個々の健康被害や健康増進を任務としているのに対して、そこから分離した後者は、統計を駆使した疫学、予防医学に重点を置いていた。

現在のF教授とは、S医科大で同じ時期に在籍した関係でウマが合う。ゼミや同門会も合同で開き、研究教育面でも人的な交流があった。

一九七二年、土呂久の煙害を証明したのが、F教授の二代前のK教授だ。鉱山近くの民家の梁《はり》に眼をつけた。梁の上には数十年間の埃《ほこり》が積もっている。亜砒焼きの旧窯《かま》・新窯双方から民家までの距離と、埃中の砒素量を計測した。すると距離と見事に反比例して、砒素が分布していたのだ。窯に近ければ近いほど、砒素の濃度が高かった。鉱山活動による大気汚染は揺ぎようのない事実になった。

さらにK教授は、鉱山のある町の保健所管内で、休山三年前の一九五九年から十年間に肺癌《がん》で死去した住民に着目した。肺癌死は二十七人いて、うち二人は調査不能だった。残り二十五人のうち、土呂久近辺に居住歴を有する人は十九人にのぼった。対照群と比較しても、有意差をもつ高率だった。長年にわたる砒素の慢性曝露が、肺癌の原因になっていることが示唆《しさ》された。

実際、発癌性物質のうち、飲料水経由で発癌性が証明されている唯一の物質が砒素である。皮膚癌が最も多く、肝臓癌、腎臓癌、膀胱《ぼうこう》癌も引き起こす。

砒素そのものは、自然界に広く分布している。土壌、水圏、大気圏、生物圏に微量含まれる砒素は、もともと地球の地殻由来である。土壌中の砒素濃度は、地域と国によって異なる。開発途上国のバングラデシュでは、国際支援組織が一九七〇年代に国中に掘った、数百万ヵ所に及ぶ手押しポンプ式井戸が仇《あだ》になった。土壌が高濃度の砒素を含んでいたため、砒素に汚染された井戸水を、四千万人近くの国民が長年にわたって飲んでいた。「歴史上最大の集団中毒」と言われているものの、まだ詳細な調査は始まっていない。

バングラデシュ以外では、インドのベンガル地方で四十万人、中国の内蒙古《うちもうこ》や山西省では百万人近くに、現在も慢性砒素中毒が発生している。

これらはいわば、自然界に存在する砒素による中毒だ。これに対して、森永粉ミルクと土呂久の砒素は、人為的に製造された砒素である。

国内で広範囲な砒素使用が始まったのは戦前からで、戦後は一九七〇年代まで殺虫剤や殺鼠《さっそ》剤、除草剤の原料になった。

現在でも、木材防腐剤の他、工業用途に砒素はなくてはならず、半導体産業や電子産業界、ガラス製造で使われている。

砒素は有毒な無機砒素と無毒の有機砒素に分かれる。無機砒素は三価と五価の砒素があり、土呂久で製造された亜砒酸は、代表的な三価の無機砒素化合物だった。

一方の有機砒素化合物の代表はメチル化砒素で、他にもジメチル化砒素、トリメチル化砒素がある。このうち魚介類や海草に多く含まれているのが、トリメチル化砒素だ。

人体での砒素の代謝は、さして複雑ではない。まず三価の無機砒素は、腸が吸収したあと、肝臓でメチル化が行われて無毒化される。さらに体内でメチル化を受けて、ジメチル化砒素となって尿中に出る。

五価の無機砒素は、体内の還元型グルタチオンによって三価の無機砒素にされて、あとは同様の代謝を受けて尿中に排泄《はいせつ》される。

他方、有機砒素のうちのメチル化砒素は、体内でメチル化されてジメチル化砒素になり、尿中に出る。ジメチル化砒素とトリメチル化砒素は、そのまま尿中に排泄される。このメチル化には男女差があり、女性は男性よりメチル化率が高い。毒を胎児にまで行き渡らせないための、神の摂理、自然界の妙かもしれない。

有毒な無機砒素を摂取した場合、生体がすべてを代謝によってメチル化できれば害は生じない。しかし摂取量が許容量を超えると、砒素が細胞毒となって、障害が起きる。代謝されない砒素は、一部は体内に残り、大部分は尿中に混じって出る。

砒素の排泄経路は、この他にも便や汗、頭髪や爪にもある。これはごく微量で、やはり排泄の主体は尿だ。

捜査本部が砒素を検出したのは、犠牲者の保存されていた尿と臓器、そして生存者が今でも排泄している尿からだろう。あるいは残されたカレーからだったかもしれない。

被害者たちが摂取した無機砒素の量は、尿中の無機砒素、メチル化砒素、ジメチル化砒素の濃度からある程度の予想はつく。トリメチル化砒素のほうは、通常の食物由来なので無視していい。

とはいえ砒素の検出は容易ではない。最も普及しているのは、還元気化―超低温捕集―原子吸光法である。

まず、生体試料をアルカリで加熱して、無機砒素、メチル化砒素、ジメチル化砒素、トリメチル化砒素を生成させる。これに還元剤を添加して還元し、砒素のガス体に変換させる。無機砒素はアルシン、メチル化砒素はメチルアルシン、ジメチル化砒素はジメチルアルシン、トリメチル化砒素はトリメチルアルシンに、それぞれ変わる。

このアルシン類を、液体窒素を使って、超低温下でカラム内に導いて捕集し、濃縮精製する。そのあと室温に戻す。四種のアルシンの沸点が異なるのを利用して、沸点ごとの分離が可能になる。

分離されたアルシン類を、それぞれ一〇〇〇度に加熱した石英セル内に導くと、原子化される。それを原子吸光法で測定すれば、定量値が出る。

この一連の操作が簡単ではない。分析の自動化が困難で、手技の熟練も要する。液体窒素も必要なので、一般の分析機関での測定は期待できない。

県警本部に設置されている科学捜査研究所レベルでは絶対に不可能である。警察庁科学警察研究所でも、はたして設備をもっているかどうかは疑わしい。

「事件の原因が砒素となると、何かまた振り出しに戻ったようですね」

六時過ぎてもまだ研究室に残っている牧田助教授が言った。

「しかしこれは大きな一歩ですよ。これまでの食中毒も青酸中毒も、間違った出発点です。出発点を間違えば、いくら突っ走っても、ゴールにはなりません」

「でも、砒素からゴールまでは相当長いですよね」

「いや、案外、近いかもしれません」

そう答えたのは直感だった。原因物質の発見で、行程の半分近くは走り切っている感じがした。

四日後の八月七日、牧田助教授が全国紙を手にして報告に来た。

「昨日、M医大の内山先生が、患者の尿から砒素を検出したらしいです」

記事に旧知の研究者の名前が出ていた。

「捜査本部はやっぱり内山先生に行き着きましたか」

内山助教授は日本ヒ素研究会の一員で、砒素の生体内代謝については、間違いなく第一人者だった。そもそも、還元気化―超低温捕集―原子吸光法という砒素分析法を考案したのも、内山助教授だった。英文の一流学術誌に、日本人の健常者の尿中砒素濃度の平均値と上下限値を発表したのが五、六年前だ。

「内山先生がいれば、警察も鬼に金棒でしょう」

内山助教授を知っている牧田助教授が目を輝かす。

記事には、最高で正常値の七百倍もの砒素化合物が検出されたと書かれている。とすれば、今後も生存者の尿中の砒素濃度の変化も追跡できる。

「事件発生から十二日ですか」

思わず呟《つぶや》く。「これがあと十日も遅れていたら、尿中の砒素はさして高値でもなかったでしょうね」

「早くてよかったですね」

砒素代謝の速さを知っている牧田助教授が頷く。「しかし砒素だと分かっても、これからの治療が大変ですね」

「治療法はないに等しいですからね。自然排泄を待つしかないです」

被害者には気の毒だがそれが現状だった。とはいえ、長期間にわたって取り込まれる慢性曝露と比べればましかもしれなかった。

高濃度砒素の慢性曝露の例が、台湾の風土病と言われた烏脚病《うきゃくびょう》だ。井戸水が砒素に汚染されていたため、通常の慢性砒素中毒の症状に加えて、四肢の皮膚の黒色病変と壊死《えし》が出現した。それがあたかも烏《からす》の脚を思わせ、病名の由来になった。

井戸が封鎖されたのは二十五年以上も前なのに、烏脚病患者の尿や爪、毛髪からは、今でも高濃度の砒素が検出されている。

「しかし先生、犯人はいったい誰でしょうか」

牧田助教授が改めて問いかける。

「それはもう警察の仕事ですよ」

答えたものの、捜査当局が歩むべき道は、思ったほど平坦《へいたん》でないような気がした。

2 砒《ひ》素《そ》

盆休みが明けた八月十七日月曜日の午前九時少し過ぎ、和歌山県警から電話があった。

「沢井先生、和歌山県警から電話です」

教授秘書の声は心なしか張りつめていた。

「はい、沢井でございます」

受話器を握り、努めて冷静に応じる。

「お忙しいところ申し訳ありません。和歌山県警で刑事部長をしております加藤と申します。実は、先生もご存知でしょうが、例のカレー事件に関して、どうしても先生のお力を借りなければならなくなりました」

相手は五十過ぎだろうか、力のこもった太い声だ。

「どういうご用件でしょうか。あの事件は砒《ひ》素《そ》が原因だと聞いています」

「はい。詳細は、お会いしてから申し上げます。できれば明後日の十九日にうかがいたいのですが、先生のご都合はどうでしょうか」

「十九日ですか」

机の上の大判の手帳を開く。

「はい、先生のご都合がよろしければ午後二時頃参上します」

有無を言わさぬ押しの強さだ。

「結構です。午後は教室にいます。場所はご存知ですね」

「はい、調べればすぐ分かります。本当にありがとうございます」

ダミ声が一瞬ほころびたように柔かさを帯びた。

受話器を置いてひと息つく。相手の迫力に押されたのか、緊張の余韻が残っている。やがてドアの外が騒がしくなった。和歌山県警から電話があったのが伝わったに違いない。

ドアを開けると、牧田助教授以下ほとんどの研究員が集まっていた。

「先生、やっぱり出番ですね」

牧田助教授が興奮気味に言う。

「いや、まだ何の用件かは分からない。明後日の午後、刑事部長が来るそうです」

「たぶん、砒素中毒の患者の診察の件ですよ。だって砒素中毒の患者を日本で一番診察しているのは、先生でしょう」

「それは違う。森永砒素ミルクでも、土呂久でも、患者を診察した医師はもっといます」

「それは昔のことです。診察した医者はもうみんな亡《な》くなっているか、一線を退いていますよ。現役の臨床医では沢井先生が一番です」

牧田助教授の言葉も、まんざらお世辞とばかりは言えなかった。ある事件や公害で患者が発生し、それを診察した臨床医がいたとしても、その知見が、後輩に直接伝わるとは限らない。事件そのものが稀《まれ》であれば、臨床医が第一線から退くとともに、経験の伝授は途絶える。知識の伝達は、書き残された文献が唯一《ゆいいつ》の経路になる。

何人くらいの砒素中毒患者を診察してきただろうか。

教授室に戻って棚のファイルを手に取る。実際に診た患者のメモやノートは、その中にまとめていた。

原因のはっきりした急性中毒の患者を診たのは、およそ十年前だった。自殺目的で砒素を飲んだ患者で、死にきれず、寝たきりの悲惨な状態になっていた。その前にも三例くらいは診察していた。いずれにしても、この十年間には一例も診ていない。

台湾の姜《きょう》教授とは二十年前から面識があり、急性中毒例が出れば、そのたびに台湾に行っていた。診療録を見せてもらったり、二例は実際に患者も診察した。これは、実際に診察をした三例のうちの二例で、貴重な経験となった。台湾での症例は六例だった。

合計十例が、診療録上、あるいは診察上の経験例と言えた。わずか十例の経験で、この道の専門家と自称するのもおこがましく、そう目されるのも気恥ずかしい。

十二、三年前、S医科大にいた頃、医学雑誌『内科』に「水銀・ひ素・タリウム中毒の診断基準・重症度」と題する論文を書いていた。このときの砒素については、自分で経験した症例はほとんどなく、諸外国の過去の症例報告を集められるだけ集めて、知見を総合していた。

たとえ経験例は少なくとも、文献上で接した間接的な症例は膨大な数にのぼる。そもそも、急性砒素中毒例を、一生のうち経験する医師はまずいない。経験したとしても一例がやっとだろう。

そう考えると、十例の経験は、案外胸を張ってもいいのかもしれなかった。

十九日の午後二時を少し過ぎて、暑いのにもかかわらず、スーツを着た二人の男性の来訪を受けた。ひとりは想像していたとおり、体格の良い、いかにも柔道の有段者と分かる、白い髪の混じる刑事部長だった。もうひとりは、部長よりは少し若い。刑事というより学者然とした風貌《ふうぼう》をもつ検視官だった。

教授室にはいる前に、二人とも最敬礼に近いお辞儀をした。名刺のやりとりをしたあと、勧めたソファに坐《すわ》っても、背筋は伸ばしたままだ。

「ここがすぐ分かりましたか」

秘書が運んで来た冷茶を勧めながら言う。

「医学部そのものは分かりましたが、構内のどの辺が衛生学教室なのか、タクシーの運転手も、正門の守衛に訊《き》いていました。それでも途中で迷って、通っている白衣の人に尋ねて、ようやく辿《たど》り着きました。遅れて申し訳ありません」

加藤刑事部長は、額と首筋の汗をぬぐう。

「構内が広いのにはびっくりしました」

三島検視官も口にする。

「医学部の他に薬学部、歯学部がはいっていますし、医療技術短大もあります。全国でも、医学系でこれだけ広い敷地を持っているのは、ここだけではないでしょうか」

刑事部長は頷《うなず》きながら冷茶をひと息に飲んだ。

秘書を呼んでお代わりを頼むと、ひとしきり恐縮する。冷茶で緊張もとれたらしく、姿勢を前のめりにさせて本題を切り出した。

「本来なら県警本部長がじきじきに参るべきなのですが、現場を留守にはできないので、代理としてやって来た次第です」

現場から離れられないのは、刑事部長とて同じだろう。そこにも、のっぴきならぬ事態が感じられた。

「何かお手伝いできることがあれば」

水を向けると、二人に安堵《あんど》の色が浮かんだ。

「カレー事件に関して、どうしても沢井先生のお力を借りなければなりません」

三島検視官と眼を合わせ、刑事部長は続けた。「先生のお名前は、M医大の内山助教授にお聞きしました。砒素の臨床で、沢井教授の右に出る人はいないと、内山先生は言われました。先生と内山先生は、日本ヒ素研究会でご一緒なんでしょう」

「内山先生はよく存じ上げています。砒素の毒性や分析、代謝にかけては、世界でも三本の指にはいる方です」

「日本ヒ素研究会というのは、会員が二、三百人いて、そこに、わが国で砒素を研究している人たちはすべて集まっているとお聞きしました」

三島検視官が言う。

「常時会費を払っているのは百人強でしょうか。二年に一度、シンポジウムを開きます。どちらかというと医師は少なく、工学部、理学部、農学部、水産学部と、会員の研究領域の幅は相当広いです。医師が少ないので、内山先生は仕方なくそう言われたのではないですか」

「いえいえ、私どもは、この件については、先生以外に適役はいないと確信しています。どうかご助力をお願いします」

突然加藤刑事部長が頭を下げる。三島検視官も深々とならった。

「被害者の方たちの診察ですね。わかりました。六十名くらいおられると報じられていましたが」

「正確には六十三人です。犠牲者は四人です」

刑事部長がおごそかな口調になる。

「患者さんたちは、少しずつ症状は改善しているのでしょう？」

「それぞれ快方に向かっているようです。少なくとも、悪くなっている方はいません」

三島検視官が答える。

「六十三人ですか」

改めて溜息《ためいき》が出る。一度にこれほど大勢の急性砒素中毒が出たのは、世界でも初めてのはずだ。「その六十三人の方の診察ですね」

大変な任務ではあるものの、誰かがやらねばならない仕事には違いない。

「はい。それもお願いしなければなりませんが、実は、他にも患者がいるのです」

刑事部長が一瞬厳しい顔つきになる。

「六十三人だけではないのですか」

思いもかけない発言だった。

「カレー事件とは別件です。私どもは、その患者たちも、砒素中毒ではないかと疑っています」

患者たちなら、複数だ。

「いったい、何人いるのですか」

改めて訊いた。

「少なくとも三人、調べれば人数はもっと増えるかもしれません」

「それが全部カレー事件に関係しているのでしょうか」

たまらず訊いていた。

「すべて関連していると、私どもでは考えています」

今度は三島検視官が顎《あご》を引く。「まず、その中のひとりを診察していただきたいのです」

「その患者、どこにいるのですか」

「身柄は私どもが保護しています。その彼が、確かに砒素中毒であるかどうかを診察していただきたいのです。これまでに入院した病院のカルテは、ほとんど揃《そろ》えています」

「分かりました。その患者は今回のカレー事件とは直接関係のない人ですね」

「別件です」

刑事部長は言い切る。「しかし、根はひとつにつながっていると見ています」

「根はひとつですか」

啞然《あぜん》とする。四人の犠牲者、六十三人の被害者が既にいるのに、まだ他にも、別件での患者がいるなど信じがたい。別件とはいえ、無関係ではないのだ。

「先生、和歌山に来ていただくのは、なるべく早いほうがいいのですが」

三島検視官がうかがうように言った。

当然だろう。間もなく事件からひと月が経《た》とうとしている。マスコミの報道を見ても、捜査が進展している様子はうかがわれない。

「何日くらい滞在すればいいのでしょうか」

「それはもう、先生のご都合の許す範囲で結構です」

「一回では、すみませんよね」

「はい」

すまなそうに刑事部長が顎を引く。「何回になっても構いません。ご都合の許す範囲で」

今は夏休みだから授業もない。しかし休み明けから始まる前期試験の準備もしなければならない。

「まずは、この週末に行きます。金曜日の二十一日に和歌山に行き、日曜の二十三日夕方帰るという予定でどうでしょうか」

「結構です。どうかお願いします」

三島検視官が素早くメモをとる。

「飛行機の手配は、先生のほうでしていただけますか。宿はこちらで手配します。往復の領収書があれば、精算します。通常より上のクラスの席をとられても構いません」

刑事部長が律儀《りちぎ》に言った。「謝礼は、私どもができる範囲の一番上限でさせていただきます」

上限がいくらなのか知らない。確かめる厚かましさも、もち合わせていなかった。

「空港までは、部下が迎えに上がるので、その日でも前日でも、私どものほうに連絡を入れてもらえれば手配します。私にかからないときは、三島検視官のほうにかけて下さい」

刑事部長はテーブルの上の名刺を指さした。

「分かりました」

「この件については、すべて内密にしていただけますか。マスコミに漏れると捜査に支障が出ます。和歌山の現場では、記者たちがうろついて警察の動きをいちいち監視しています。先生が向こうに着かれても、極秘の行動にしていただきます。もちろん空港からの移動も、警察の車ではなく、普通の車を使います。実のところ、ここに来るときも、もうマスコミが先回りしていないかと、心配していたのです」

「いえ、こちらではそんな動きは、一切ありません」

「今後は、そうはいかないかもしれません。沢井先生の名前がマスコミに漏れれば、自宅に記者やカメラマンが張り込みます」

刑事部長がまた額の汗をぬぐい、冷茶をすする。

張り込まれた経験は、まだ生々しかった。

四年前、松本で起きたサリン事件で鑑定を依頼されたときも、教室前の廊下に記者が殺到し、自宅前にもカメラマンが待ち構えていたのだ。以来、医学部構内への無断侵入は守衛室で防いでもらったものの、自宅周辺での張り込みには閉口させられた。

「今回の事件で捜査本部は、カレーに混入していたのが砒素だと、まだ正式には発表していませんよね」

「していません」

三島検視官が首を振る。「公式発表はできないのです。すれば、犯人が証拠湮滅《いんめつ》を図りますから」

「そうすると、今も捜査本部は、青酸カレーの見解を表向きにしているのですか」

「そうです」

今度は刑事部長が苦渋の表情を見せた。

「そもそも、どうやって青酸を検出したのですか」

当初からの疑問をぶつけるのは、このときしかないと思って口にする。一瞬、三島検視官の顔に戸惑いの色が走った。

「あの日、和歌山東警察署の宿直警察官と交番勤務の警察官が現場に着いたのは、午後九時です。実況見分は十一時過ぎから翌日午前二時にかけて行いました。その際に、被害者たちの吐瀉《としゃ》物をいくつか採取して、県警の科学捜査研究所に送っています。鍋《なべ》に残ったカレーもです」

三島検視官の口調には、今後協力してもらう相手に、なるべく誠実に答えようとする意思が読みとれた。「科学捜査研究所では、農薬中毒と青酸中毒を念頭において、検査をしました。それで青酸の反応が出たのです」

「それが過剰反応だったのですね」

「はい。それで確認のため、警察庁の科学警察研究所に収集した試料を送ろうとしました。ところが二十六日は日曜日で、科学警察研究所の毒物担当者は、全員、神戸の学会に出かけていて不在でした。改めて鑑定試料を届けたのが、二十八日の火曜日でした。試料は六つあって、カレー鍋三種の中のカレー、和歌山市衛生研究所から提出された既食分のカレーと未食分のカレー、夏祭り会場の水です。それらの試料のどれに青酸がはいっているかを、鑑定依頼しました。鑑定が遅れたことは否《いな》めません」

「科学警察研究所での青酸の検査は、ガスクロマトグラフ法ですか」

「その種の検査法です。ところが、水からわずかの青酸が検出されただけで、カレーそのものはいった試料からは、検出されませんでした。青酸なしの報告を聞いて、私どもは頭をかかえました。毒の検出については、現場の人間は手も足も出ません。科学警察研究所に頼るしかないのです」

「それはそうでしょう」

「科学警察研究所では、ちょうどその頃、兵庫県で青酸化金属の盗難事件があり、関係があるか、和歌山の試料を改めて分析してみたのです」

「蛍光X線分析法ですね」

「さあ、分析法までは知りません。すみませんです。結果は、カレー試料のうちの二つから砒素が検出され、水のほうは検出されませんでした。そのあと、捜査本部が順次届けた、住民から提出されたカレーや、犠牲者の胃の内容物も、分析にかけられました。そうすると、住民が食べ残したカレーと、会場のゴミ袋の中のトレイについていたカレーからも、砒素が検出されました。もちろん、犠牲者の胃の内容物からもです。それが、八月二日の午後です。日曜日でした。翌三日、保健所を通じて、入院や通院患者の尿、それ以前に採取されて病院に保管されていた尿が、M医大の内山助教授の許《もと》に運ばれたのです。その結果、やはり通常以上の砒素が検出されました」

こうした砒素検出までのいきさつをきちんと頭のなかに入れているとは、さすが検視官だった。

「それでも、捜査本部は、まだ砒素だとは認めていないのですね」

念を押さずにはいられない。

「理由は、前に申し上げたとおりです。こう言っては、負け犬の遠吠《とおぼ》えに聞こえますが、県警の科学捜査研究所が、青酸と早とちりしたのは、犯人を油断させる点で却《かえ》ってよかったかなと思うのです。それで、私どもは、落ち度をそのままにして、公式には訂正していないのです」

釈明したのは刑事部長のほうだった。

「犯人はどう感じているでしょうか」

意地悪な質問を向けてみる。

「まだ油断しているか、証拠湮滅を計画しているか、それは分かりません」

刑事部長が首を振る。

「しかし尿中からの砒素検出については、内山先生がマスコミに発表していますよね」

「それはそれでいいと思います。曖昧《あいまい》なままにしておくのも、ひとつの手です」

「犯人の目ぼしはついているのですか」

またもや厳しい質問になっていた。

「申し訳ないです。それは言えません」

刑事部長は真顔で謝り、三島検視官も頷いた。

「和歌山で診察するのは、カレー事件の被害者の方々と、それ以前の隠れた被害者ですね」

改めて確かめる。

「はい。診察だけでなく、さまざまな検査データもありますので、それも含めて砒素中毒か否かを判断していただきたいのです」

三島検視官が答える。

「そうすると膨大な資料になりますね」

思わず唸《うな》った。「これはひとりの力では無理です。チームを組んでよろしいでしょうか。急性砒素中毒になると、腹部レントゲンの異常、心電図異常、それに血液像の解析が必要になります。少なくとも三人の先生方に助力を仰がなくてはなりません」

「当然だと思います。先生のほうでチームを組んでいただければ、願ったりかなったりです。もちろん、それぞれの先生方にも、できるだけの謝礼はさせていただきます」

今度は刑事部長が言った。

「それでは、明後日、午前中には和歌山に行き、日曜まで滞在します。飛行機の手配が決まり次第、刑事部長さんのほうに連絡します」

「ありがとうございます。この事件に関しては、和歌山県警の命運がかかっております。何卒《なにとぞ》よろしくお願いします」

二人とも立ち上がって、最敬礼に近いお辞儀をする。顔を上げたとき、刑事部長の目が赤く潤《うる》んでいた。

出口で刑事部長が小声で念をおした。

「ともかく、この件は内密にお願いします」

「分かりました」

こちらも小声で応じる。「今から夕方の便で帰られるのですか」

「はい。帰ってもまた仕事です。この三週間、休みなどありません」

二人は教室員にも礼を言って出て行った。

さっそく秘書に、明後日朝一番の大阪行きと、日曜夕刻の福岡帰着の航空便の手配を頼んだ。

牧田助教授を教授室に呼び、今後の予定を告げた。

「正式に依頼されました。被害者六十三人の診察と、検査データの解析です。手伝ってもらえますか」

「はい、それはもう」

牧田助教授がいつものにこやかな顔で承諾する。

「それから、この件は絶対、外に漏れてはいかんらしい」

「分かりました」

労を厭《いと》うというより、楽しみだという表情をした。

翌朝、病院長をしている第一内科のN教授と、循環器内科のT教授に電話を入れ、面会の時間を取りつけた。

卒業年次が三期上のN病院長は専門が血液学で、末梢《まつしょう》血の検査の得意な医師を推薦してもらうには適役だった。

「沢井先生、どういう用件なんでしょう」

病院長室で相対するなり、N教授は痩身《そうしん》の上体を前のめりにさせた。内密の話だと前置きして、用件を口にする。

「砒素の血液学ですか。私自身、全く素人《しろうと》も同然です」

N病院長が目を丸くする。

「文献的には、末梢血の変化と骨髄の変化が報告されています。末梢血では、白血球増加とその後の減少です。赤血球と血小板は初めから減少します。もちろん網状赤血球も出て来ます。骨髄像は、とにかく低形成になるようです」

「そうですか」

病院長は全体の血液像を思い浮かべるように、丸眼鏡の奥の目をさらに見開いた。

「うちの教室で一番血液像に詳しいのは、講師の岡田君でしょう。あとで先生のほうに連絡をとるように言っておきます」

「助かります」

頭を下げて、立ち上がる。病院長室を出ようとしたとき、呼びとめられた。振り向くと、N教授の顔がすぐ近くにあった。

「沢井先生、これは、犯人とうちの大学の戦いですよ。母校の名誉のためにも、よろしくお願いします」

頭を下げられてうろたえる。頭を下げたいのはこちらだった。基礎研究棟に戻りながら、N教授の言葉を反芻《はんすう》していた。

〈犯人と大学の戦いです〉

まさしくそうかもしれなかった。衛生学教室だけでなく、N教授の第一内科、これから援助を乞《こ》う循環器内科、そして放射線科のそれぞれその道の専門家がチームを組むのだ。チームのメンバーを育て上げたのは、紛れもなく母校だった。

そもそも衛生学教室には、慢性中毒が中心とはいえ、長年砒素を研究してきた蓄積がある。なるほどこれは、母校が知力を結集して犯人に戦いを挑むのに他ならない。

昼過ぎに相談に行った循環器内科のT教授は、一期下の卒業だけに、対応も律儀だった。

「わざわざ来ていただいて申し訳ないです」

秘書がお茶を入れて運んでくるまで、雑談で間をもたせてくれた。

「それで沢井先生、今日のご用件は何でしょうか」

いかなる依頼でも受け入れるという態度が感じられた。話を切り出すと、T教授は飲みさしの茶碗《ちゃわん》をテーブルに置いた。

「砒素でも心電図に異常が起こるのですか」

内密の話だと前置きしたのが効いたのか、〈砒素〉のところでT教授は声を低める。

「文献的には、T波の平坦《へいたん》、陰性化とQT時間の延長が記載されています」

「なるほど。砒素が心筋に直接影響を与えるのでしょうね」

ここでも〈砒素〉は小声だ。「沢井先生もご存知のように、心電図異常の判定は自動化されています。そうなると主治医も自分では読もうとしません。うちは、心電図が基本中の基本ですから、自分で読めと、口酸《す》っぱく言っています。教室員の中でもピカ一は助手の大津先生です。読図力にかけては、日本でも右に出る者はいないでしょう」

「ぜひ、お願いします」

「あとで連絡させます。何人分くらいの心電図がありますか」

「事件の被害者は六十三人です。軽症の人は心電図はとられていないはずなので、実際は、四、五十人分ではないでしょうか」

「重症の患者は、何回もとられているはずなので、全部見積もっても、百を少し超える程度ですね。そのくらいの読図、教室員は慣れています。大津先生なら苦にもしないでしょう」

T教授は言い切り、ひと息つく。「しかし、あの事件、そんなに被害者が出たのですか。原因はやはり砒素なんですね」

「あくまでも砒素は内密の話で、和歌山県警もまだ公《おおやけ》にはしていません」

「沢井先生も大変ですね。この前のサリンに続いて今度は砒素ですか」

同情するような口ぶりだ。

「行きがかり上、仕方ありません」

「大津先生も、沢井先生に協力できて喜ぶと思いますよ」

「いいえ、余分な時間をとらせて申し訳ないです」

T教授は、夕方でも大津助手に電話を入れさせる旨《むね》を確約して、送り出してくれた。

残るひとりは、放射線科の本城助教授と決めていた。というのも、教授会で右隣に坐るM教授から、幾度となく名前を聞かされていたからだ。

M教授は一期上の卒業で、四十代の若さで放射線科の教授になっていた。そのためか、こちらが久しぶりに母校に舞い戻って戸惑っているとき、それとなく気遣ってくれたものだ。

「沢井先生、私の後釜《あとがま》はもう決まっています」

まだ定年まで十年近くは残っているはずのころ、M教授は耳許で言った。「うちの本城助教授は、単純X線の読影にかけては、ちょっと誰も太刀打ちできません」

「単純写ですか」

聞き返したのには理由があった。今どき胸部や腹部の単純X線写真など、時代遅れと目されていたからだ。

「血管造影とかCTとかMRIとか、精密な検査機器が続々と出ているでしょう」

M教授はこちらの疑問を見透したように、教授会が終わって、教室に戻る間も続けた。「ところが、基本はあくまでも単純なX線写真なんです。これなら、百年近い知見の蓄積がありますからね。新しい機器が出ると、みんなそれに飛びついて古いものを忘れてしまいます。つまり、百年間の知識を反故《ほご》にしてしまいがちなんです。

新しい機械は高価で、小さな病院は買えません。単純X線の機械はたいていの病院にあります。本城君が偉いのは、その単純写の歴史を知っている点です。単純X線でも、今の機械と十年前の機械では、解像度が違います。十年前に見えなかったものが、細かく写るようになっています。本城君は、同一患者で、今の写真と過去の写真を見比べて、実際は写っていないと思われていた影が、やはりぼんやりと写っているのを確かめるのです。

これは不思議なもので、肺の小さな石灰化の影でも、新しい写真でその位置にあることが分かっていると、古い写真でも、いくらか、かすかな陰影が感じられます」

「あると分かっていれば、変化には気づきやすいですよね」

「そこなんです。新入医局員の頃から、この比較検討を続けていったのが本城君です。他人が見えないものでも、本城君なら異常を見つけます。ほら、一枚の絵画を前にして、我々素人と美術専門家とでは、見えているものが全然違うでしょう。昔の書でも、私たちには、単なる線としか映りません。ところが書家には、文章の意味はもちろん、雄渾《ゆうこん》さとか落ち着きとか、書いたときの境地まで感じられます」

そこまでM教授に太鼓判をおされていたせいで、一年後くらいに、本城助教授本人と初めて会ったときも、旧知の仲のような感覚がした。

そのとき依頼したのは、アスベストの患者の胸部X線写真だった。十四、五年前に石灰化の陰影が既に出ていたかどうかを鑑定してもらった。

石綿つまりアスベストを吸入すると、後年になって肺に中皮腫《ちゅうひしゅ》ができ、呼吸不全で死の転帰をとりやすい。職場や住環境にアスベストが含まれていれば、知らず知らずに吸入して、肺に蓄積する。明白な職業病であり、公害でもある。

死亡時には中皮腫と分からなくても、後日、職場でのアスベストの使用が判明して、死因の再検討が遺族や労働組合によって提起される。定期健康診断などで撮られた生前の胸部X線写真が残っていれば、有力な鍵《かぎ》になる。

依頼された古い写真を本城助教授に持って行くと、その日のうちに読影結果が戻って来た。申し分のない仕事ぶりに、しばし舌を巻いた。

五時頃、放射線教室の医局に電話をすると、病棟のほうに回してくれた。

「沢井先生、ぼくのほうから伺いましょうか」

本城助教授が快活に訊いてくる。

「いえ、今、病棟におられるのであれば、すぐ行きます」

頼む側が行くのが当然だった。日頃、基礎研究棟にいると、病棟にはいる機会は滅多にない。外来にしろ、病棟にしろ、そこに身を置くと、かつて朝から晩まで臨床の場にいた日々が思い出された。

本城助教授は放射線科病棟の詰所にいた。内々の話と聞いて、エレベータ前での立ち話になった。

「例の和歌山のカレー事件です。捜査本部から鑑定を頼まれました」

「先生、また大変ですね」

助教授が驚く。「あれは結局、何が原因ですか」

「砒素です」

小声で答える。

「砒素ですか。マスコミでも二転三転するので、変だとは思っていました」

本城助教授も声をひそめる。

「被害者の診察を依頼されて、明日和歌山に行きます。患者さんを順次診察して、診療録の検査データを調べなければなりません。その中には、当然腹部単純写もあるはずなので、先生に読影をお願いしたいのです」

「腹単ですか」

助教授が瞬時考える表情になる。「砒素は金属ですよね。それなら当然、X線に写るはずです。ぼく自身、経験はないですが、何か文献はあると思います」

「お願いできますか」

「お手伝いさせていただきます」

逆に本城助教授が頭を下げた。

「謝礼は充分出るはずです」

「謝礼などなくても、やらせてもらいます」

助教授が微笑する。「犠牲者は確か四人だったと記憶していますが、生存者は何人ですか」

「犠牲者は四人です。大人が二人、高校生と小学生がひとりずつ。生存者は六十三人です」

答えると、本城助教授は息をのんで黙った。被害者の多さに圧倒されたようだった。

「沢井先生、その六十三人全部を診察されるのですか」

「そうなると思います」

「本当に大変ですね。お手伝いできて嬉《うれ》しいです」

そう言ってくれる本城助教授の心意気がありがたかった。

力強い助っ人が三人、後に控えている。教室の牧田助教授も、目下進行中のラットの実験を棚上げして、時間をさいてくれるに違いなかった。

暑気の残る構内を基礎棟に戻るとき、この仕事にありったけの力を注ぐ覚悟が芽生えていた。

帰宅しての遅い夕食の席で、妻に和歌山出張の旨を告げた。

「ひょっとして、この件が漏れたら、家の周囲にまたマスコミが張り込むかもしれない」

「わたしは別に気にしないけど、ご近所さんに申し訳ないわ」

妻は諦《あきら》め顔だった。

「明日は六時に家を出る。七時過ぎの飛行機だから。帰りは日曜日の夕方になる」

「空港まで送ります」

「すまない」

「犯人の目星はついているのですか」

「刑事部長は明言はしないものの、自信はありそうだった」

「どんな人間なんでしょうね」

「さあ」

二人で首をかしげる。男か女か、若者か中年か、あるいは老人か、その時は全く見当がつかなかった。

3　サリン

明朝早い起床なのに、なかなか寝つけなかった。頭に去来したのは、一連のオウム真理教事件に関与していくきっかけにもなる、四年前の出来事だった。

母校に赴任して二年半が経過した一九九四年の六月二十八日の火曜日、昼前の十一時近く、Y新聞社から電話がかかってきた。男の声で社会部のSだと名乗った。

「H大学の神経内科の教授から先生を紹介されたので、お電話さし上げました。突然で申し訳ありません」

H大学の神経内科の教授なら面識もある。

「どういう用件でしょうか」

「例の松本で発生した事件のことです」

「松本で何かあったのですか」

訊《き》き返すと、相手は驚いた。
「先生は本当に何もご存知ないのですか」
「今朝、家を出るのが早かったので、テレビも見ていません。ラジオも聞いていませ
ん」
七時半に出勤して以降、教室にこもって、医学専門誌から頼まれた末梢《まっしょう》神経障害に
ついての総説を書いていた。〆切《しめき》りは六月末日で、もう余裕はなかった。
「事件が起きたのは、昨夜十一時です。松本市で原因不明の突発事故があり、七人の
死亡者、百人以上の患者が出ています」
呆気《あっけ》にとられる。工場の爆発でもなく、列車事故でもないのに、それほどの犠牲者
が出るなど信じられない。
「亡《な》くなった方々は、みんな急死だったようです。今、司法解剖が行われています。
まだ結果の公表はありません」
「患者さんは、どんな症状ですか」
解剖が重要なのはもちろんだ。しかしそれ以上に、症状は大きな意味をもつ。
「症状は、くしゃみ、鼻水、咳《せき》、息苦しさ、呼吸困難、よだれです」
S記者は興奮気味に答える。「患者さんに共通しているのは、瞳孔《どうこう》が小さくなって

いることと、血液中のコリンエステラーゼという酵素が大幅に低下している点です」

「他に血液の異常はないのですか」

「それは発表されていません。先生、これはいったい何が原因でしょうか」

唐突に質問されても、簡単には答えにくい。S記者はなおも畳みかけた。

「患者さんも付近の住民も大変不安がっています。長野県警も、一刻も早く原因を突きとめるのに必死です」

当然の不安と焦躁《しょうそう》だ。

「血中のコリンエステラーゼが低下しているとすると、原因は有機リンとカーバメイトと考えるのが、専門家の常識です。つまり農薬です」

答えて、また補足する。「しかし、日本で使われている農薬は、ほとんど低毒性で、自殺目的で大量に飲まない限り、中毒症状は起こりません。通常の農薬なら、いくら大量に散布してもそんな被害は出ません」

自問自答しながらの返事になる。「ともかく現時点で言えるのは、有機リン系かカーバメイト系の薬剤による中毒の可能性が大、その程度でしょう」

「付近の池のザリガニも死んでいたようです。これも何か関係ありますか」

相手はなおも訊く。

「有機リンかカーバメイト系の化学物質で、水溶性のものが同時に池の中にはいっていれば、ザリガニが死んでも、不思議ではないでしょう」

「奇妙なのは、急死した七人の人たちは、付近に別々に建ててある三軒のアパートの、二階以上に寝ていたことです。これは、どう説明すればいいのでしょうか」

普通の事件ではないと直感したのはその瞬間だった。

「アパートの上階の人が亡くなっているとすれば、比重の軽いガスが発生し、毒性も相当強かったと考えられます」

「ガスですか」

とても信じられないという声だ。

「池のザリガニの死と、三軒の上階に犠牲者が出ていることを一元的に説明するとすれば、何か水溶性の化学物質で、非常に揮発性が高く、猛毒性のもの。これくらいしか言えません」

歯切れの悪い返答になった。S記者は礼を言い、こちらのファクシミリの番号を聞いて電話を切った。

十二時になって、NHKの昼のニュースを見るために談話室のテレビをつけた。他の教室員も集まって来てソファに坐《すわ》る。

事件はトップニュースで伝えられた。S記者が言ったとおりの大惨事だった。犠牲者はすべてアパートの二階から四階の住人で、一階にはいない。

症状は、咳、くしゃみ、腹痛、呼吸困難で、重症者は入院、中には呼吸管理が必要な被害者もいるという。患者の数は百名を超えていた。特徴は、瞳孔の縮小と血中コリンエステラーゼの激減という点も、S記者の言葉どおりだった。

「先生、何でしょうか」

牧田助教授が訊いてくる。牧田助教授にはその年、第二内科から衛生学教室に移籍してもらっていた。学生時代、先代の西石教授の頃、衛生学教室に出入りしていたと聞いたからだ。半ば有無を言わせない勧誘だった。

「有機リン系の化学物質だろうね」

首を捻《ひね》りながら答える。

カーバメイト系の薬剤で、これほどの犠牲者を出す例など、知っている限りない。

使用されたのは、毒ガスだ。教授室に戻るときには、そう確信していた。

午後一時過ぎ、教授秘書がS記者発信のファクシミリを持って来た。

薬物中毒に詳しい九州大学医学部の沢井直尚《なおひさ》教授（衛生学）は、被害者にみられる瞳孔の縮小や血しょうコリンエステラーゼの低下などから、有機リン系かカーバメイト系の農薬による中毒症状とよく似ている、と推測する。しかし同教授は、現在市販の農薬にはこれほど強力なものはないと首をかしげる。

これが夕刊用の記事だという。申し分なかった。

文面を見ながら、ニュースの画面を思い出しているうちに、身体《からだ》が震え出した。一〇〇メートル四方内にある三つの建物の二階以上の住人を殺すことができるのは、単なる有毒ガスではない。これは化学兵器として使われている毒ガスではないか。

やはりそうだ。そう思うと、震えが戦慄《せんりつ》に変わった。毒ガスの種類は、いったい何か。

リン化合物で、水と反応して有毒ガスが発生するものがある。リン化水素のホスフィンがそれだが、腐魚臭があるのですぐ分かる。加えてこのガスは非常に拡散しやすく、相当量を作るには、大量のリン化カルシウムやリン化アルミニウムが必要になる。ホスフィンの可能性はない。

はたして治療はうまくいっているのだろうか。それも気になる。有機リン系の毒ガスだとすれば、治療は何といっても、硫酸アトロピン、そしてＰＡＭ《パム》だ。両者を併用すれば、なお効果的で、鎮静のためにはジアゼパムの投与もよい。仮に同様な事件が近くで起きるとすれば、予防薬としてピリドスチグミン臭化物がある。三〇mgの錠剤を飲むだけだ。

いやいや、まだ有機リンだと確定したわけではない。しかしその確率は極めて高い。一刻も早く患者の命を救うために、治療法を新聞社に知らせておくべきだろうか——。頭のなかで逡巡《しゅんじゅん》が空回りする。

ともかく新聞社に電話をする前に、もう一度、頭を整理しておかねばならない。猛毒ガスには、かつて第一次世界大戦で使用されたシアン化合物がある。化学兵器としてのシアン化水素や塩化シアンは、確かに毒性は強い。しかし拡散性も強いため、ボンベを多数並べて放射しない限り、広域に多くの犠牲者は出せない。人目にもつく。

窒息剤として有名な塩素ガスであるホスゲン、ジホスゲン、ジボランはどうか。これらは粘膜刺激症状が強く、呼吸器症状が前面に出る。

一酸化炭素も毒性が強い。しかし広範囲に多人数を殺すには、大量のガスがいる。硫化水素と亜硫酸ガスも殺傷力は強い。しかし腐卵臭のような特有の臭《にお》いがするので、専門家でなくても分かる。

殺菌剤としての臭化メチルはどうだろうか。毒性は強いものの、やはり拡散しやすいので大量のガスがいる。

クロロピクリンも、化学兵器として使われた経緯がある。しかし症状は皮膚の水疱《すいほう》と激痛で、今回の事件とは異なる。同様に、イラン－イラク戦争でイラクが使用したマスタードガスのイペリットも、眼の刺激症状がある。ルイサイトも同じで、ニュースで見る限り、皮膚の刺激症状は出ていない。

催涙剤のCSやCNもある。これらは名前のとおり、眼痛や流涙、結膜充血をきたす。これらの症状も、今回の事件では報告されていない。

催吐剤のアダムサイトは、嘔吐《おうと》と悪心《おしん》をもたらし、フッ化水素も皮膚と呼吸器の刺激症状がある。いずれも除外できる。

有毒ガスとしては、他に砒化《ひか》水素のアルシンがあるものの、にんにく臭がして、腹痛や血尿が出現するので、可能性はない。

やはり考えられるのは、有機リン剤だ。有機リン系の毒ガスといえば、タブン、サリン、ソマン、VXがある。これらの神経ガスは、VXをのぞいて第二次世界大戦中にドイツが初めて開発し、戦後も製造技術はイギリス、米国、旧ソ連に引き継がれた。最終的に行きついたのが最強の神経ガスVXだ。被害者の神経系統を障害し、効果の発現も早く、致死性も極めて高い。北朝鮮も、数千トンの神経剤を保有していると目されている。

　ここまで考えて、迷わずY新聞のS記者に電話を入れた。午後三時だった。

「先程は、お電話ありがとうございました。あれからNHKのテレビニュースを見て、いろいろ考えました。松本の毒ガスの原因は、神経剤として使用されてきた化学兵器で、やはり有機リン剤と思います」

「化学兵器ですか」

　相手は全く信じられないという口調だ。「先生の考えておられる化学兵器とは、いったい何ですか」

「神経剤にもいろいろあります。松本で使われたのは、非持続型のサリンの可能性が大です」

　思い切って、名称を口にした。

「サリンですか。どんな字を書くのですか」

「片仮名でサリンです」

「サリン？」

「そう、サリンです。横文字ではSARINと書きます。合成に加わった四名の学者の頭文字を並べてSARINです。サリンの他にソマンの可能性もあります。やはり片仮名でソマン、横文字ではSOMANと書きます。この他にも、タブンや、もっと強力なVXというのもあります。しかしVXは揮発性が低いので、現場に一、二週間は残留します。この可能性は少ないです。タブンも数日は留まるので、除外できます」

「そうすると、サリンやソマンはどうして発生したのでしょうか」

S記者の口調が次第に冷静になってくる。

「もともとどこかに備蓄されていたものを持ち出すというよりも、誰かが作った可能性が大きいと思います」

「誰でも作れる可能性はあるのですか」

「誰でも作れるというわけにはいきません。高度な化学的知識と製造技術が必要です」

「そうなりますと、誰かがサリンを作り、それを持ち歩いてばらまいたということですか」

相手の口ぶりが熱を帯びてくる。

「いやそうではなく、風を利用して散布したのだと思います。そう考えたほうが自然です」

「治療はどうなるのですか」

S記者が畳みかける。

「瞳孔が縮小していて、コリンエステラーゼが低下しているので、各病院でアトロピンが大量に使われているはずです」

「ア・ト・ロ・ピ・ンですね」

「硫酸アトロピンと言ったほうが正確です。もうひとつ、PAMも有効です」

治療薬を口にして、幾分ほっとする。

「それでは、予防法はあるのですか」

「これは三年前の湾岸戦争でも問題になりました。イラクが多国籍軍に対して、神経剤で攻撃してくる恐れがあったため、前線の兵士たちに予防薬を服用させていたようです。ピリドスチグミンという薬剤です」

「えっ、ピ・リ・ド・ス・チ・グ・ミ・ンですか」

「そうです」

「ピリドスチグミンという薬があるのですね。これは容易に入手できますか」

「商品名はメスチノンで、重症筋無力症の治療に使われるので、大きな病院には置いているはずです」

「そうしますと、予防するとして、どの程度の範囲の住民に飲ませたらいいでしょうか」

立ち入った質問を向けられて、戸惑う。

「明らかに原因が分かって、再度攻撃されるのが確かなら、その地域の住民に配るべきでしょうが」

ここでS記者は黙ってしまった。こちらを何か誇大妄想にかられていると思ったに違いない。

「いいですか、今回の松本で使用されたのは普通の毒ガスではなく、明らかに有機リン系の化学物質で、化学兵器です。サリンかどうかは分かりませんが、とにかく有機リン系の化学物質で、水溶性があり、非常に揮発性の高い、猛毒性の毒ガスです」

なおもS記者は黙っているので、つけ加えた。「これは単なる偶発事故ではなく、明確な意図をもった犯罪のような気がします」

そう結んで受話器を置いた。

どっと疲れが両肩にくる。ともかくこれで、原因も治療法もS記者に告げた。丸投げに近いものの、あとはS記者が何とかしてくれるだろう。重い気分の一部が軽くなる。

そのあと、本棚や資料棚にある中毒関係の書物と文献を、手当たり次第に机の上に置いて点検した。

やはり、S記者に伝えた内容に間違いはない。

夕方五時のテレビニュースを見るために、談話室に出る。ちょうど研究員たちが集まってお茶を飲んでいた。テレビでは、かつて松本に毒ガスが備蓄されており、毒ガスが漏れた事故があったことを報じていた。他の局のニュースでも、毒ガスという言葉が頻繁に飛び交っている。

「先生、この毒ガスは何でしょうか」

女性の研究員が訊いてくる。

「新聞記者から電話があって、いろいろ考えてみたけど、有機リン系の化学兵器で、神経剤のサリンかソマンと思う」

「構造式はどうなっていますか」

薬理学教室にも在籍していた牧田助教授から質問されて、メモ用紙に二種の構造式を書いてみせる。いずれも、リンに酸素が結びつき、メチル基とフッ素がついている。サリンよりもソマンのほうが、少し複雑なだけだ。

「タブンというのもあるが、たぶん違うでしょう」

「たぶんですか」

みんなが笑った。

「タブンは揮発性が低く、もうひとつのVXも、極端に揮発性が低いので、今回の毒ガスではないと思う」

教授室の机の上に置いていた英文の文献のいくつかを持ち出して、教室員がいつでも読めるようにした。

同じY新聞の女性記者から電話がかかってきたのは、七時過ぎだった。Kと名乗った。

「今日、小社のS記者にお話しされた内容を確認させて下さい。先生は、今回の毒ガスは、化学兵器に使用された神経剤で、サリンかソマンと考えておられるのですね」

「そうです」

「それは、症状や検査所見から考えて判断されたのですか」

「神経内科医、そして中毒学者として、そうとしか考えられません。数多くの化学物質を検討した結果です」

意地も手伝って断言する。

「その化学物質は、有機合成化学に興味があれば、容易に合成できるものなのでしょうか」

女性記者はなおも訊いてくる。

「いえ簡単ではありません。製造過程での管理と制御が大変ですから」

「それを製造して、何か容器に入れて、持ち歩いて、ばらまくとか、できますか」

「瓶に入れて持ち歩くこと自体、危険な化学物質です。これを化学兵器として使う場合は、夜の攻撃が常識です。風速もあまり強くなく、気温もある程度高いほうが、より効果的です」

「分かりました。今、先生がおっしゃった話の内容を、先生の名前を出して記事にしてよろしいでしょうか」

確認されて、わずかながら腰が引ける。

「今、毒ガスは有機リン系のサリンかソマンと言いましたが、それ以外の秘密兵器の有機リン剤もあるのかもしれません」

「いえ、この件に関しては、防衛庁担当の記者が防衛庁に行って、裏をとっていますから」

K記者は答える。どういう裏をとったのかは知らないものの、化学兵器の類《たぐい》だとは防衛庁も察しをつけているのかもしれなかった。

「そういうことなら、名前を出しても構いません」

「ありがとうございます」

K記者は言い、念のためにと、自宅の電話番号を確かめ、電話を切った。

受話器を置いて溜息《ためいき》が出る。断言をしてしまったのが、はたしてよかったのか。万が一、別な物質が原因だと判明すれば、ひとりだけの恥ではすまされない。衛生学教室、ひいては母校の汚名にもなる。そのときは、おそらく辞職ものだろう。

その後に予想される質問のために、もう一度、資料や文献を点検し直す。ひとつひとつ化学物質を洗い出し、鑑別していく。除外した物質は百を超えた。やはり考えられる物質は、サリンかソマンしかなかった。もう迷いはない。

研究員が誰も残っていない教室を出たのは、九時少し前だった。

自宅に着いて、妻と遅い夕食をすませたあとの十時半、再びK記者から電話がはいった。

「明日の朝刊用の記事です。確認させていただきます。まず、毒ガスはサリンかソマンでよいですね」

「確信をもって、そう思います」

「サリンにしても、ソマンにしても、化学技術者が本気で合成しようと思えばできますね」

「できるでしょうが、制御と管理が相当難しいはずです。ともかくこれは偶発事故ではなく、明確な意図を持って、散布実験をした可能性が大きいです。誰かが瓶に入れて持ち歩き、ばらまくなんてことはできません。自分自身が危険ですから」

K記者は礼を言い、電話が切れた。

再びK記者から電話があったのは、十一時半、入浴中だった。

「本当に何度もすみません。さきほどから毒ガスが発生したと思われる会社員の自宅を、長野県警が家宅捜査を始めたようです」

「その会社員、いったい何を作ろうとしていたのですか」

驚いて訊き返す。

「どうも除草剤を作ろうとしていたようです」

「除草剤ですか」

除草剤とサリンやソマンとは関係がない。合点がいかないまま、電話は切れた。湯船につかりながら、ますます、どこかおかしいという気がしてくる。今どき、なぜ除草剤を作らなければいけないのか。除草剤なら、何十種類も市販されている。毒ガスとは何の関係もない。

風呂《ふろ》から上がり、折り返しY新聞の社会部に電話をし、K記者を呼び出した。

「さっき、会社員は除草剤を作っていたと言われましたね。それは本当におかしいです。今どき、除草剤を特別に作らなければならない理由など、全くありません。これは何か特別な組織が、化学兵器を作ろうとしていたのですよ」

強調したにもかかわらず、K記者の返事は冷静だった。

「そうかもしれませんね」

あっさりと、電話は切れた。S記者同様、相手が誇大妄想にかられていると思ったのだろう。

ベッドにはいっても、頭が冴《さ》えて寝つけない。ひょっとしたら、これはバイナリ・ウェポン（二成分型兵器）かもしれない。サリンとソマンの二成分を混ぜて、化学兵器にもできるのだ。

翌朝二十九日に記事が出て、次々と他の全国紙や地方紙からも電話取材があった。そのたび、毒ガスはサリンであり、化学兵器だと、繰り返した。

しかし記者たちは誰ひとり信じず、サリンにも化学兵器にも関心をしめさなかった。地方大学の衛生学教授の、大袈裟《おおげさ》な妄言と思われたのだ。

週末の七月二日土曜日、妻と柳川に出かけた。鰻《うなぎ》を食べ、川舟に乗ったあと、堀端の老舗《しにせ》旅館で一泊した。

翌日柳川からの帰途、カーラジオをつけた。十二時のニュースになり、松本の毒ガス事件を報じた。長野県警の発表で、被害を受けた地区からサリンが検出されたと、短いニュースが流れた。

「あなた、やっぱりサリンでしたね」

助手席の妻が言う。

そう、サリンだったのだ。間違いなかった。

頷《うなず》くと目頭が潤《うる》んだ。涙がとめどなく流れてくる。この間のたった六日間が、ひと月もの長い道のりに感じられた。

翌週、教室に戻り、さっそく牧田助教授の手を借りて、サリンに関する総説の執筆に取りかかった。今後、同様の事件が発生する場合に備えて、サリン中毒の臨床症状のみならず、診断と治療法を公表しておく必要があった。

基礎文献としては、イギリス国防省が一九九〇年に発行した『化学兵器治療マニュアル』があった。これは母校に赴任する前、S医科大にいた頃に入手していた。

この本をもとに、欧米の文献も引用して、七月いっぱいで、「サリンによる中毒の臨床」を書き上げた。八月に、母校が出版主体となっている医学専門誌『臨牀《りんしょう》と研究』に投稿した。牧田助教授との初めての共著だった。

原稿はすぐに受理され、同誌の九月号に掲載された。

しかし、これがきっかけとなって、後日発生する地下鉄サリン事件の捜査に関与し、証人として何度も何度も法廷に出廷するとは、予想もしなかった。

4　和歌山

家を出たのは五時半だった。妻が空港まで送ってくれた。七時過ぎの福岡空港発の時間と、伊丹《いたみ》空港に着く時間は、前日、加藤刑事部長に伝えていた。

急性砒素《ひそ》中毒に関する最低限の資料は、鞄《かばん》の中に入れている。

機内の席でフローベールの『ボヴァリー夫人』を取り出す。砒素の急性中毒の症状について、これほど生々しく記述している書物はなかった。

フランス語のポケット文庫版には、何ヵ所にも付箋《ふせん》を貼《は》りつけている。父も兄も医師で、少年時代を病院内で過ごしたフローベールは、砒素中毒の症状を見聞きしていたに違いない。でなければ、今日の臨床医でも書けない病状を記載できるはずがない。

若い恋人と不倫を重ねるたび借財をしたボヴァリー夫人は、裁判所から差し押さえの報が届いてうろたえる。医師である善良な夫シャルルが知れば、どんな屈辱が待ち受けているか。

二十四時間後の差し押さえを前にして、半狂乱になったボヴァリー夫人は金策に奔走する。泣きついた昔の愛人からも冷たく断られた夫人が、最後にとった手段が砒素による服毒自殺だった。

フランス語の学習を余儀なくされたのは、カナダに留学してからだ。主任教授のアンドレ・バルボー教授は、パーキンソン病に対するレボドパ治療の先駆者だった。その指導下でパーキンソン病の実験モデルを作るために、ラットにマンガン中毒を起こさせる実験をした。

ケベック州の八割、モントリオール市の六割五分がフランス語系で、州の公用語もフランス語である。もちろん、住民のほとんどが英語も話し、研究所内でも英語で意思疎通《そつう》ができた。

「ここにいる間は、なるべくフランス語を使うように。将来必ず役に立つから」

バルボー教授はそう勧めてくれた。二年間の留学生活で、簡単な会話と、医学論文くらいは読めるようになっていた。

バルボー教授の助言のおかげで、大学にはいって習ったドイツ語とともに、フランス語の知識は、その後も文献を読破するうえで大いに役立った。

知人の薬剤師の倉庫に、毒が管理されているのを知っているボヴァリー夫人は、薬剤師の住み込み弟子を脅して倉庫の鍵《かぎ》を手にする。追いすがる弟子を尻目《しりめ》に倉庫に上がり、青い瓶の栓を抜く。中味の白い粉をそのまま口に入れるのだ。

急いで自宅に戻ったボヴァリー夫人は、手紙をしたためる。封をしてベッドに身を横たえる。

口の中に苦味を感じて薄目を開けると、何が何だか分からずうろたえる夫の姿が見える。水を一杯飲んでも、苦味は消えず、口が渇くばかりだ。すると突然、嘔気《はきけ》に襲われる。枕《まくら》の下に入れていたハンカチを、やっとの思いで取り出す。ハンカチに吐き、夫に捨てさせる。それでも身体《からだ》を動かすと、また嘔吐《おうと》しそうだ。氷のような冷感が、足先から心臓のあたりまで昇ってくる。

苦しいので頭を振る。舌の上に何か重たい物が載っているようだ。たまらず口を開ける。すると再び嘔吐が来る。

心配した夫が夫人の上腹部に手を当てる。鋭い悲鳴とともに、ボヴァリー夫人は呻《うめ》きながら肩を大きく震わせる。顔面蒼白《そうはく》になり、指がシーツをきつく握りしめる。脈をとると不整かつ微弱だ。

何か金属の蒸気をかぶったように汗のにじむ蒼白な顔は、ぴくりともしない。歯がカチカチと鳴る。見開いた眼がぼんやりと周囲をうかがう。夫が何を訊《き》いても、かぶりを振るだけだ。時には微笑さえする。やがて呻き声が大きくなり、最後には耳をつんざく叫び声に変わった。苦しい息の下でボヴァリー夫人は、「自分は大丈夫、じきによくなるわ」と口走る。けいれんが何度となく襲いかかる。「苦しい、ああ苦しい」と叫ばないではおれない。

そして静かな瞬間が訪れる。夫人は娘を枕許《もと》に呼び寄せる。母親の見開いた目と蒼白な顔、にじむ汗に驚いた娘は、後ずさりするばかりだ。

ようやく夫の同僚医師が到着して、吐剤を処方する。しかし吐血した夫人は唇をきつく結んだまま、四肢を細かく震わせる。茶色の斑点《はんてん》が体表を覆《おお》い、触れる脈も弱い。まるで切れる寸前のハープの弦のようだった。

ボヴァリー夫人は断末魔の叫び声で毒を呪《のろ》い、ののしり、早く死なせてくれと哀願する。

フローベールの精密な筆は夫人の臨終の場面そのものは詳細に描いていない。しかし苦悶《くもん》のままの絶命は、新聞で読んだ犠牲者の「苦しい」「しんどい、しんどい」を彷彿《ほうふつ》させた。違いがあるとすれば、ボヴァリー夫人が飲み込んだのは亜砒酸の白い粉、つまり結晶であるのに対して、カレー事件の場合はカレーに溶けた亜砒酸だった点だろう。

結晶か溶解しているかで、当然胃腸からの吸収に差が出る。ボヴァリー夫人が薬剤師の家から自宅まで自力で辿《たど》り着き、手紙をしたためる余裕があったのは、そのためだ。カレー事件の場合は、摂取と同時に症状が出ている。ある意味でこれが幸いしたともいえる。仮に溶けていなければ、夏祭りに集まった全員にカレーがいきわたっていたはずだ。その結果は察して余りある。

小説の中では、苦しんだのはボヴァリー夫人ひとりだった。しかし、夏祭りの会場ではあちこちで苦しみ出す住民が出て、修羅場と化したのだ。

機内のアナウンスが着陸態勢にはいった旨《むね》を告げていた。和歌山と言えば、妻と二人で白浜に来たのが十数年前だ。あれ以来足を踏み入れていなかった。

空港の出口に立って見回すと、二人の男性が近づいて来た。私服の警察官だと察しがついた。

「和歌山県警の刑事光山《みつやま》です。お迎えに上がりました。こちらは小野巡査です」

直立不動に近い姿勢で部下を見やる。

「小野です」

若いほうが緊張した顔で頭を下げた。

光山刑事はいかにも実直そうな五十代半ばの男性で、眼鏡の奥の目が優しかった。

陽光が眩《まぶ》しくいかにも暑くなりそうな空だった。

駐車場に置かれている車は普通車だった。

「今後の送迎も、普通の車でさせていただきます。パトカーだと現場まであっという間ですけど、目につくといけませんので」

光山刑事が助手席から話しかける。

「次回からは、関西空港のほうが便利かもしれません。便数も多いと思います」

ハンドルを握る小野巡査が言い添える。ああそうだったかと不明を恥じた。九州にいると、近く感じるのはむしろ東京のほうで、関西の事情には疎《うと》かった。特に和歌山は心理的にも遠い。

「ともかく現場近くには、カメラマンや記者がうようよしています。地区の住民は、〈取材お断り〉の張り紙を出しています。被害で苦しんでいるうえに、報道陣からあれこれと訊かれるのですから、たまらんと思います」

光山刑事が言う。

「警察もやりにくいでしょう」

同情せずにはいられない。

「私どもは仕方ないです。しかし沢井先生には、多々迷惑をおかけすることになります。申し訳ありません。先生は和歌山は初めてですか」

「以前、白浜に来たくらいです」

「今回は、観光でなくてすみません。この事件が解決したら、今度こそ観光でいらして下さい。いつでもご案内します。今日も、本来なら本部長自らが出迎えなければなりませんが、刑事部長ともども和歌山を離れられません」

それはそうだろう。県警本部長が動けば、取材陣もその動向を注視する。迂闊《うかつ》に移動できるはずはなかった。

「私ども和歌山県警の命運は、この事件を解明できるかどうかにかかっています。いえ、警察全体の運命が、今回の事件をうまく解決できるかで、左右されます。捜査には、大阪府警からも、多数応援をしてもらっています」

光山刑事が事の重大さを強調すればするほど、こちらも身が引き締まってくる。

車は二時間足らずで和歌山県にはいった。光が眩しい。海を西と南にもつ土地はこうも明るいのだろうか。住み慣れた北九州も福岡も海は北にあって、九州とは言え、これほどの陽光は降り注がない。

「あのあたりが、事件のあった場所です」

光山刑事が高速道の右手を指さす。田園地帯に新しく開けた住宅地という風情だ。一戸建てのあい間あい間に、いくつもの更地が点在する。

「見た限りでは静かな所です」

運転席からも小野巡査が言う。

確かにこののどかな住宅地に、世界でも類を見ない大惨事が起きるなど、にわかには信じられない。それだけに地区の住民にとっては、驚天動地の事件だったに違いない。郊外の新興住宅地に一戸建てを構えられるのは、ある程度生活にゆとりのできた人たちだ。見知らぬ人同士が同じ地区に集まり、地域のつながりを築こうとして夏祭りは企画されたのだろう。ところが事件は人々の善意を無惨《むざん》にも打ち砕いていた。天変地異ならともかく、これは明々白々な人為的事件なのだ。

「紀ノ川を越えています」

光山刑事が教えてくれる。

紀ノ川——。何という美しい言葉の響きなのか。有吉佐和子の『紀ノ川』は、若い頃、『複合汚染』や『恍惚《こうこつ》の人』が評判になった折に読んでいた。紀ノ川上流の素封家に生まれた女性と娘、孫の波瀾《はらん》に満ちた女三代記は、そのまま、滔々《とうとう》とした紀ノ川の流れを想像させた。

事件の現場は紀ノ川の河口近くで、目と鼻の先だ。有吉佐和子が存命していたら、この事件に怒髪天を衝《つ》く怒りを覚えていたろう。

紀ノ川のような大河の流れを見ていると、付近の住民も日々の苦労や悩みもふっと軽くなるはずだ。いつか現在の辛苦は過去のものになり、明るい未来が開けるという希望が湧《わ》いてくる。大河にはそんな浄化と再生作用がある。

カレー事件の犯人は、紀ノ川の岸辺に立った体験も、流れに自分の姿を映したこともなかった人間に違いない。

車は高速道路を下りて一般道を海の方角に向かっていた。

「診察していただく前に、ホテルに荷物を預けます」

光山刑事が言い、「ホテルも、ビジネスホテルです。申し訳ありません」とつけ加えた。

ホテルは和歌山港駅の近くにあった。フロントにスーツケースを預け、診察道具を入れた鞄を手にし車に戻った。

車を降りたのは港の近くだった。和歌山市のどの辺かは皆目分からない。光山刑事も敢《あ》えて説明しようとはしない。

案内されたのは小さな交番で、前に二、三台分の駐車スペースがあり、パトカーが一台停まっていた。ガラス戸のむこうで、制服の警官が二人立ち上がった。

「本当にむさ苦しい場所ですみません。ここならマスコミに気づかれる心配はないです」

これまで公民館や民家で患者を診察した経験はあっても、交番は初めてだった。奥が和室になっていた。当直の警官がここで仮眠や休憩をするのだろう。畳の一部はすり切れている。

部屋の隅に、三十代半ばの小柄な男性がTシャツ、短パン姿でうずくまるようにして坐《すわ》っていた。アフロパーマのような髪形で、ちょっと目にはどこか的屋風に見える。

「彼を診察していただきたいのです」

光山刑事が言った。

一瞬戸惑ったものの、畳の上で診察ができないわけではない。

男性に自分の身分と名前を言い、了解を得た。

男は強面《こわもて》の顔で微笑し、「よろしくお願いします」と頭を下げた。

見たところ、意識も清明で、口ぶりにも構音障害はない。しかしどこか、質問に対する反応が鈍く、わずかながらも、知的水準が平均以下かなと感じられた。少しおどおどしているのは、そのためかもしれない。

まず両手をさし伸べてもらい、爪《つめ》を見た。十本の手指に変化はない。あまりに入念に爪を見ているのを不思議に思ったのか、男が突然言った。

「以前、爪に白い線が出たことがあります」

驚いて男に向き直る。

「どんな線ですか」

「いえ、あのう、白い線がほとんどの指に出て、横線です。でも、いつの間にか消えました」

それはそうだろう。ミーズ線がずっと爪にとどまるはずはない。爪の伸びとともに消失するのだ。

胸の内で衝撃が走る。ミーズ線を生じさせる物質は、通常二つしかない。タリウムと砒素だ。このうちタリウムの急性中毒の特徴は、何といっても頭髪の脱毛で、それこそごっそり抜ける。

「髪の毛が抜けて、禿頭《はげあたま》になったことは、ありませんね」

「ないです」

とすれば、この男性が摂取したのは砒素以外にない。

再度手と足を確かめる。角化はなかった。

顔面筋の動き、眼球の動き、舌の突出、聴覚も正常だった。手の動き、指を鼻にもっていく指鼻試験にも、異常はない。両耳に手の平を当てて、頸部《けいぶ》を動かしても、運動痛や運動制限はない。

問題は四肢だった。両手をよく診ると、拇《ぼ》指球筋《しきゅうきん》と小指球筋《しょうしきゅうきん》に、わずかながらも萎《い》縮《しゅく》がある。足を伸ばしてもらって、足底《そくてい》も観察する。明らかなのは、足底部の筋肉群だ。萎縮があるため、土踏まずの部分が異常にえぐれていた。

握力を計測する前に、上肢の近位部の筋力と、手根筋《しゅこんきん》の伸屈を検査した。上肢近位部に筋力低下がないのに反して、手根伸筋と屈筋には軽度の筋力低下があった。

握力計を取り出して、思い切り握ってもらう。右が一九・五、左が二八キロで、明らかな低下だ。通常の成人男性の握力は四〇以上だった。

「すみません。仰向けに横になっていただけますか」

男は当初の緊張感がゆるんだようで、素直に横たわる。これほど詳細な検査を受けるのは初めてで、それが好印象を与えたのかもしれなかった。

近位部の筋力を診るために、太腿《ふともも》に手を当てて、足を持ち上げてもらう。問題はない。しかし、遠位部の腓《ひ》腹筋《ふくきん》には軽度の筋力低下があり、前脛骨筋《ぜんけいこつきん》には中等度の低下が指摘できた。

「手足に、何か妙な感じはありませんか」

「いつもジンジンします」

その返答に、上腕から手指の先まで指先で軽く触れていく。かすかに触れただけなのに、指先では「痛い」という声が漏れた。足先も同様だ。試しに爪楊子《つまようじ》でわずかに刺激しても、手先と足先で痛みが走った。

「以前は、足の裏でごみを踏んづけたときでも、飛び上がるくらいに痛かったです。用心して歩きました」

男が言う。「階段を上がるときも、足がどのくらい上がっているのか、分からなかったです。よく足をぶつけました」

それは位置覚の異常だ。試しに、右足の踵《かかと》を左膝《ひざ》にもっていき、脛《すね》をこすってもらう。稚拙で、二回三回繰り返しても動きがぎこちない。左右を入れかえても、同様の拙劣さだった。

今度は音叉《おんさ》を取り出して振動させ、下肢の太腿のあたりに置く。

「ぶるぶると震えているのが分かりますか」

訊かれても男は首をひねるばかりだ。音叉がどの部位に置かれているか、天井を見ている眼では判断がつかず、わざわざ頭をもたげて位置を確かめた。

「今度は震えているのが止まったら、止まったと言って下さい」

振動が分かる部位でも、指で音叉の振動を止めた瞬間、「止まりました」という返事はない。振動覚と位置覚の著しい低下を両下肢が示していた。両上肢でも中等度の低下が見られた。

長年使い慣れた打腱器《だけんき》で、深部反射を診ていく。上肢で減弱、下肢では消失している。病的反射はない。

「今度は立ってもらえますか」

男は素直に立ち上がる。

「両足をぴったり揃《そろ》えて、まっすぐ立って下さい。いいですね。はい、目をつぶって下さい」

閉眼したとたんに、上体が揺れ出す。揺れは、開眼させて止まった。ロンベルグ徴候の明らかな陽性だった。

「今度は片足で立っていただけますか」

案の定、身体が揺れて、男は両足をつく。

片方の踵をもう一方の足先につけて、畳の縁《へり》を一直線に歩かせてみる。一、二歩進むとよろけ、縁からはみ出す。継ぎ足歩行の障害だった。

爪先歩行と踵歩行もやってもらう。前者は軽度、後者は中等度の障害だと判定できた。

「それでは最後の検査です。普通に歩いてみて下さい」

光山刑事と小野巡査が見守るなか、男は少し恥ずかし気に、部屋の隅まで歩き、こちらの指示で戻って来る。どこか不安定だった。

「今はましになったくらいです。よろよろするときもありました」

男は言った。

「最後にひとつだけ訊いてよろしいですか」

男と畳の上に向かい合って坐る。診察にうんざりするどころか、積極的に協力しようとする態度が見てとれた。

「さきほど、爪に白い線が出ていたと言われましたね。いつ頃でしょうか」

男は自分の指を見た。

「気がついたのは、今年の四月です。四月の三日か四日です」

四、五ヵ月前の変化を、日付までも記憶しているのは、よほど印象に残ったからだろう。

「どんな線ですか」

「三日月のような白い模様です。太さは一ミリか二ミリで、爪の真中あたりに、端から端までつながっていて、真ん中で少しふくらんでいました」

「全部の指にですか」

「全部です」

男が顎《あご》を引く。「十本とも、同じ場所にできました」

「白い線は、いつ頃消えましたか」

「七月です。中頃でした」

わずかひと月前でしかなく、驚く外ない。

「分かりました。診察は終わりです。ありがとうございました」

こちらの感謝に、男も頭を下げてくれた。

小野巡査が男を奥に連れて行く。

「先生、お手数でした。ありがとうございます」

光山刑事が労をねぎらう。

「あの方はどこに住んでいるのですか」

気になっていた疑問を口にする。

「今は、警察の寮に住んでもらっています。マスコミがかぎつけると、事がややこしくなりますから」

知りたいのはそれ以前の住所だった。光山刑事の返答は、そこを微妙にはずしていた。

「そろそろ昼飯にしましょうか。お腹空《なか》かれたでしょう」

訊かれてにわかに空腹を感じる。朝食はトースト一枚と紅茶だったのだ。

「鰻重《うなじゅう》でいいでしょうか」

光山刑事が訊いた。異存があるはずはない。

小野巡査と二人で奥から折り畳みの卓袱台《ちゃぶだい》を出して来た。さっそくお茶を入れてくれる。

慣れない場所での診察で緊張していたためか、喉《のど》も渇いていた。上等の茶葉ではないものの喉にしみる。

「さっき、先生が言われたミーズ何とかという線は何でしょうか」

光山刑事が訊いた。

「ミーズ線ですか。あれは爪の白い線を発見した、ミーズという人の名をとってつけられた線です」

「ミーズ」

「ＭＥＳと書きます。タリウム中毒、砒素中毒で出ます。他にも癌《がん》に対する化学療法や、稀《まれ》にですけど心筋梗塞《こうそく》でも出ます。劇薬で爪の成長が阻害されるのが原因でしょう」

「そうすると、やっぱり彼は、砒素中毒の可能性がありますか」

光山刑事の顔が引き締まる。小野巡査も神妙な顔で卓袱台についた。

「他の要因が除外されれば、間違いないでしょう。タリウム中毒やアンチモン中毒でもないですし、抗癌治療も受けてはいないでしょう」

「そんな治療はしていません」

光山刑事が否定する。「そのミーズ線、足の爪には出ないのですか」

「出ます。本人が気がつかないだけです。足の指をじっと見る人間などいませんし」

「そうですよね」

「しかしあの人は、見たところ鈍い感じがありますけど、よく日付を覚えていますね」

「そこなんです。自分たちも供述調書をとっていて、びっくりしました。日付やその他のこまごましたことを、よく覚えています。記憶は人一倍いいようです」

「ミーズ線に気がついたのは、今年の四月の三日か四日、消えたのは七月中頃だと言っていました。ミーズ線が爪の先端に動いて行く速さは、一日に約〇・一ミリです。ひと月で三ミリ、四月から七月まで四ヵ月あるので、約一二ミリ伸びた計算になります。爪の長さはおおよそ一センチ強でしょうから、彼が言っていたのは事実でしょう」

「医学的にも間違いがないのですね」

光山刑事が頷《うなず》く。「そうすると、ミーズ線というのは、毒を口に入れて、どのくらいの日数で出てくるものなのでしょうか」

「三週から四週です」

「三、四週」

のけぞった光山刑事が、何か計算するような顔をした。

表で同僚の声がし、小野巡査が立っていく。同僚と二人で出前を運んで来た。鰻重はひとつで、光山刑事たちは鰻丼《うなどん》だった。

「先生どうぞ」

「いただきます」

香ばしい匂《にお》いをかぎながら口に入れる。なかなかの味だ。

「先生、さっきの話に戻りますが、四月上旬にミーズ線が出たとして、三、四週さかのぼると、三月の上旬から中旬に、砒素を口に入れた計算になります」

「そうですね」

「実は、彼がうどんを食べて気分が悪くなり、嘔吐と下痢が始まったのが、三月二十八日の夜なんです。少し日数はズレますが」

「日付は、はっきりしているのですね。二十八日から四月三日か四日だとすると、約一週間ですね」

ミーズ線がそんなに早く出現するとは考えにくい。しかし稀にはそういう現象が出るのかもしれない。三、四週というのは、あくまでも統計上の知見だからだ。

「しかし、そのうどんは、どこで食べたのですか」

「ある人物の家でです」

光山刑事は、それ以上は言えないという顔になる。「実は、彼の爪も髪も採取しています」

「いつですか」

「八月十四日です」

「よく気がつきましたね」

まさしく捜査本部の手柄だった。

「カレーや被害者の吐物から砒素が検出されたのが、八月上旬でしょう。そのあと、聞き込みで、彼の存在が分かり、身柄を保護して、取り調べました。そのとき、上からの指示があったのです」

おそらく、砒素を検出した科学警察研究所の命令だろう。

「念のため、もう一度、伸びた爪を採取したほうがいいです。髪も同じです。その場合、採取の日時と、髪は、根元から何ミリで切ったかを記録しておくべきです。科学警察研究所では、ちゃんと判《わか》っているとは思います」

食べながら注意する。重要な試料も、扱いが杜撰《ずさん》だと、裁判官は証拠品として採用しない。

「しかし一体、どこで砒素を食べさせられたのですか」

訊いておかずにはいられない。

「カレー事件があった地区のある家で、住み込み同然で暮していたのです。嘔吐と腹痛、下痢で何度も入院歴があります。その時のカルテも、確保してコピーを取っていますす。あとで、ホテルに届けますので、明日一日かけて、ざっと眼を通していただきたいのです」

新聞やテレビでは報道されていない事実を、光山刑事は淡々と述べる。水面下で、県警本部は着実に捜査の手を伸ばしていたのだ。

「診療録があれば、確かに砒素の急性中毒かどうかは分かります」

「ぜひ調べて下さい。それから、別の症状でも、彼は何度も入院しています」

「別の症状ですか」

「はい」

光山刑事と小野巡査が同時に頷く。

「どんな症状ですか」

「ふらふらして、突然、気を失うという症状です」

「意識障害ですか」

「でも、一日で良くなって、検査でも異常は何にも出ません。頭痛や身体のだるさもあって、何度も入院しています」

「いつ頃でしょうか」

てんかん発作であれば、通常けいれんを伴い、目撃者もいるはずだ。けいれんを伴わなくても、脳波異常くらいは出る。

「おととしの夏から今年の春にかけて、そんな症状が繰り返されています。入院中にも、外出先や外泊先で発作というか、不思議な症状に見舞われています。もちろん入院中や、外来受診のときのカルテは、コピーを取り、担当の医師からも、供述調書をとっています。それらを、じっくり調べてもらいたいのです」

「しかし彼は、二年前の夏から今年の春にかけての意識消失発作を、全部覚えているのですか」

「自分たちも供述調書をとっていて、びっくりしたんです。記憶は驚くほど正確で、日付や時間帯だけでなく、場面や状況を、全部覚えています」

「日記でもつけているのですか」

「いえ、日記などありません」

そうだろう、先刻の男性に日記をつける習慣があるとは、まず考えにくかった。

「カルテを点検されたうえで、後日もう一度、彼を診察していただきたいのです」

「それだとこちらも助かります」

病歴や供述調書を読んで、疑問点がいくつか出てくるはずだ。それを問診と診察で確かめればいい。

「カレー事件の被害者のカルテも用意しております。それも点検してもらわなければなりません」

「わかりました」

答えたものの、はたして、一、二日で全部を通読できるかどうか確信はもてない。

「先生が帰られるのは、あさっての日曜日ですよね。コピーは、警察で責任をもって、大学のほうに送ります。そこで、じっくり、いえじっくりといっても、なるべく早く検討をしていただきたいのです。沢井先生の他にも、三人の専門家の先生に加わっていただけると聞いています」

「そうです。血液学の岡田先生、放射線科の本城先生、循環器内科の大津先生の三人です」

「どうかよろしくお願いします。先生、今後も和歌山においでいただけますね」

「そのつもりでいます」

カレー事件の診療録を検討したあと、当然被害者全員を診察しなければならない。長逗留《とうりゅう》はできないので、週末を利用した二泊三日か、週末に用事がはいっていれば、週の半ばの一泊二日での出張になるに違いない。それがはたして、いつまで続くか。溜息《ためいき》が出そうだった。

「とりあえず、来週の半ばに、もう一度来てみます」

「ありがとうございます。これだけの大事件ですから、県警としても解決を急がねばなりません。もうすぐひと月になります」

光山刑事が苦渋の表情をした。「事件から三ヵ月以内が限度だと、私どもは感じています」

そうだとすれば、犯人の検挙は十月下旬までだ。少なくとも十一月にならないようにしなければなるまい。残る日数は、あとふた月しかない。

その間に、意見書か鑑定書の作成を頼まれるだろう。その前に、警察あるいは検察による供述調書がある。逮捕のあとは、公判での長々しい証人尋問が控えていた。

事件への協力を引き受けたものの、仕事の多さに圧倒されそうになる。当分は日常の大学業務をこなすのが関の山で、本来の研究や実験は当分の間、休止だ。

「午後は、被害者のうち三人だけを診ていただく手はずにしています。いったんホテルに戻って休まれてからにしましょうか」

光山刑事が申し訳なさそうに訊く。

「いや、このまま続けましょう」

「そうですか。では、すぐ連絡を入れます。こちらから出向くと、報道陣に後をつけられます。被害者には自分たちで車で出てもらい、途中の交番で車を乗り替えます」

「あの地区は、住民の動きまで報道陣が見張っています」

小野巡査がつけ加えた。

「大変ですね」

　被害者の診察さえも、隠れてしなければならないのだ。

　鰻重を食べ終えて歯を磨き、そのまま畳部屋で小休止をとった。気を利《き》かして、光山刑事と小野巡査は席をはずしてくれた。

　胡坐《あぐら》をかき、茶をすすりながら、これから診察する被害者を思い浮かべる。事件の衝撃はまだ生々しいはずだ。頭の中も胸の内も、恐怖と怒り、悲しみで一杯に違いない。そんな折、警察に呼び出され、病院ではなく交番で、しかも主治医ではなく、見知らぬ医者から診察されるのは、不本意極まりなかろう。診察にもそれだけの配慮がいる。

「先生、三人のカルテの写しです。聞き取った調書も、二人分あります。診察の前に眼を通されますか」

　顔を出して光山刑事が訊いた。

「見せてもらえますか」

　いきなりの診察よりも、診療録で病状を頭に入れてからのほうが好都合だ。

　小野巡査が、紙袋に入れたコピーを運んでくる。診療録のコピーは三通、調書は二通あった。診療録の一冊には、検査データに胸部X線写真と心電図も添えられていた。

姓からして三人はひと家族で、六十代の女性と三十代の嫁、その四歳の女児だった。供述調書が二通なのはそのせいだ。

姑《しゅうとめ》は、事件当日の午後六時頃からカレーを食べ始めていた。食べ始めて十分ほど経過して、まず吐き気に襲われ、すぐに嘔吐に見舞われた。吐いた回数は三十回だ。食べたカレーの量は、スプーン五、六杯である。

駆けつけた救急車で、近くのN病院に搬送されたのが十九時四〇分、診察中も立て続けに嘔吐するくらいで、すぐに輸液が開始され、制吐剤が静注された。腹痛があり、病室に入った直後、下痢が出現している。

最高血圧が九〇㎜Hgしかないため、翌二十六日、N総合病院のICUに転院となった。輸液とともに昇圧剤が静注されても、最高血圧は七〇台までしか上がらず、酸素吸入も始められた。入院から二週間後ようやく酸素吸入の必要がなくなり、八月中旬に退院になっている。

胸部X線写真を電灯にかざして見る。肺水腫《すいしゅ》と胸水貯留が明らかだ。心電図にも異常があり、QT時間の延長とT波の陰性化が指摘できる。

これだけ見ても重症例であるのは間違いない。緊急の処置が施されていなければ、生命の危機に瀕《ひん》していただろう。ひと月後の今でも、何らかの末梢《まっしょう》神経障害に悩まされているに違いなかった。

三十代の嫁のほうは、やはり午後六時頃からカレーを食べ出して、姑よりは少し遅れて十五分くらいして嘔吐が出現した。回数は二十回ほどで、食べたカレーの量はスプーン三、四杯だ。

姑同様にN病院に緊急入院して、輸液と制吐剤の静注を受け、夜のうちに帰宅した。翌日の朝、軟便となり、月末まで毎日N総合病院に通って、点滴と投薬をされている。姑よりは、幸い軽症ですんでいた。

女児も、やはり午後六時頃からカレーをスプーンで三、四杯口にし、十分か十五分たって嘔吐に見舞われた。十回くらいは吐いたという。すぐに救急車でN病院に搬送された。輸液も静注もされずに、夜帰宅し、翌日念のため同病院で診察を受けた。処置の必要はなく、帰されている。

三人の診療録を読んだだけでも、現場近くにあるN病院のあわただしさが想像できた。

夜八時前だから当直体制にはいっているはずで、医師と看護婦の数は限られている。そこに救急車で搬入されたのは、この三人だけではなく、二、三十人はいたろう。待合室も診察室も、足の踏み場もないくらいの混雑ぶりだったに違いない。

「先生、あと五分ほどで三人が着くそうです」

光山刑事が告げた。

調書と診療録を部屋の隅に片づける。診察道具を用意して待ち受けた。

心配なのは、女児の診察だった。子供の診察に馴《な》れていないうえに、あやし方さえも忘れてしまっていた。泣かれたら、それこそお手上げだ。

「先生、見えました」

小野巡査が三人を伴って来る。三人それぞれに当惑気な顔だ。

「こちらは神経内科がご専門の沢井教授です」

光山刑事が紹介してくれる。

「沢井と申します」

丁重に頭を下げた。「症状がどのくらい重かったか、また現在どのくらい残っているかを調べるために、ここまで来ていただきました。本来ならお宅にうかがうか、どこかの病院で診察すべきでしょうが、捜査の関係上、そうもいかないようです」

「どうもすみません」

光山刑事も頭を下げる。

「お嬢さんの名前は何かな」

女の子に名前を訊き、年齢も尋ねる。可愛《かわい》らしい声で自分の名前を言い、年齢は指をたててくれた。

光山刑事が気を利かして部屋を閉めた。

姑の問診と診察から始めた。

「大変な事件から一ヵ月経《た》ちます。今もどこか具合の悪いところはありますか」

卓袱台を間に置いて訊く。

「最初の頃と比べると、だいぶ楽になりました」

姑はひと言ひと言、かみしめるように答えた。

「さきほどカルテの写しを見せてもらいましたが、血圧も下がり、酸素吸入もされて、大変な状況だったのですね」

「あのまま死んでしまうのかと思いました」

姑の顔に一瞬脅えが走る。「命拾いしたのはよかったのですが、亡《な》くなった人たちのことを考えると、申し訳ない気もします」

最後のほうは小さな声になり、うつむいてしまう。事件後ひと月では、まだ生々しい体験のままなのだ。

「お義母《かあ》さん、何を言っているのですか。助かったのを素直に喜んだほうがいいのに」

嫁は言いながらも、涙ぐんだ。けろっとして元気なのは、女の子だけだった。

「そんなときに診察をさせてもらってすみません。現在どこか具合の悪いところはありますか」

「はい。歩いていて転びやすいです。少しの段差でも、つまずきそうになります」

姑が答える。やはり末梢神経障害が残っているのだ。

「手足にしびれなどは、ありませんか」

「足先に妙な感じがあります。ジンジンするような」

「両足ともですね」

「そうです」

「いつ頃からですか」

「今月の十日頃からです。そのときは手の指もジンジンして、足首から先もジンジンしていました。少しずつよくなって、今は足の指だけです」

「なるほど」

このまま徐々に、異常感覚は消えていくはずだ。「見たところ、どこにも皮膚の発《ほっ》疹《しん》のようなものは出ていませんが、一時期、出たことはありませんか」

「首や肩、腰に赤い点々が出たことはあります」

「いつ頃ですか」

「そうですね」

姑は少し首を捻《ひね》る。「今月四日頃から、つい四、五日前までです」

「そうすると、発疹が消えたのは、八月の十七日頃ですね」

「はい」

この一過性の皮膚症状も、砒素中毒の症状だった。

「すみません。ちょっと歩いていただけますか」

姑が立って、畳の上を歩く。少し不安定だ。そのまま、継ぎ足歩行もしてもらう。なかなかうまくいかず、二、三歩でよろけた。片足立ちも、年齢の割には揺れが大きく、すぐに反対側の足をついた。

そのまま両上下肢の筋力や筋萎縮、表面の感覚、深部感覚、振動覚、深部反射などを診ていく。両上肢の末梢部に筋力低下、深部反射にも中等度の低下があった。頸部の運動痛と運動制限も確かめる。指示のひとつひとつに、姑は嫌な顔もせずに従ってくれた。

「ありがとうございました」

すべての検査を終えて言う。「現在残っているのは、末梢神経の軽度障害のみです。歩きにくさも、足先のジンジン感も、いずれ消えていくはずです」

「そうですか」

姑の表情が明るくなる。「ずっとこのままかと思いました」

「いえ、あと一、二ヵ月で消えると思います」

「ありがとうございます」

姑が頭を下げる。何もこちらが治すのではなく、これは時間が治してくれるのだ。まさしく日にち薬だった。

嫁の問診と診察も、姑の例を見ていたおかげで、要領よく進んだ。

八月中旬から生じた両足関節より先のジンジン感は、現在は消失していた。他の大部分の検査は正常だった。唯一《ゆいいつ》、両下肢の振動覚に中等度の低下が見られた。総合的には、非顕性の末梢神経障害を指摘できた。

最後は、いよいよ女の子だ。嫌がるどころか、歩いてみせたり、片足で立ってみせたり、終始上機嫌で指示に従う。幸い異常はどこにもなさそうだ。

「この子が何度も吐いたときは、もうだめかと思いました」

異常なしと告げられて、嫁がしみじみと言う。

「吐いたのがよかったのでしょうね。嘔吐は、生体の自己治療ですから」

嫁も姑も、意外な顔をする。急性砒素中毒では、『ボヴァリー夫人』にも記述されているとおり、積極的に吐かせた方がいい。制吐剤の投与はむしろ反対の処置だ。

三人に礼を言い、送り出す。既に二時間近くが経過していた。

見送った光山刑事が戻って来る。

「先生、ありがとうございました。二人とも大変感謝していました。こんなに詳しく診察してもらったことは、なかったそうです」

無理もなかった。筋力低下やしびれ感、振動覚の低下などは、MRIやCTなどの最新の機器でも検出できない。

「それではホテルに戻りましょうか。資料は部屋に運び入れています」

小野巡査が車まで案内する。三人でホテルまで戻った。予想していたように外は汗ばむ暑さになっていた。

「先生、自分たちはここで失礼します。食事は、部屋食にしていただいたほうが無難です。フロントに何でも注文して下さい」

丁重な口調ではあるものの、人目につくのは絶対避けて欲しいとの申し入れでもあった。

「何か困ったことがあれば、自分の携帯に電話をお願いします」

小野巡査も言い添える。

「もちろん私のところでも結構です。すぐに対応します」

鍵《かぎ》を渡されて落ち着いた部屋は、ビジネスホテルの中でも最上級なのだろう。広々としたツインルームで、書き物ができる大きな机もあった。隅には段ボール箱が二つ置かれている。

カーテンを開けると、薄曇の下に海が一望できた。ひと息ついて鞄《かばん》からノートを取り出す。記憶が鮮明なうちに三人の診察結果を記録しておきたかった。

5　毒入り食事

夕食に、一階のカフェ兼食堂で鯖《さば》の味噌煮《みそに》定食を頼んだ。食べると部屋に戻って入浴をすませ、すぐに資料の点検にはいった。要点は大学ノートにメモしていく。

交番で最初に診察した和泉典一《いずみのりかず》という男性は、何度も入院しており、診療録のコピーだけでなく、主治医の供述調書もあった。もちろん和泉氏自身のぶ厚い供述調書も、段ボール箱の底に入れられていた。

供述調書を読みながら驚かされたのは、和泉氏の記憶の正確さだった。日付だけでなく、場面や状況を、あたかも昨日の出来事のように供述している。一見したところ鈍感な印象しかないのに、桁《けた》はずれの記憶力があるのは、サヴァン症候群なのかもしれなかった。この症候群は女性よりは男性に多く、自閉症の患者にも高頻度に見られる。記憶の精密さと引き替えに、記憶の幅は狭く、実生活への活用能力には欠けるきらいがある。一瞬見ただけの光景を正確に再現できる。例えば、テーブルの上にぶちまけたマッチ棒を、一瞬見ただけで、その散乱のさまを寸分違わず、置き直せるのだ。十年前に話題になった映画『レインマン』では、ダスティン・ホフマンとトム・クルーズ主演で、サヴァン症候群の特徴が見事に描かれていた。

和泉氏の供述調書によると、最初の症状は昨年九月二十二日に始まっていた。居候《いそうろう》をしていた家で、昼飯にレトルトパックの牛丼《ぎゅうどん》が出た。一口食べると変な味がし、残したかったものの、残したら叱《しか》られると思い、できるだけ具をさけ、変な味のしないご飯だけを食べた。それが午後零時半くらいで、午後三時から麻雀《マージャン》を始め、三時間後の午後六時過ぎになって、吐き気に襲われ、外に出て三、四回嘔吐《おうと》する。麻雀部屋に戻っても腹痛が続き、一時間後、吐き気でまた外に出て吐いた。しかし口から出たのは胃液ばかりで、再び麻雀部屋に戻った。吐き気はおさまらず、頭全体が締めつけられるように痛くなってきた。その後、便意を催し、二、三回水様の便をした。

麻雀自体は夜の十時に終わり、床にはいった。頭痛でなかなか寝つけなかった。

翌日の二十三日は火曜日の祝日で、朝の起床時、体調は少しはましに感じた。それでも身体《からだ》全体にだるさが残っていた。縁側でタバコを吸い終わったとたん、便意に襲われ、やはり三、四回、水様の下痢便があった。

居候をしている家の主婦に連れられ、S病院の当直医の診察を受けたのが正午頃だ。

下痢による脱水症状のおそれがあると言われて、点滴を受け、一日分の胃薬をもらって、帰宅する。

午後三時頃から、麻雀のメンバーがまた集まり、和泉氏も加わった。朝から何も食べていないのに、午後七時になって吐き気がきて、四、五回の嘔吐をした。口から出るのは胃液ばかりで、下痢も三、四回した。S病院処方の薬は、麻雀を始める前と途中で、二回飲んだ。効いた感じはなかった。

麻雀は夜の十時に終了し、メンバーが帰ったあと布団《ふとん》を敷いて寝た。頭痛がし、一時間くらいは寝つけなかった。

翌二十四日も、嘔吐と水様便が続き、家の主《あるじ》に連れられて再度S病院を受診する。急性腸炎の疑いで入院になった。

入院直後は絶食で、点滴が続けられ、三、四日して全粥《ぜんがゆ》になった。しかし食物を見ただけで吐き気がして、身体が受けつけない。ようやく食べられるようになったのは一週間あとくらいだ。続いていた下痢便も、その頃にはおさまった。

主治医から退院可の話があった。しかし自信がなく、和泉氏はもう少し入院させてくれと頼んだ。

週末外泊の許可が出て、十月十一日の土曜日、居候先に戻って麻雀をする。そのまま泊まり、翌日曜日は午後一時から再び麻雀が始まった。そして午後六時半頃、麻雀の最中、麻婆豆腐《マーボードーフ》が出た。大きめのスプーンで、ひと口食べた。三十分くらいして吐き気を催し、外に出て吐いた。嘔吐はその後も三、四回あって、そのたびに外に出て吐いた。最後には空吐きだけだった。腹痛と頭痛もあり、家の主人に伴われて、午後九時に病院に戻った。戻ったあとも下痢は数回あり、やっと下痢が止まったのは三日後だった。

和泉氏は一週間後の十九日にも外出をする。日曜日で、病院では朝食も昼食もとらず、午後になって居候宅に行き、麻雀に加わった。午後七時過ぎ、近くの中華料理店に注文した中華丼を食べた。主婦から、残ったので食べてと言われたからだ。

午後九時前にS病院に戻ってから、吐き気に襲われる。嘔吐が数回続き、遅れて下痢症状も出た。翌日、吐き気はなくなり、下痢だけは三、四日続いた。

胃カメラ検査で胃潰瘍《かいよう》が判明して、その治療も始まった。手足の感覚の鈍さや、しびれが出始めたのは、十月下旬からだ。遅れて痛みを感じるようになる。箱の角にちょっと触れただけでも、針に刺されたように痛かった。

感覚の鈍さは、いつも手袋や靴下をつけているようで、すっているタバコを、知らないうちに落としたこともあった。

結局、和泉氏がS病院を退院したのは、年が明けて今年の一月二十日で、カレー事件の半年前だ。約四ヵ月の入院である。

顔を上げて卓上の置き時計を見る。既に二時間が経《た》っていた。身体の芯《しん》が冷たいのは、よく効く冷房のせいでもなかった。これはまさしく毒殺未遂に違いない。それも一度ではなく、三度にわたって毒を盛られていた。今日の診察結果と照らし合わせて、盛られた毒は砒素《ひそ》しか考えられない。

その事実は、添えられているS病院の診療録で明白になるはずだった。頭を整理するために、ベッドに横になる。毒を入れた人物は、和泉氏が居候をしている家の主婦だろう。しかし一体何のために、家人同様の男を死地に追いやらねばならないのか。

別の疑問も湧《わ》いてくる。そもそも和泉氏は身の危険を感じたはずなのに、なぜ逃げ出さなかったのか。

その家の主婦に対して遠慮があったのか。いやそれ以上に、蛇に睨《にら》まれて身がすくんだ蛙《かえる》になっていたのだろうか。

一回目にレトルトパックの牛丼を食べた際、妙な味に気づいたにもかかわらず、残せば、出してくれた主婦に悪いと感じて、飯だけを口にしている。三回目の出前の中華丼のときも、主婦の余りを出されて口にしている。居候の遠慮なのだろうか。

ベッドから起きて、S病院の診療録をめくっていく。これまでの経験からして、医師の記述よりも、看護記録のほうを綿密に見ていく必要があった。

まず、診療録によると、最初の受診日は、昨年の九月二十三日で、当直医は細菌性の食中毒を疑い、吐き気止めの点滴を開始していた。点滴中に患者が頭痛を訴えたので、髄膜炎も疑い、項部の硬直を確かめ、否定している。

翌日の入院の際、下痢と嘔吐の持続のため、主治医は入院させて検査すべきだと判断した。急性腸炎の診断名をつけ、コレラなどの腸炎を鑑別するために、半年以内の海外渡航歴やペットの有無を問診している。いずれも否定された。

入院当日から、腹部や胸部のX線、心電図検査、血液検査、便培養検査が実施された。

唯一《ゆいいつ》の異常は、炎症反応を示すCRPの高値のみで、ウィルス性の感染も考慮された。ヘルペスウィルスとアデノウィルスの抗体を検査し、いずれも基準値内だった。二十六日に施行された頭部CTと脳波も正常である。この日の血液検査で、CRPの改善傾向と、白血球数二九〇〇の低値が判明した。この低値は九月末には正常化する。

その後、十月二十二日の胃カメラで胃潰瘍が発見され、ピロリ菌も検出されたので、抗菌剤による除菌が始まる。月末から患者の訴えは両手足のしびれになった。主治医は末梢《まっしょう》神経障害と考えて、ビタミンB_{12}などを投与し、一方で膠原《こうげん》病の検査を行い、頸《けい》椎《つい》の牽引《けんいん》も実施した。

しかししびれは改善しないまま、入院当初の消化器症状は消失したために、今年一月二十日の退院を決めた。

担当医師が全く砒素中毒を疑っていないのも、無理はなかった。激烈な消化器症状と、後に出現する手足のしびれは、別物と考えてしまうのが普通なのだ。ひとつの原因から発生していると疑うのは、通常の臨床医には至難の業だろう。

砒素中毒が、通常の検査で捉《とら》えられないとしても、看護婦の観察はそれとは別の砒素の影を見ている可能性はあった。

ほとんど英語の走り書きで記録されている医師の診療録と違って、看護記録は日本語で書かれ、走り書きはない。しかも、一日に二度は観察がなされていた。

入院した翌日の九月二十五日は、頭痛、吐き気、嘔吐、軟便の記載がある。翌二十六日も、頭痛、吐き気、腹痛の訴えが記録されている。その後、吐き気はおさまり、頭痛と腹痛だけは、十月になっても多少横這《よこば》いで続いていた。

ところが外泊から帰った十月十二日から、嘔吐と頭痛、下痢があり、食思不振もある。この症状も日毎《ひごと》に改善し、再度十月十九日に外出し帰宅したが、その夜のうちに帰院してすぐ、腹痛が増悪《ぞうあく》して、下痢が始まる。回復したのは四、五日後である。

そのあとから四肢のしびれ感が出現し始めていた。最初の記載は、十月二十八日であり、ちょうど正座をしていてしびれてきたのが続いている感じだと、患者は訴えている。

十一月三日には、両手足が汗ばみ、電気が起きているようなしびれに変わる。十一月五日には針で刺される感じだとも書かれ、九日にはタバコも落としそうになる。十五日になると、しびれが強いのは両手の親指と人差し指になる。物を持っても、何を持っているか分からず、持った物も震えるという。

十二月にはいっても四肢のしびれは持続し、十二月十二日、じっと立っていると両下肢から力が抜けていく、という記載がある。十二月二十九日は、じっと立っていられない、足の力が抜けると訴えている。

年が明けて今年の一月から、手足のしびれの増加を訴え、しびれ止めの薬はないかと、主治医に訊《き》く。結局、四肢のしびれと脱力、痛みは改善するどころか、増強したままで、一月二十日の退院を迎えている。

ひととおりS病院の診療録を読み終えて、確信はもはや揺ぎようがない。和泉氏が口にした食事に盛られていた毒は、砒素だった。吐き気、嘔吐、下痢、頭痛が、砒素を盛られたたびに出現し、最終的に後遺症として残ったのが末梢神経障害だ。その障害は、S病院退院から七ヵ月たった今日でも、軽減していなかった。

もうひとつの段ボール箱にも、和泉氏の別の診療録のコピーが入れられている。おそらく、光山刑事が言った、意識消失に関連する治療記録だろう。もちろん供述調書もあるはずだ。

時計はもう十二時を過ぎている。朝起きてから今まで、二日か三日分働いたような気がした。ベッドに横たわり、今日診た四人の患者の症状を反芻《はんすう》しているうちに、眠りについた。

6　意識消失

翌八月二十二日、目を覚ましたのは七時だった。疲れていたせいか、一回も途中で覚醒《かくせい》しなかった。朝風呂《あさぶろ》で髭《ひげ》を剃《そ》り、着替えて、一階のカフェ兼食堂に降りていく。客は少なく五、六人がいるのみだ。和食か洋食かと訊《き》かれ、和食を注文すると、珍しく生卵がついてきた。温泉卵ではなく本物だ。味噌汁《みそしる》と卵かけご飯があれば、もう申し分ない。これも、幼い頃、窮乏の戦後期を過ごしたせいだろう。生卵は、病気をしたときくらいしか、子供の口にははいらなかった。

コーヒーや紅茶、お茶だけは飲み放題で、コーヒーを二杯飲んで自室に戻った。

部屋にはいったとたん電話が鳴った。光山刑事からだった。

「お早うございます」

元気のよい声で、夕方、部屋を訪ねたい旨《むね》を告げ、何か不自由はないかと訊かれた。今のところ、何もない。海が見える部屋なので助かったと答え、電話を切る。

陽光の射《さ》す海に多くの小船が出ていた。遠くには大型貨物船の姿も見える。動いていないように見えて、その実、南から北に向かっていた。今日も暑い日になる気配だ。用を足してさっそく机に向かう。もうひとつの段ボール箱の中を確認する。和泉氏の供述調書と、運び込まれた病院の担当医の供述調書があり、加えて診療録の写しも添えられていた。

驚いたのは、S病院を退院したあとも、意識消失や単車事故で二度、あちこちの病院を受診している事実だった。

和泉氏が、上下肢にしびれを残したままS病院を退院したのは、今年の一月二十日だ。

供述調書によると、その二、三日後の一月二十二日か二十三日の夕刻、居候《いそうろう》をしている家で、主婦がいれてくれたコーヒーを飲んだとたん、意識を失った。一緒にいたのは主婦と主人で、カップの上にパックを載せるドリップ式のコーヒーが出された。一日あとの二十三日か二十四日に意識を取り戻した。いつの間にか、居候宅から、両親が住んでいる実家に移されていた。

さらに十日後の二月二日の夕方、居候宅で、主婦が持って来た抹茶《まっちゃ》を飲んだ。その三十分後に睡魔が襲ってきて、意識不明になった。意識を取り戻したのは、四日後の二月六日の昼近くで、K外科病院のベッドの上に寝かされていた。そばに父親が付き添っていた。「二日の夜中に、家まで運ばれて来た。一向に目がさめないので、五日に救急車を呼んでK外科に搬送した」と教えてくれた。実家に運んだのは、居候宅の主人夫婦ではなく、麻雀《マージャン》仲間の土村《つちむら》武という男性だという。和泉氏は、土村氏が自分を実家に運んだことも、K外科を受診したことも覚えていない。

K外科のK医師の供述によると、入院は二月五日から九日までの五日間である。搬送時、和泉氏は深く眠った状態で、痛覚反応がかすかに認められる程度だった。心電図、胸部X線、頭部CT、血液検査でも異常はなかった。血糖値が多少低かったものの、それによって昏睡《こんすい》を起こしているとは考えにくかった。念のため、尿検査で覚醒剤も調べた。陽性反応はなく、K医師の判断は、「睡眠薬か類似の薬物中毒の疑い」になっていた。

最後の意識消失は、二月九日のK外科を退院後、ほぼひと月たった三月十二日である。供述調書から、これが十回目の意識消失であることが分かる。やはり居候宅で突然意識を失い、気がつくと実家に寝かされていた。父親に訊くと、「H整形から電話がかかってきたので駆けつけた。検査で異常がないというので、家に連れて帰って来た」と言う。和泉氏としては、居候宅で何を飲んだかも含めて、その後の経過は全く記憶がなかった。

二、三日して居候宅に戻り、主人にどんな様子だったか訊くと、「タバコを買いに行くと言って、そのまま帰って来なかった。心配していた」と答えた。

H整形外科病院の担当医からも、供述が聴取されていた。救急車が和泉氏を搬送して来たのは十二日の正午過ぎで、単車に乗っていての転倒らしかった。頭部X線とCT、下肢のX線に異常なく、血圧も正常で、傾眠状態だったという。

このあと、約二週間後の三月二十九日、和泉氏は同様の単車事故で、今度はN病院に救急車で運び込まれる。

前日の二十八日の土曜日、居候宅で昼頃から麻雀を始めていた。夕方六時頃、主婦がうどんを作って出してくれた。うどんを食べながら麻雀をし、終えたのは夜の十一時頃だ。真夜中二時まで雑談をし、それからラーメンを食べるため、外に出た。

単車で走っていると、後方から車が近づいて来たため、避けようとしてハンドルを切った。単車の前輪が歩道の側面に当たって、そのまま転倒してしまった。気が動転して、歩道にしゃがんでいたところ、救急車が来てN病院に収容された。

名前を聞かれ、血圧を計ってもらっているとき、急に吐き気がきて、こらえきれずに処置室のベッドに吐いてしまった。ほとんどそのままの形で、うどんが出ていた。

レントゲン撮影中も吐き気に襲われ、看護婦がバケツを持って来たのも間に合わず、寝台の上に嘔吐《おうと》してしまう。さらにもう一度、今度はバケツの中に吐いた。口から出たのは、うどんではなく胃液のようなものだった。

入院翌日には、嘔吐はないものの、吐き気と頭痛に悩まされる。さらに次の日、下痢が始まる。その日だけで七、八回トイレに行き、そのあと水様便に変わっていった。

N病院の看護記録は、この過程を細かく点描していた。

入院した三月二十九日の午前三時に、既に吐き気がみられ、午前中に頭痛が出ている。翌日から翌々日にかけて、ほとんど食思がないのに、入院三日目の三十一日から猛烈な下痢が始まり、四月一日の午後には、水様便になっていた。

四月二日になっても水様便は続き、両手掌《しゅしょう》のしびれが出現し、昼食は食べたものの、夕方には吐き気と嘔吐に襲われる。下痢は止まった反面、顔面と胸部、両下肢に湿疹《しっしん》が現れ、搔痒感《そうようかん》も訴えた。

その後は、全身倦怠感《けんたいかん》、ふらつき、手指のしびれと、両足裏のしびれがあるくらいで、食欲がわずかに出てきた四月十一日に、退院になっていた。

和泉氏は、居候宅で、昨年の九月から十月にかけて砒素《ひそ》を三回盛られている。この直近の入院は、四度目の砒素摂取の可能性があった。嘔吐よりも顕著なのは下痢で、摂取量はあまり多くなかったと思われる。

いずれにしても和泉氏は、一昨年の七月から今年の三月にかけ、約一年八ヵ月の間に、四回の砒素摂取と、十回の意識消失を繰り返していた。生きているのが不思議なくらいだ。

ひと息つき、まだ点検していない診療録を、和泉氏の供述と照らし合わせながらメモをとる。

正確に言うと、意識消失が始まったのは二年前の一九九六年七月二日である。和泉氏が日付まで記憶しているのには驚かされる。やはりサヴァン症候群というべきだろう。

その日和泉氏は、居候宅の主人夫婦と麻雀仲間の土村氏の四人で、カラオケ屋に行った。夜の八時、コーヒーのあとに、注文したコークハイを飲みながら、主人の歌を聴いていた。一時間くらいして、画面の歌詞が二重に見え出した。疲れ目と思い、トイレに行って、顔と目を洗った。それでも二重の見え方は変わらず、二、三回、部屋とトイレを行き来しているうちに意識がなくなった。

翌日の朝八時半、気がつくと居候宅の麻雀部屋に寝かされていた。頭はすっきりしていて、身体《からだ》にも異常はなかった。

家の主人が顔を出し、事情が分かった。「昨夜、カラオケ屋で気を失ったので家に連れて帰り、M外科の先生に往診してもらった。血圧が下がり、脈も少なく、脳梗塞《こうそく》の疑いがあると言われ、救急車を呼んで、R病院に連れて行った。しかしCTでは異常がなく、原因不明だった」という。

M外科の担当医の供述では、往診は七月三日の零時過ぎだ。徐脈と血圧低下があり、手足の麻痺《まひ》もなかったものの、脳梗塞を疑ってR病院に搬送を決めていた。

R病院の担当医からも供述が取られていた。和泉氏は傾眠状態で、吐き気と頭痛、歩きにくさがあった。頭部CTで異常はなく、単なる頭痛と診断されそのまま帰されていた。

しかし全身倦怠感が続くので、和泉氏は七月九日、M外科に入院した。

第二回目の意識消失は、M外科に入院中に起こる。入院から二ヵ月経《た》った九月八日の日曜日、外出して七月二日と同じメンバーでカラオケ屋に行った。夜の七時、コーヒーに続いてコークハイを注文した。すると前回同様、モニターの字幕が二重に見え出した。そのうち意識が薄れ出し、居候宅の主人が心配して、病院に戻ることにした。車の中で意識がなくなり、気がついたのは翌日の朝七時だった。

M外科では、和泉氏をH脳神経外科に行かせ、頭部CT、MRIの検査を受けさせた。結果は異常なしで、九月三十日に退院した。

五十一日後の十一月二十日、三回目の意識障害が起こる。居候宅で午後三時頃、主婦がコッペパンとコーヒーを持って来てくれた。食べたあと、縁側に置いてあるマッサージ機の上に横になっていると、突然眠気が襲ってきた。それが四時半頃で、そのまま意識を失い、気がついたのは翌日の朝九時だった。麻雀部屋に寝かされていた。主人によると、M外科に連れていかれたらしい。原因不明で、そのまま帰宅させられていた。

四回目の意識消失は、大晦日《おおみそか》に起こっている。十一時に居候宅で遅い朝食をとった和泉氏は、午後三時頃、縁側でタバコを吸っていて、突然意識不明になる。気がついたのは元日朝の十時頃で、麻雀部屋に寝かされていた。着ている服からヘドロの臭《にお》いがしたので、よく見ると、服とズボンに泥状の土がついていた。

主人に訊いて理由が分かった。朦朧《もうろう》としながら、庭の先の用水路に向かって小便をしようとして、そのまま落ちたのを、主人が棒をさし出して助けていた。和泉氏は自分で服を脱いでシャワーを浴び、よほど眠かったのか、同じ服を着て、寝入ったらしい。全く記憶に残っていなかった。

そして昨年の一月二十三日、五回目の意識消失に見舞われる。居候宅で遅い朝食を食べ、麻雀部屋に戻って横になっていると、急に眠気に襲われ、そのまま意識不明になった。

気がついたのは翌朝の九時頃だった。麻雀部屋に寝かされ、両手をビニールの紐《ひも》、両足は電気のコードで、ゆるく縛られていた。主人の話では、「気を失ったあと、夢遊病者みたいにうろうろして、何度連れ戻しても、外に出て行こうとする。土村と二人で縛った」らしかった。

このあと九月に居候宅で軽い意識消失発作があり、第七回目の重篤《じゅうとく》な意識消失が起こったのは、十一月二十四日だ。

このふた月前、和泉氏は牛丼《ぎゅうどん》を食べたあとの嘔吐と下痢でS病院に入院しており、十一月二十三、二十四日の連休で、居候宅に外泊する。仲間が集まって麻雀に興じていた。夜七時、主婦が大鍋《おおなべ》におでんを作って持って来た。みんなと一緒に食べ、和泉氏はひとりだけ抜けて、単車でS病院に帰りかけた。それが夜の八時半頃だ。居候宅の細い道から出て、紀ノ川の方向に走り出したとき、突然意識を失った。

気がついたのは翌日の朝方だった。S病院のベッドに寝かされ、枕許《まくらもと》に両親がいた。父親から、「単車が自動販売機に衝突して、救急車でI病院に運ばれた。眉《まゆ》の上の傷を手当てしてもらい、また救急車でここに戻って来た」と、事情を聞かされた。もちろんその間の記憶はない。

I病院の担当医の供述を読むと、搬入されたのは夜八時五十五分である。意識低下の朦朧状態であり、頭部CTで異常がないので、入院先のS病院に帰院させていた。

このあと、和泉氏はずっとS病院で入院を続け、ようやく今年の一月二十日に退院になっている。

最初の意識消失は一昨年の七月二日、最後の意識消失が今年の三月十二日だから、約一年八ヵ月の間に、奇妙な意識不明に十回も陥った計算になる。

原因は明らかで睡眠薬による意識消失だ。てんかん発作にしては、三回とられている脳波で異常波は見られず、けいれん発作も、発作前の前兆のアウラもない。意識回復後によくある頭痛も見られない。何より、てんかん発作であれば、もっと急激に意識消失が起こる。

他に睡眠発作をきたすのは、ナルコレプシーとクライン・レヴィン症候群だ。ナルコレプシーでの睡眠発作は短く、せいぜい数分から十数分で、脱力発作と入眠時の幻覚も付随する。クライン・レヴィン症候群の睡眠は長く、数日から一、二週間は眠り続ける。

糖尿病性昏睡と低血糖発作も、検査結果から除外できる。一過性脳虚血発作を含めた脳血管障害も、頭部ＣＴやＭＲＩ、意識消失前後の症状からして考えにくい。

他には、肝性昏睡、尿毒症性昏睡、高血圧性脳症でも、意識消失は起こる。しかし検査結果からいずれも否定的だ。

残るのは、ガス中毒と有機溶剤中毒だろうが、これも発症状況や病像からみて可能性はない。

結局は薬物中毒、それも睡眠薬の急性中毒しかない。和泉氏に睡眠薬常用の習慣はないので、誰かが睡眠薬を飲み物か食べ物に混入させたのだ。しかも意識消失の兆候は最初の二回はカラオケ屋、あとは居候宅で生じているので、混入もその二ヵ所で行われたと考えられる。

和泉氏の供述内容には、居候宅の主人がよく出てくる。部屋に連れ戻したり、寝かせたりして介抱もしている。他方、食事や飲み物を出しているのは、居候宅の主婦だ。その主婦がどんな人物なのか、和泉氏の供述調書からは全く分からない。

何のために、一家の主婦が、居候している男に睡眠薬を飲ませなければならないのか。

机上の時計を見ると、既に正午を過ぎていた。フロントに電話をかけ、サンドイッチとアイスコーヒーを注文した。

外の日射しは強いものの、部屋は適温で快い。窓から見える海は活気づき、行き交う船の数が増えている。日の光を照り返すさざ波が銀色に見える。

届けられたアイスコーヒーを飲み、サンドイッチを頰ばる。卵サンドのみでいいと、注文していたとおりになっているのが嬉《うれ》しかった。ハムやポテトサラダが挟まったサンドイッチは苦手だった。

ひととおり食べ終えて、ソファにくつろぐ。診療録と供述調書の内容を整理しておきたかった。和泉氏は、砒素にしろ睡眠薬にしろ、居候宅の主婦から生命を脅かされている。それも一回ではなく、砒素では四回、睡眠薬では十回の多さだ。この執拗《しつよう》さが理解しにくい。憎いのであれば、居候をしている和泉氏を追い出せばいい。いや憎いのであれば砒素で殺害もできたはずだ。殺人の痕跡《こんせき》を残さないために、ちびりちびりと度重なる行為を続けたのだろうか。それにしては回数が多すぎる。

あるいは、砒素なり睡眠薬なりの量の盛り方に、失敗したのだろうか。いやそうではない。量の設定に失敗したのであれば、回を重ねるごとに、量を多くできる。その場合、和泉氏の症状は重くなっていいはずなのに、そうはなっていない。

それとも蛇の生殺しのように、和泉氏が苦しむ姿を眺めて、快感に浸ったのだろうか。そういう人間もこの世にいるにはいるだろう。人を何人も殺しているうちに、殺害の喜びを感じていくモンスターのような人間だ。しかしそうした怪物に、普通の家庭の主婦がなれるのだろうか。

そもそも捜査本部が和泉氏の存在に気がついたのは、その主婦がカレー事件に関与していると目星をつけたからだろう。和泉氏が砒素中毒だったとなると、主婦が犯人である確実性は増す。

いわば和泉氏は、カレー事件の間接的な生き証人なのだ。

机に坐《すわ》り直し、今度は時系列に従って和泉氏の被害を並べ直す。

最初の意識消失は、一昨年の一九九六年七月二日に起こっている。二回目は二ヵ月後の九月八日、三回目はさらに二ヵ月半後の十一月二十日、そしてひと月半後の十二月三十一日に四回目の意識消失が起きていた。

年が明けて去年の一月二十三日に、五回目の意識消失に見舞われてからは、しばらく意識消失は起きず、九月中旬に六回目の軽い意識消失発作が起きる。

そして九月二十二日に砒素入りの牛丼を食べ、頭痛、嘔吐、下痢に襲われる。翌日S病院を受診し、いったん居候宅に戻っている。しかし翌日の二十四日になっても症状が続くため、S病院に入院した。これが第一回目の砒素中毒だ。

二十日ほど経った十月十一日、外泊するつもりで居候宅に麻雀をしに行く。翌十二日そこで砒素入り麻婆豆腐《マーボー》を食べ、吐き気と嘔吐、腹痛と頭痛に見舞われ、ほうほうの体で帰院する。

一週後の十月十九日、外出許可をもらって、居候宅に麻雀をしに行く。今度は砒素入りの中華丼を食べる。帰院してから腹痛と下痢に悩まされる。

入院は依然として続き、十一月二十四日、再び麻雀のために居候宅に外泊した翌日に単車で帰院途中、第七回目の意識消失を起こす。

S病院の退院は、今年の一月二十日である。しかしすぐ、二十三日頃に八回目の意識消失、二月二日に九回目、三月十二日に、最後の十回目の意識消失が起こっている。

そしてカレー事件のおよそ四ヵ月前の三月二十八日、砒素入りうどんを食べて翌二十九日単車事故を起こし、今度はN病院に入院になった。N病院の退院は、四月十一日、今からわずか四ヵ月半前である。

一昨年の七月から今年の四月までの約一年九ヵ月、和泉氏はまさに踏んだり蹴《け》ったりの被害にあっている。命を落とさなかったのが不思議なくらいだ。

段ボールの中の資料をすべて点検し終えたとき、大学ノートの半分を費していた。

次の作業としては、意見書の作成が控えている。おそらく急がれる仕事だ。意見書を基にして、捜査本部は捜査の手を広げ、一方で捜査の対象を絞っていく。意見書提出までの余裕は、およそ一週間に違いない。

ノートパソコンを出して、概略を打ち込み始める。細かい点は、あとで追加訂正すればよかった。

午後四時、光山刑事から電話がはいった。何か用事はないかと訊かれ、ないと答えると、五時頃、夕食の寿司《すし》を持ってホテルにうかがうと告げられた。

「お部屋で、一緒に食べさせてもらっていいでしょうか。外出すると、誰に感づかれるか分からないので」

光山刑事が申し訳なさそうに言う。刑事までが隠密行動をとらねばならないとは、マスコミの取材が過熱している証拠だった。しかし取材陣としては当然の行動だ。カレー事件そのものが、犠牲者と被害者の数だけとっても、人類史上最大の人為的な砒素中毒事件なのだ。

そのうえカレー事件以外にも被害者がいるとなれば、取材熱はいやが上にも高まるだろう。光山刑事が異常なまでにマスコミの眼を気にするのも当然だった。

五時きっかりに、光山刑事が部屋の呼び鈴を鳴らした。

「先生、缶詰めにして申し訳ありません」

机の上に山積みになった、調書や診療録のコピーを見て、頭を下げる。

手にしているのは大きめの紙包みだった。テーブルを挟んで向かい合う。折り箱に握り鮨《ずし》がはいっている。

「先生、どうぞ。つい先ほど作ってもらったものです。和歌山でも三本の指にはいるうまい店です。早目にどうぞ」

空腹を感じて、ウニの軍艦巻きから口に入れた。光山刑事がポットの湯を注いで、お茶を入れてくれる。

「先生どうだったでしょうか」

光山刑事が食べながら訊いてきた。

「驚きました。砒素中毒だけでなく、睡眠薬混入もあったのですね」

「やっぱり睡眠薬なんですね」

「それ以外、考えられないでしょう。どうして、あんな目にあわねばならないのですか」

つい質問が口をついて出る。光山刑事の即答はない。

「それに、あの家は何なのですか。彼が居候をしている家です」

「先生だから申し上げますが、私たちが的を絞っている人物が、あの家にいるのです」

光山刑事が厳しい顔つきになる。

「家の主婦ですね」

単刀直入に訊く。光山刑事が頷《うなず》いた。

「亭主のほうも怪しいです」

「すると夫婦で？」

「そのあたりが微妙なのです」

それ以上の説明はしたくなさそうだった。

「和泉氏は、どうしてあの家に居候しなくてはならなくなったのですか。ちゃんと近くに、両親のいる実家があるようですけど」

「それには訳があります」

光山刑事がお茶を飲み終えて言葉を継ぐ。「彼は二十歳過ぎて、知人の紹介であの家で麻雀をするようになったのです。三十歳頃には、土、日はほとんど麻雀三昧《ざんまい》です」

「仕事はしていなかったのですか」

「いろいろして、長かったのはプロパンガスの配達です。それも、配達中の事故が多いとの理由で、五年前にクビになっています」

「事故を起こしたのも、やっぱり睡眠薬ですかね」

「さあ、それは分かりません。本人にも、急に眠くなったような自覚はありません。単なる不注意かもしれません」

サヴァン症候群であれば、日常生活での不器用さは考えられないでもなかった。

「居候のきっかけは、あの家の主人が事故で整形外科に入院し、付添いをするようになったことからです。勤め先をクビになった直後ですから、渡りに船だったのでしょう。主人が退院して、彼も麻雀仲間の紹介で就職しています。ところが、あの家で麻雀をする回数が増え、夜は車の中で寝たり、欠勤もあったりで、三、四ヵ所勤め先を変えています。辞めさせられたり、自分から辞めたりです。で、小林が庭にプレハブの麻雀小屋を建ててからは、そこに入り浸りの状態です」

光山刑事が初めて居候宅の名前を口にする。

「その小林という家は、相当大きいのですね」

庭に小屋を建てるには、敷地に余裕がなければできない。

「小林が、あそこの広い家を買ったのが三年前、中古で七千万円です」

もう調査済みなのだろう、光山刑事が難なく答える。中古で七千万円なら、新築であれば一億円はするに違いない。

「で、和泉は麻雀をするうちに負けて、給料は巻き上げられるし、サラ金からは借りるで、小林にはずっと借金があったようです。首根っこを摑《つか》まえられているのと同じです」

「居候宅の主人にとって、和泉氏は金づるでもあるし、カモですか」

「カモ以上です」

光山刑事が言い切る。

「そのカモを、どうして危い目に遭わせなければならないのですか。砒素を盛られたのが四回、意識消失が十回です。よくも死なななかったと思います」

正直な感想を口にした。

「確かにそうです」

それだけ答えて、光山刑事は口をつぐむ。返事になっていないので、待っていると、ようやく光山刑事が言い足した。

「保険金です」

「保険金？」

なるほど、保険金目当てなら納得がいく。しかし保険金だとしても、被害の回数が多過ぎる。

「彼は、いくつもの保険にはいっています。いや、はいらされています。三年前からN生命に二つ、D生命にひとつです。二年前には、さらにM生命やA生命など、四つに彼の名義ではいろうとしましたが、拒否されています」

一度に四社とは非常識ではある。二年前といえば、和泉氏に意識消失が始まった時期だ。

「拒否されたので、名義変更をしています。加入者を和泉自身から土村産業にうまく切り替えています」

「そんなことできるのですか」

「できるようです。私も知りませんでした。あの家の主婦小林真由美は八年前にN生命の外交員になっているので、その辺は詳しいのでしょう」

「土村というのは、供述調書にも出てくる麻雀仲間の男ですね」

「そうです。土村産業の社長です」

「社長ですか」

「名ばかりの休眠会社ですよ。もともとは地元の資産家の息子ですが、商売がうまくいかず、不渡りを出して以来、さっぱりです。小林夫婦が今の家に引っ越して来る前は、近所に住んでいて、借金取りに追い立てられたとき、匿《かくま》ってもらったりもしたようです。休眠会社でも、契約すれば法人契約になって、個人契約とは別になります」

当初は口が重かった光山刑事も、いつの間にか饒舌《じょうぜつ》になっていた。「その保険では、会社が社員に保険をかけ、保険料は会社が負担します。社員が死亡したり、病気になったとき、弔意金や治療費、あるいは福利厚生費として保険が支払われます。保険料負担は控除の対象となる仕組みなので、法人契約は、会社にとっても保険会社にとっても、うまみがあるのです。

もうひとつ、保険の約款《やっかん》上、社員や遺族に、下りた保険金を渡さなければならないという決まりはありません。社長が知らん顔して、保険金を自分の懐《ふところ》に入れることだってできます」

光山刑事は、吸い物とお茶をたて続けに飲む。

「それで、和泉氏の個人契約から法人契約への切り替えはうまくいったのですか」

「うまくいっています。小林と和泉、土村は三人で、N生命とD生命に出向いています。それが二年前の七月五日です」

七月五日といえば、和泉氏に第一回目の意識障害が起きた数日後だ。立ち上がって、書きかけの大学ノートを開く。

七月二日の夜、和泉氏は小林夫婦と土村氏の四人でカラオケ屋に行き、コーヒーとコークハイを飲んでから、意識不明に陥っていた。

効果を知って、名義変更を急いだのかもしれなかった。

「N生命の保険のうちひとつは、定期保険特約付終身保険というやつです。私もいろんな保険があることは、今度の捜査で初めて知りました。契約者は和泉から土村産業に変更、死亡保険金受取人も、和泉本人から土村産業に替わっています。普通死亡保険金額は五千万から三千万に変更されています。この変更のときも、小林は五千万のままにしてくれと、担当者を怒鳴りつけたようです。法人契約の限度額は三千万なので、担当者と押し問答があり、やっと小林も諦《あきら》めています。D生命も全く同じ保険で、受取人は土村産業、死亡保険金額は三千万です」

「合わせて死亡保険金は、六千万円ですか。大金ですね」

「大金ですよ」

目をむいて光山刑事が頷く。「しかも、入院給付金が、N生命もD生命も一日一万円です。ひと月入院すれば、六十万になります」

「和泉氏は七月九日、M外科に入院しています。退院が九月三十日です」

ノートで確かめる。入院中の九月八日に、二回目の意識消失が起きている。これも、入院を長びかせるためだろうか。

「入院についても、和泉に小林が勧めています。和泉から別な調書も取っていますが、入院費用はわしらがみる、その代わり、給付金はもらっておく、と言われています。その上、和泉から念書も取っています。両親とは一切縁を切り、自分の身の上はすべて小林に一任する、という内容です。入院中、運転免許証も印鑑も、小林夫婦が取り上げています。人質と同じです。和泉自身も、入院で少しは小林夫婦に恩返しができるかなと、感じていた節があります。居候というか召使いのような生活を、小林の家でしていたので、当然でしょう。何やかんやで、三ヵ月弱の入院で、小林夫婦は、二百万円くらい手に入れています」

「そのあとに、昨年になって砒素を盛られたのですね」

「おととしの九月三十日に退院になって、一年後の昨年九月二十四日が、牛丼を食べてのS病院入院で、これは今年の一月二十日まで続いています。約四ヵ月の入院です。その間に、小林方で麻婆豆腐や中華丼を食べています」

和泉氏の入退院の日付は頭に刻みつけているようで、光山刑事は手帳も見ずに言う。

「四ヵ月の入院で、また入院給付金を手に入れているのですか」

訊かずにはいられない。

「そうです。しかし、その前に、また生命保険にはいっています」

ここで光山刑事は、ぶ厚い黒革の手帳を出した。「一昨年の九月に和泉が意識障害で入院したM外科を退院したあと、十月に簡易保険、十二月には、Z労済の個人定期生命共済、W農協の終身共済と養老生命共済の三口、昨年の三月にはA生命の医療保険、九月にはN生命の終身保険です。全部で六口です。しかも、加入前にM外科に入院していたのに、それを告知しないで、はいっています。これらはすべて、和泉が全く知らないうちに加入していたり、小林から頼まれて申込書に記入したものばかりです。入院給付金は、二千円から六千円で、合計すると、そうですね」

光山刑事が暗算するのを、おぞましい気持で眺める。たいていの人間は、ひとつかふたつ、あるいは三口くらいの保険にははいっている。しかし一年の間に六口の保険に加入するなど、尋常ではない。

「入院給付金は、一日に合計四万八千円です。ですからひと月で約百四十万、S病院には四ヵ月入院していますから、何やかんやで五百五十万円以上の給付になります」

「仮に死亡した場合の受け取りは、いくらになりますか」

訊かれて、光山刑事はまた手帳に眼をやる。

「死亡保険金は、まちまちで、六十万円から二千五百万円と幅があります。しかし合計すると」

ここでも光山刑事は暗算をした。「六千八百六十万です」

「それは新たにはいった保険で、その前に名義変更した保険が三口あって、その合計額は六千万円ではないですか」

「そうです。死亡した場合の総額は、ざっと見積もっても一億二千万円です」

「それだけの保険にはいると、月々の支払いも相当な額でしょう」

「それも計算しています。前の二口で月に約二万六千円、あとの六口で六万円、合計すると、八万六千円は支払わなければなりません。和泉にそんな金はないので、すべて小林夫婦が振り込んでいます。これは現時点で分かった保険で、他にもないか調べています。保険会社も、おいそれとは教えてくれないのです」

善意で他人の保険にそれだけの額を支払うなど、まず考えられない。何らかの意図が働いているはずだ。

「和泉氏は、単車事故で、四回目の入院もしているでしょう?」

「彼は今年の三月二十九日から四月十一日まで、今度はN病院に入院しています。このときの入院の状況は、和泉の他にも、別の麻雀仲間から、供述を取っています。あの単車事故も、作られたものです」

「故意の入院ですか」

単車事故をわざと起こすなど、なかなかできるものではない。

「和泉の供述では、あの日、小林夫婦から、単車事故を起こして入院しろと、何回も言われています。それで真夜中に単車で小林の家を出ています。本人は、外をうろうろしたあと、戻って来て、やっぱりできなかったと言うつもりだったようです。ところが、和泉が単車の置場に行くと、小林夫婦も車であとからついて来ました。女房が運転して、亭主が助手席、麻雀仲間のTが後部座席に坐っていました。

これはTの供述ですけど、小林は、ヘルメットはかぶっておけ、かぶっていないと、保険金は出ない、と言っています。単車のあとをついて来て、交叉点《こうさてん》の赤信号で並ぶと、小林が窓を開けて、早うこけてしまえ、わざと転べば、俺たちが救急車を呼んでやる、と怒鳴っています。和泉は仕方なくジグザグ運転して倒れ、後続の車が停車して救急車を呼んだのです。あとをつけていた小林たちも車を停め、前の車のナンバーを控えています。Tが不思議に思うと、小林は、いざというときの証人になってもらうため、と答えています」

「まるで、鬼の仕業ではないですか」

溜息《ためいき》が出た。事故を起こすように言われて、後ろから車で追い立てられる和泉氏は、どのような心境だったのか。

「亭主も女房も鬼ですよ。鬼夫婦です」

光山刑事が頷く。「実を言うと、これまでのは生命保険で、その他にも、三口の保険契約をしています。S病院に入院していた去年十一月から、今年三月N病院に入院するまでの間にです」

「どんな保険ですか」

光山刑事が手帳を見る。

「N火災の積立ファミリー交通傷害保険、C火災の自動車総合保険、F火災の交通傷害保険です。いずれも、交通事故による死亡保険は、二つが三千万、ひとつが千七百万で、合計七千七百万になります。入院になった場合の保険金日額も、合わせると三万四千円です。そもそも和泉が乗っていた単車は、小林が昨年十月に買い与えたものです。今年三月の単車事故で廃車になりましたが」

用意周到さには驚く他ない。単車を買ってやり、交通傷害の保険にはいって、事故を起こせと、せき立てた相手が、和泉氏その人なのだ。

「自分が、損害保険にも何口もはいっているなど、和泉氏は気がつかなかったのですか」

「こちらも生保と同じで、和泉が知らないうちに契約されたのもありますし、自分で申込書に記入だけしたのもあります。しかし、うすうすは、自分が小林夫婦の金づるになっているのは、知っていたのではないですか」

「それなら、なぜ逃げ出さなかったのでしょうか」

「麻雀でつくった小林への借金が相当あったようです。他の麻雀仲間が、小林の女房が管理する保険にはいる際、替え玉申し込みや、替え玉受診もしていて、後ろめたさがあったのではないですか。

和泉の父親でさえ、息子の借金を立て替えてやったので返済しろ、と小林夫婦から脅されています。何百万円かは、返済してやったようです。父親としては、息子が小林夫婦と手を切るいい機会だと思ったようです。カレー事件があってからは、和泉は実家に戻っていました」

「ほっとしているでしょうね」

「それはもう。昨日、先生に診てもらったように、全面的に捜査に協力してくれています」

ようやく光山刑事の表情がゆるむ。

しかし、まだ疑問が残った。和泉氏を入院させたり、交通事故を起こさせたりして、小林夫婦が保険金をだまし取ろうとしたのは分かる。それが、砒素入りカレーと、どう結びつくのだろうか。それを口にすると、光山刑事の表情がまた引き締まった。

「それは、まだ霧の中です。少なくとも、地区の人たちは生命保険とは無関係ですから」

光山刑事が首を振り、腕時計を見る。「先生、ちょっとのつもりが、長くなってすみません。これで失礼します。明日またおうかがいして、午後に空港までお送り致します。その際、私共にこれからの捜査について、助言をいただければと思います」

「まず必要なのは意見書ですね」

「そうです。何といっても大切なのは、和泉の症状についての先生の意見書です。来週あたり、正式な依頼があるはずです。来週来ていただけるのですね」

そのつもりだと答える。日帰りは無理でも、一泊二日か二泊三日で、今後も週一度は来る必要があるだろう。

「明日の朝、和泉の毛髪と爪《つめ》を分析したデータを持って来ます」

光山刑事は言い置いて帰って行った。

7 毛髪と爪《つめ》

朝九時きっかりに、光山刑事と小野巡査が部屋のドアをノックした。

「先生、これが科学警察研究所から送られてきたデータです」

光山刑事がファクシミリの写しを見せる。

和泉氏の毛髪と爪《つめ》のデータだった。採取された日付は、十日ほど前の八月十四日になっている。砒《ひ》素《そ》の分析法はＩＣＰ－ＭＳと記されているので、誘導結合プラズマ質量分析だ。

爪の砒素濃度値は七三・八μg／g、毛髪では毛根から四五ミリ先で五・六μg／gの砒素が検出され、三七ミリより下ではゼロになっていた。

健康人の爪や毛髪に含まれる砒素濃度は、通常〇・五μg／g以下だから、和泉氏が砒素を摂取したのは明白だった。

「爪では正常の百倍以上、毛髪では十倍以上の値です」

数字を見ながら言う。

「なるほど、間違いないですね」

光山刑事が頷《うなず》く。「そのデータから、彼がいつ頃、砒素を盛られたかは分かりますか」

「爪はひっくるめて分析されているので、日付の同定は無理です。毛髪では、根元から四五ミリ以上の部分に砒素が含まれています。毛根から三七ミリまでは検出されていないので、この三、四ヵ月くらいは、砒素は摂取していないのではないでしょうか。毛髪の伸びは、ひと月に一〇ミリから一三ミリ程度ですから」

「そうですよね」

光山刑事が納得する。「和泉がうどんを食べて単車事故を起こし、四回目の入院をしたのが三月の二十九日、つまり五ヵ月前です。うどんの中にも砒素が入れられたと考えてもいいでしょうか」

「いいと思います」

「そうなると、和泉は四回、砒素を盛られています。最初は去年の九月二十二日の牛《ぎゅう》丼《どん》、二回目が十月十二日の麻婆《マーボー》豆腐、三回目がその一週間後の十九日の中華丼、そして今年三月二十八日のうどんが四回目です」

よどみなく日付が言えるのも、光山刑事が一連の経過を頭のなかに入れている証拠だった。

「そのあたりの判断が難しいのは、砒素を摂取しても、すぐに毛髪に移行しないという点です。通常は数週間かかるといわれ、その速度も、砒素の摂取量によって左右されます。しかも、砒素を一度摂取すると、数週間から数ヵ月排泄《はいせつ》され続けます。爪も同様です。摂取時期の同定が難しい理由は、そこなんです。

爪の伸びる速度は、ひと月に約三ミリです。爪が表に出ている長さは約一〇ミリ、表皮に隠れている部分が約三ミリとして、合計一三ミリです。それを三で割ると、四ヵ月になります。つまり、今から四ヵ月前以前に砒素を摂取した、とは言えるのではないですか」

「そうすると、四月以前ですね」

光山刑事が指を折って計算する。「毛髪と爪の分析結果は重なります」

「大まかにはそう言えるでしょうが、再度改めて検査すべきです。このままでは、厳密さを欠きます」

「といいますと」

光山刑事が身を乗り出す。

「爪だと、どの指から採取し、その爪の見えている部分の長さ、つまり、爪の先が白くなり始めている自由縁から、爪の根本までの長さも測っておくべきです。髪も、頭のどの部分から何十本切ったかも記録して、頭皮から五ミリ毎《ごと》に砒素の含有濃度を測定したほうが、摂取時期の推定には役立ちます」

説明する逐一を、小野巡査が脇《わき》で手帳に書き留める。

「分かりました。すぐ科学警察研究所に、沢井先生からの要望として伝えます」

「研究所では、当然知っている事柄でしょうが、念のためです」

「その他、何か先生のほうで気がつかれたことが、ございますか」

光山刑事が訊《き》き、小野巡査が手帳を開いたままで待ち構える。

「和泉氏は十回意識障害を起こしています。使われたのは、たぶん睡眠薬でしょう。それも長時間作用型の睡眠薬ではなく、短時間か超短時間型の睡眠薬のはずです」

「例えば、どんなものがありますか」

「超短時間型としては、ハルシオン、アモバンです。それを、例の小林夫婦がどこかの病院でもらっていないか、調べておくといいでしょう」

「二人がかかっているクリニックと病院は、今リストアップしているところです。医療機関は、プライバシーを口実にしてなかなか教えてくれません。しかし、事件が事件だけに、協力してくれる所も増えました。あくまでも任意捜査ですから、こちらの熱意次第です」

光山刑事が小野巡査の顔を見る。

「意見書を書いているうちに疑問が出て来たら、電話かファクシミリで連絡してもいいでしょうか」

「どうぞどうぞ。私でも小野巡査でも、三島検視官でも構いません」

光山刑事は答え、改まった表情で問い返す。「先生、来週はいつ来ていただけるでしょうか。大学の公務もおありでしょうし」

「とりあえず、来週と再来週は、木金と一泊二日で参ります」

本来なら金土日で来たいものの、土曜日は大学外の私立病院での診療が九月にはほとんどはいっていた。衛生学教室にいると、まず通常の患者を診る機会はない。週末の学外での診療は、神経内科医としての本分を果たす場でもあった。

「そうすると、八月二十七と二十八日、九月の三、四日ですね。ありがとうございます。航空券は、こちらで用意してもいいのですが」

「いやいや、時間の関係もあるので、こっちでとります」

「関空のほうが近いし、便利です。その日でも前日でも、連絡していただければ、迎えに上がります」

　光山刑事が丁重に言った。

　和歌山通いは、今後も数ヵ月は続くだろう。九、十、十一月は学会の季節だ。月にひとつかふたつ、多い月などは三つ学会が重なる。今年はいくつか不参加を決めなければなるまい。

「それでは、昼過ぎ、一時にお迎えに上がります。ホテルのチェックアウト時間は気にされなくてよろしいです。延長の手続きはしています。被害者三人のカルテ、和泉のカルテなどは、大学のほうに一括して送ります。被害者の残りの六十人のカルテも一緒です。明日の夕方までには着くはずです」

　宅配してもらうほうが安心だった。手荷物にして帰る途中、なくしでもすれば、それこそ一大事だ。

「犠牲者四人の方の診療録は、手にはいらないのでしょうか」

　幸い助かった六十三名のデータ以上に重要なのは、不幸にも死の転帰をとった四人の診療録だ。症状が重篤《じゅうとく》なだけに、種々の検査に異常が見られるはずだった。

「それが、まだうまくいかないのです。亡《な》くなったので、病院側も、落ち度を責められるのではないかと、警戒しているふしもあります」

「押収《おうしゅう》できないのですか」

意外だった。

「病院が罪をおかしているわけではないので、強制はできません。あくまで任意です」

光山刑事の返事は、いかにも歯切れが悪かった。

光山刑事と小野巡査を送り出したあと、荷物をまとめておいて外に出た。昼食くらいは、ホテルの内ではなく、町中の食堂で食べたかった。

強い日射《ひざ》しの下、十分ほどホテルの近くを散策する。小さな神社があり、賽銭《さいせん》箱に百円硬貨を入れ、二礼二拍一礼する。願い事も頼み事もしない。それでも、頭を上げたときは不思議に雑念が消え、心が静かになる。学会で、ホテルや会場周辺で神社を見かけたときは、必ず足を踏み入れる。ここ十年来、それが趣味と習わしになっていた。

神社が面している通りに、白蟻《しろあり》駆除の看板を掲げている店が二軒あった。一昨日ホテルに来る際も、白蟻駆除の看板はいくつか眼にしていた。それほど和歌山では白蟻が多いのだろうか。

うどん屋を見つけ、エビ天うどんを注文する。本当は、うどんを食べるときには、丸天とごぼう天が欠かせない。メニューにはその二つともなかった。

昼には早いのか、客は他にいない。幸い冷房も効いていた。窓際《まどぎわ》に坐《すわ》って、ゆっくりうどんを口にする。福岡のうどんと違って、硬めであり、醬油《しょうゆ》味がやや濃かった。それがエビ天にはよく合った。

窓越しに汽笛が届く。ここは海辺の地区だった。

二泊三日の滞在で、四人の患者の診察をしていた。三人はカレー事件の被害者で予想どおりだ。しかし和泉氏は、まさに瓢簞《ひょうたん》から駒《こま》だった。仮に、和泉氏の存在をマスコミがかぎつければ、犯人探しの熱は一挙に沸騰《ふっとう》する。和泉氏の身柄を警察が保護しているのは当然だ。マスコミによって明るみに出れば、犯人は動き出す。証拠を速やかに隠匿《いんとく》するだろう。

捜査本部としては、まず和泉氏の一件で犯人を逮捕するつもりだろうか。言うなれば迂回《うかい》作戦で、逮捕して取り調べつつカレー事件の解明を進める方法だ。

しかしこのやり方は消極策であって、正攻法ではない。捜査本部の非力ぶりを、却《かえ》って世間に印象づける危険性もある。

和泉氏の一件にしても、犯行を証明するにはまだ根拠が万全とはいえない。

いずれにしても、道は近いようでまだまだ遠い気がした。

食堂を出て、海沿いの道をホテルに戻る。その道筋にも、白蟻駆除の店が一軒あった。

一時少し前になって、スーツケースを引いてフロント前に降りる。もう小野巡査が待っていた。

「すみません。光山刑事に用ができて来られなくなりました。自分が伊丹空港まで送らせていただきます」

小野巡査がかしこまりながら言う。空港まで行くのに、何も二人の警察官の手を煩《わずら》わすまでもなかった。

「資料の段ボール箱は、部屋に置いてありますね」

資料は部屋に残したままだ。小野巡査が鍵《かぎ》を持って上がって行き、箱を二つ抱えて降りて来る。そのまま駐車場に行くと、来るときとは別の青い車が停めてあった。

「この二つの箱は、帰りがけに先生の研究室宛《あて》に送らせていただきます。あとの六十人のカルテのコピーは、昨日の夕方発送したので、明日中には着くと思います。全部で五箱です。よろしくお願いします」

小野巡査がまた頭を下げる。警察官ではありながらも、上下ジャージ姿で、靴はデッキシューズだ。家の近くのコンビニに買物に来たという恰好《かっこう》だった。これも人目につくのを避けるためだろうが、ビジネスホテルには逆に不釣合いだった。

車は来るときとは違う道を通った。鉄道沿いに進み、ほどなく高速道に上がる。すぐに紀ノ川を渡る。橋を渡って左手付近が犯行のあった現場だ。来るときの漠然とした印象とは違って、一見何の変哲もない郊外の住宅風景が、今は殺伐とした光景に見える。これも、あの家々の中の一軒に、確かに犯人が住んでいると確信しているからだろう。その犯人、いや犯人たちは、今現在も、野放しのまま普通の生活をしているのだ。

「先生、本当にありがとうございます」

黙っているのを気遣ってか、小野巡査が声をかけてきた。

「いや、これは医師としての当然の務めですから」

「ありがとうございます。先生のおかげで、和歌山県警も汚名を晴らせます」

「汚名があるのですか」

いやしくも県警に汚名があるなど、聞き捨てにはならない。

「和歌山では、迷宮入りの事件が多いのです。暴力団の犯罪も、大阪府や他の県よりは、和歌山でおこしたほうが捕まりにくいので、わざわざこっちに来て悪事を働きます。それで、和歌山県警は、ずっとバカ山県警と言われてきました」

「バカ山ですか。とんでもない話です」

「マスコミの間では、有名な話です」

小野巡査が口惜し気に言う。「ですから、今度の事件は、全員が必死です。夜も寝ないで働いています」

小野巡査が言葉に詰まった。

「それはよく分かります。事件からまだひと月しか経《た》っていないのに、和泉氏の存在を突きとめ、保険金のかけられ方を詳細に調べ上げたのですから」

「あれには苦労しました。保険会社も、個人の秘密事項だからと言って、なかなか教えてくれないのです。教えてくれと、責任者の前で涙を流した同僚も、土下座した同僚もいます。さすがに保険会社の担当者も、それで情にほだされたのか、教えてくれたそうです」

「あんないい加減な契約がまかり通るというのは、保険業界の恥部でしょう」

「保険会社同士のつながりが全くないので、事情を知り尽くしている犯人は、うまいように利用したのだと思います。とにかく先生、よろしくお願いします」

また運転席から小野巡査が頭を下げた。

考えてみると捜査本部は気の毒だった。現場周辺では、報道関係者がうようよいて、詮索《せんさく》しまくっていると聞く。県警としては、先手を打って捜査しなければならない。マスコミの後手に回っては、それこそ笑いものになる。ましてや、バカ山などの陰口があっては、なおさらだ。捜査本部が死にもの狂いになっているのも無理はない。

「非力ながら全力を尽くすつもりです」

嘘《うそ》いつわりのない気持を口にした。小野巡査がハンドルの前で再度頭を下げた。

海の方角に、陽光が赤々と照りつけている。盆を過ぎたのに夏はまだ盛りだった。

これから先、何度も和歌山に通ううち、秋冬春と季節が巡り、和歌山の四季を知るのも、何かの縁のような気がした。

「先生、来週お見えになるときは、ぜひ関空着にして下さい。高速道がもうすぐ、関空の方と分岐します」

小野巡査が左手を示す。「関空なら一時間以内で、和歌山市内に行けます」

全く伊丹空港を選んだのは、関西の地理に疎《うと》いための失策だった。

「先生、光山刑事も自分も、ほっとしています」

伊丹空港が近づいて小野巡査が言った。「刑事部長から沢井先生のお世話をするように言われたとき、日本は言うに及ばず、世界的にも有名な、厳格な先生だから決して失礼のないようにと命じられたのです」

「そんなこと言われたのですか。厳格でも有名でもありませんよ」

苦笑するしかない。

「それで、どんないかめしい方かと思って、びくびくしていました。ちょっとでも粗相すると、せっかくのご協力が水の泡になりますから。ところが、お会いするといかめしさは全くなく、ほっとしました」

「これからも、気楽にお願いします」

こちらが頭を下げる番だった。

「先生、今回の件、絶対に口外されないようにと、光山刑事から伝言されました」

空港で別れるとき、小野巡査は念をおし、深々とお辞儀をした。

8　トッファーナ水とマリー・ラファルジュ事件

座席につくと、奇妙な疲労を感じた。二泊三日の講演旅行や学会出張は、何度いや何十回も経験していた。海外出張は四泊、五泊はざらで、それなりの疲れは感じた。しかし今の疲れは異質だった。講演や学会発表、あるいは視察をしたのでもなく、単なる診察だ。それも四人の患者に過ぎない。臨床医であれば、一日に三、四十人の患者を診るのは普通で、その疲れは、会社や工場で働く人たちの疲れと大差なかろう。

肩に重しを負ったようなこの疲れには、たぶん二つの理由がある。ひとつは診察が犯罪の解明に直結していて、通常の診療とは異なる点だ。しかも、診察そのものが秘密で、口外は無用と厳命されている。

もうひとつの理由は、出張がこの一回では終わらない点だ。学会や講演出張は、その日限りで終了する。ところが、今回はそうもいかない。十回、いやそれではきかない和歌山通いになるのは間違いなかった。

飛行機は水平飛行にはいって、シートベルトのサインが消えた。座席を少し倒して目を閉じる。

砒素《ひそ》が殺人に使われた歴史的な事例を、頭の中でたぐった。

人の命を絶つか縮める毒の使用は、人類の歴史とともに始まっている。武器で殺傷するのと違い、毒は犯行の追跡が難しい。それが何ものにも替えがたい利点だ。古代ギリシアやローマ時代には、この秘毒が既に存在し、頻用されている。秘毒が洗練された形で使われ始めたのは、十七世紀のイタリアであり、砒素を主成分にした毒薬だった。

作製したのは、イタリアのパレルモに住んでいたトッファーナという女性だ。この女性は後にナポリに移り住み、シミやソバカスを取る化粧水として、トッファーナ水を売り出した。化粧水にふさわしい命名として、〈ナポリの小雨〉という別名もつけられる。

買い手は、もっぱら上流階級の貴婦人たちで、使用目的は、化粧水ではなく秘毒としての用途だった。夫を死に至らしめて、遺産を受け取り、また新たな夫を得る手段として、トッファーナ水は絶妙の威力を発揮する。

やがてナポリで、貴族の男たちが次々と奇妙な死に方をするようになる。不審に思った警察が動き出し、化粧水の販売元であるトッファーナの存在が浮上した。

危険を察知した彼女は、当時駆け込み寺の役目をしていた教会の避難所に逃げ込む。絶大な権力を保持している教会の保護下にあるトッファーナには、警察も手が出せない。

身を隠した彼女の許《もと》に、以前の顧客たちの口コミで、貴婦人たちが訪れるようになる。どういう理由であれ、夫をこの世から消してしまいたいと思う女性は、いつの世でも絶えない。

トッファーナは要望に応《こた》え、新たに〈バーリの聖ニコラスのマナ〉という名をつけ、聖ニコラスの絵を刻んだ小瓶に入れて売り出す。マナとは、かつて砂漠を流浪《るろう》していたイスラエルの民が、天から与えられた甘美な食物だった。バーリは、聖ニコラスの墓があるナポリ王国の地名だ。「聖ニコラスの墓から滴《したた》り落ちる聖水」というのが宣伝文句だった。この命名も、警察の介入を敬遠するためだったと考えられる。

この頃、警察もトッファーナの悪計に気がついて、追跡を開始する。しかし彼女は教会から修道院、修道院から教会へと、逃亡を重ね、逮捕には至らない。犯行容疑は何件も固まり、ついにナポリ総督が彼女の身柄を拘束する。

逮捕反対ののろしを上げたのは、教会の聖職者たちだった。教会の神聖さに対する冒瀆《ぼうとく》だとして逮捕を非難する一方、民衆にも蜂起《ほうき》を呼びかけた。解放を求める暴動が起こったものの、当局によって鎮圧される。

トッファーナは拷問《ごうもん》下で、秘毒の使用を認め、少なくとも六百人がこれによって命を落としたと白状した。一六三四年に絞首刑になり、死骸《しがい》は匿《かくま》っていた修道院に投げ込まれた。

しかしこの便利な秘毒の技術が、彼女一代で終焉《しゅうえん》するはずはない。

トッファーナの死後、年若い夫人が寡婦《かふ》になる事件が、ローマで次々と発生する。夫と不仲になった挙句、夫が亡《な》くなるのだ。

事件が明るみに出るきっかけになったのは、複数の聖職者たちの通報だった。夫を毒殺してしまったという未亡人たちの告白を聞き、放っておけなくなったのだ。当局は捜査に乗り出す。

捜査線上に浮上したのは、若い夫人たちが集まるサロンだった。サロンの中心人物は、スパラという予言者の老女だと判明する。

彼女は、依頼人が口にした男の死を、極めて正確に予言するという。サロンに集う貴婦人たちから絶大な信頼を勝ち得ていた。

当局は、女性の密偵をそのサロンに潜入させ、内部事情を探って証拠を固めたあと、参会者を一網打尽にする。

スパラはシシリア人で、やはりトッファーナから秘薬の製法を教わっていたのだ。スパラとその助手たちは、見せしめのため、一六五九年、公開での絞首刑に処せられる。

スパラと助手たちの自白で、ついにトッファーナ水の正体が明らかになる。この化粧水は透明で味もしない。作用も緩慢である。ほんの数滴を飲み物やスープにたらすだけで、じわじわと効いてくる。

貴婦人たちは、化粧水を他の薬瓶や香水と一緒に化粧台に置いていて、夫や侍女たちが気づくすべはない。万が一、不審がられたときには、香水を薄めるための蒸留水だとごまかしていた。

トッファーナ水を一日五、六滴ずつ飲ませているうちに、食欲がなくなり、全身倦《けん》怠感《たいかん》が出てくる。体重は減り、衰弱していく。往診の医師にも原因がつかめない。数ヵ月るい痩《そう》状態が続き、やがてろうそくの火が消えるようにして絶命する。

スパラとその助手たちは、標的となる男の死期を的確に予言するために、体格と食習慣をあらかじめ調べていた。症状が出ても、急激な変化ではないので、医師には診断がつかず体質のせいになる。そして大方は下剤を処方して事足れりとしていた。

トッファーナ水の製法は、絞首刑になったトッファーナ自身も訊問《じんもん》で明かさなかった。しかしスパラは、繰返された拷問の末、ついに口を割る。ただし条件をつけた。教皇もしくは神聖ローマ帝国の皇帝レオポルト一世以外には、秘密を明かさないと言ったのだ。

レオポルト一世は受諾し、スパラから直接、製法を聞く。聞くやいなや、侍医に製法を伝えた。こうして秘薬の処方は後世に残った。

トッファーナ水の主成分は、砒素化合物の中でも最も毒性の強い無水亜砒酸だった。高純度の無水亜砒酸は、白色、無味の結晶であり、難溶性である。通常の水には容易に溶けない。

トッファーナが苦心したのは、これをいかにして水に溶かすかであったに違いない。トッファーナが最終的に辿《たど》りついた製法は、無水亜砒酸を、ゴマノハグサ科のシンバラリアの溶液に混ぜ、さらに甲虫であるツチハンミョウのエキスを加えるやり方である。

十七世紀にトッファーナやスパラが処刑されたあとも、トッファーナ水は形を変えて生き続ける。今度は化粧水としてではなく、無水亜砒酸そのものとして登場する。十九世紀にはいっても、無水亜砒酸は、夫の遺産をねらった殺人事件で、主役を演じ続ける。ほとんどが完全犯罪であり、殺人の手口は判明しない。そのおかげで、無水亜砒酸には〈遺産相続薬〉の異名がつけられたほどだ。

一連の殺人事件の過程で、ついに砒素による毒殺史を塗り替える一大事件が発生する。十九世紀半ば、フランスで起きたマリー・ラファルジュ事件である。

じつは当時のヨーロッパでは、亜砒酸は容易に入手できた。フランスも例外ではない。

その理由の第一は、亜砒酸の有用性だった。都会では、亜砒酸の美白作用が化粧品として重宝され、腋毛《わきげ》をとる脱毛剤としても愛用された。一方、農村でも、亜砒酸は殺鼠剤《さっそ》としてなくてはならない薬品であり、農家の納屋《なや》には亜砒酸入りの壺《つぼ》がどこでも見られた。要するに、都会でも田舎でも、薬局に行けば、誰でも亜砒酸を購入できたのだ。

第二の理由は、亜砒酸の無味、無臭、白色性にある。砂糖や塩に混入していても、全く気づかれない。服用しても、すぐには症状が出現せず、一定時間、無症状で経過する。初期症状も、悪心・嘔吐《おうと》・下痢であり、食中毒と誤診されやすい。

第三の理由は、確実な致死性である。致死量は、わずか一〇〇㎎から三〇〇㎎でしかない。ほんの耳かき一杯分で、人を死に至らしめる。まさに理想の毒薬だった。

フランスで起きた前述の大事件の主役は、一八一六年に生まれたマリー・カペルである。彼女の祖母は陸軍大佐だった英国人の娘で、幼い頃両親が相継いで亡くなり孤児となっている。しかしオルレアン公の子供たちの家庭教師だったド・ジャンリス夫人に引き取られて、貴族の子弟同様の教育を受ける。その後も娘であるド・ヴァランス夫人に仕えて成人した。

一方の祖父は、フランス南西部ガスコーニュ地方の貧しい家の生まれだった。若い頃、フランスを代表する外交官ド・タレイランの知遇を得て信頼され、共和国政府の武器納入業者として財を成した。

二人の間に三人の娘が生まれ、長女がマリーの母だ。叔母二人のうちひとりは外交官のド・マルタンス男爵《だんしゃく》と結婚する。三女はフランス銀行頭取のガラと結ばれる。そして長女は砲兵大尉のカペルと一八一五年に結婚する。

翌年長女のマリーが誕生、五年後に次女のアントニンが生まれる。やがて父親は、ベルギー国境に近いリールの近郊にあるドゥエで陸軍中佐に昇進した。

マリーはこの父に特に可愛《かわ》いがられる。しかし軍人は転勤が多く、いつも一緒にいられない。妻子が生活するのは、ヴィル・エロンにある城館に住む祖父の許だったり、パリのチュイルリー公園近くのアパルトマンだったりした。

パリのアパルトマンが嫌いなマリーを気遣って、母親はサン・ドニにある寄宿舎で初等教育を受けさせる。寄宿舎は、祖父の知人のマクドナルド元帥《げんすい》によって経営されていて、確かに寮生は良家の子女ばかりだった。ところがマリーは規則に縛られたこの生活に溶け込めない。唯一《ゆいいつ》の楽しみは、叔母のガラ夫人が連れ出してくれて観《み》るオペラや音楽会だった。休みになると祖父の城館に戻って、いつも訪問客で賑《にぎ》わう雰囲気を楽しんだり、森や野原で遊んだりした。乗馬も習った。

十二歳になってようやく、寄宿舎生活から放免され、一家四人、父の任地ストラスブールに住むようになる。ここには父の部下たちが出入りし、隣人たちとの交流もあって、マリーは自由を満喫した。

しかし、突如として一家に不幸の一撃が加えられる。父親が狩猟中に、銃の暴発によって事故死したのだ。

大黒柱を失って一家三人になったマリーたちは、祖父の許に身を寄せる。城館はいつも招待客で溢《あふ》れ、オルレアン公一家の来訪という栄誉に浴することもあった。

ストラスブール時代から懇意にしていた富豪ド・ケオルン氏は城館まで会いに来て

くれて、マリーにドイツ語を教えてくれる。やがてこのド・ケオルン氏が母親に結婚を申し込むという事態になる。継父を得て一家はアルザス地方の小さな城館に移り住む。継父は十四歳のマリーにドイツ語の詩を教え、ピアノのレッスンも続けさせる。マリーのこの頃の読書は、ヴォルテール、ラシーヌ、コルネイユ、モリエールであり、やがて仏訳されたシラーやゲーテの著作やウォルター・スコットの小説にも親しむ。

母と継父の仲睦《むつ》まじさを見るにつけ、マリーは事故死した父を可哀相《かわいそう》に思い、自分は二重の意味で孤児になったと感じる。やがて妹のジャンヌが生まれる。マリーは複雑な気持でジャンヌを可愛がる。しかし乳児のままでジャンヌは死んでしまい、母親は長い間喪に服した。

エリザベトが生まれたのは翌年で、マリーが十七歳のときだ。一家に喜びが戻ったと思われたのも束の間、元来病弱だった母が死去する。死の床で母はマリーに、自分の亡骸《なきがら》は、幼くして亡くなったジャンヌの傍に埋めてくれと言い渡す。ここでもマリーは、ひとり寂しく墓地に横たわる実の父が不憫《ふびん》でならない。

継父とは縁が薄くなった二人の姉妹を引き取ったのは叔母二人で、妹のアントニンは、ド・マルタンス夫人、マリーはガラ夫人に任された。

銀行頭取の妻であるガラ夫人の庇護《ひご》のもと、マリーは上流階級にふさわしい教養を身につける。同時にヴィル・エロンの城館に住む祖父の許で長い休みを過ごしたり、継父の親族にも可愛がられる。ピアノを習い、音楽会やオペラ観劇にも行き、社交界にもデビューする。幼い従妹《いとこ》と一緒にチュイルリー公園やシャンゼリゼを散歩していて、若い貴族にストーカーまがいの行為をされる。ガラ夫人からは、「言い寄られるのは、その男が、お前を頭取の娘だと勘違いしているからだよ」と、たしなめられた。かと思えば、継父の親戚《しんせき》の恋多き子女のために、恋の仲立ちをして、事情を知ったガラ夫人の怒りをかう。そんなはしたない交際の手伝いをしてはいけないと言うのだ。やがて、いつも愛情を注いでくれた祖父が亡くなる。もう頼る人は叔母二人しかいない。

マリーを見初めて結婚を申し込んで来た副知事もいた。マリーも乗り気になり、親族に相談する。しかし相手には財産がなく、出世も見込めないと周囲に判断され、立ち消えになった。

そこへ縁談の話を持ち込んで来たのは、外交官の妻になっているド・マルタンス夫人だった。相手は二十八歳の鉄工所経営者で、父はもう亡いが家柄も良く、広大な土地を所有し、収入も莫大《ばくだい》だという。何より品行方正で才能豊かな青年だという触込みだった。

さり気ない見合いの場は、音楽会の会場に設定された。ド・マルタンス夫人が偶然会ったようにして、その若者シャルル・ラファルジュを紹介するというのだ。

シャルルに対する第一印象は、いかにも実業家タイプの醜い男性というもので、マリーは気乗りがしなかった。ところが相手はひと目惚《ぼ》れして、丁重な手紙とともに、早くも自分の経歴や地位、略式の財産目録などを送りつけてきた。

ひとつの難点は、彼の居住地が、パリの真南三五〇キロの遠方、リモージュの近くユゼルシュにあることだった。そこで、叔母たちは知人に頼り、その地区の議員に評判を調べさせた。すると議員は、シャルルとはわが息子同然に親しく、裕福かつ将来性のある若者だと太鼓判をおした。「もし私に娘があれば、彼を婿《むこ》に迎えるのは光栄かつ僥倖《ぎょうこう》である」とまで、返書には記されていた。

こうして叔母たちの心は固まり、結婚は本決まりになった。一八三九年、マリーが二十三歳のときだった。

「自分の居城は、青空に溶け込むような青いスレート屋根を持ち、真白なテラスを下ると、マメツゲに縁取られた四角い庭園があり、真中に噴水が上がっています。城の裏は果樹園になっていて、ポプラ並木の先には廃墟《はいきょ》になった古い教会があります」

こんな相手の説明に、マリーは感激する。夢にまで見た城館での生活だったのだ。

いよいよ結婚が本決まりになって、叔母たちがシャルル・ラファルジュにマリーの正式な財産目録を示そうとすると、「いえいえ、そんなものは見る必要もありません。身ひとつでいいのです」という返事だった。この寛大さもマリーをさらに安心させる。結婚は成立し、マリー・カペルはマリー・ラファルジュになる。

田舎での生活には、これまでの侍女だったクレマンチンが随伴することになった。

新生活の地に向かう馬車の中で、マリーは夫の振る舞いに早くもげんなりする。ローストチキンを手で二つに裂いて、半分を差し出して「食べないか」と勧め、固めの盃だと言って、ワイン一本をがぶ飲みしたのだ。

馬車がオルレアンに着いたとき、マリーは駅舎での小休止を要求する。個室で湯浴みを始めたとたん、夫は、一緒にはいって来ようとする。湯浴み中ですとクレマンチンが言っても、開けろと言って叫ぶ。絶対開けませんとマリーが拒絶すると、怒声を浴びせて戻って行った。これが早くも第二の幻滅だった。

さらに幻滅は続く。いよいよ古びた館《やかた》に到着して自分の居室に案内されると、そこはただっ広いだけの部屋で、二台のベッドとテーブルがひとつ、四脚の椅子《いす》が置かれているのみで、他の家具は一切なかった。

それもそのはず、城館は六百年以上も前に建てられた修道院だった。次々と持ち主が替わったあと、一七八九年のフランス革命で略奪を受けた。その後荒れるがままになっていたのを、シャルルの一族が買い取り、鉄工所にしていたのだ。

マリーは書き物をしたいからと言って、インク壺を要求する。さし出されたのは、縁の欠けたジャム用の瓶で、灰色の液の中に綿球が浮かんでいた。羽根ペンも古く、用紙も便箋《びんせん》ではなくただの青紙だった。

外は次第に暗くなり、だまされたという感情がマリーを包む。こんな所にはいられない、自分をパリに帰らせて欲しい、自分には好きな人がいると、半ば嘘《うそ》の手紙をしたため、胸元に忍ばせて宴席に出席する。

食堂には、それこそ村人がこぞって集まっていて、姑《しゅうとめ》や義妹、親族、村の住民から祝いの言葉を述べられる。しかし方言訛《なま》りなので半分しか分からない。宴は延々と続き、マリーは旅の疲れと応対で、青息吐息の状態を耐える。ようやく散会になったのは午前二時だった。

腰に手を回して「さあ寝よう」と言うシャルルに対して、「少し自室で休ませて下さい」とマリーは懇願する。

居室にはいったマリーは、クレマンチンに頼んで、手紙を夫の部屋にもって行かせる。

手紙を読んだシャルルがやがて怒鳴り込んで来る。「このふしだら女め。しかしお前は俺のものだ」と叫んで、襲いかかろうとする。マリーは窓際《まどぎわ》に寄り、「わたしに指一本でも触れたら、飛び降ります」と冷たく言い放つ。

騒ぎを聞きつけた姑や義妹たちがやって来て、泣きながらマリーを慰め、シャルルも足許に身を投げ出して、出て行ってくれるなと哀願した。

マリーは、手紙の内容は嘘だと告げながら、ここに居残る勇気はない、自分の財産はすべて置いて行くから、今すぐ離婚して帰らせて欲しい、それがかなわねば自殺すると、言明する。

マリーの本気を覚ったシャルルは、すべてマリーの言うとおりにするから、発《た》つのは二、三日待ってくれと答える。

翌朝マリーを待っていたのは、二人の人物だった。ひとりはラファルジュ家の友人である老弁護士で、マリーの言い分をたっぷり聞き届けて、慰めてくれた。彼の退去後、姿を見せたのがシャルルの伯父にあたるポンティエ医師だった。甥《おい》の無教養ぶりと粗野なところはこのあたりの山と同じで、実に申し訳ないと謝罪した。必ずや甥は今後態度を改めるはずで、自分がその保証人になるとまで言ってくれた。

平静さを取り戻したマリーを自室に招き入れたシャルルも、「あなたなしでは自分は生きられない。どうか留まって欲しい。自分を変えるためには、どんな努力でもする。この城館は、あなたの好みで改装していい」と嘆願する。パリから使用人をひとり呼び寄せるとまで確約した。

マリーはようやくすべてを水に流し、ここで生きて行こうと決意する。こうしてピアノが購入され、パリから送っていた荷物も届く。ポンティエ医師はシャルルに対して、夫人の部屋は夫といえども侵犯できない聖域だと説き、妻は夫の所有物ではないと言いきかせる。

自分の居室や、汚ない台所、食堂もマリーの好みで模様替えされ、荒れ放題だった庭にも手を入れる。マリーが乗馬を好むのを知ったシャルルは、雌馬を購入してやる。髭《ひげ》も剃《そ》り、服もクレマンチンに命じてマリー好みになった。

マリーもシャルルの経営する鉄工所を訪れて、従業員たちと昼食を共にする。村人たちが、パリからの花嫁を見ようとして、次々と来訪し、一日に三十組に応対する日もあった。かと思えば、村の有力者や近くの町の名士宅にも招待され、舞踏会にまで顔を出す。

徐々に気持が通うようになった夫に、マリーは「どうかわたしを大部分は妹、ほんのちょっぴり妻だと思って下さい」と釘《くぎ》をさす。マリーの機嫌をとるのに必死なシャルルは、この申し出も受け入れる。

マリーが心から打ちとけられないのが同居の姑だった。自分の部屋に閉じこもり、中には召使いさえも入れない。寝るときも服を着替えず、肩掛けを裏返しにするだけと聞いて、開いた口が塞《ふさ》がらない。

来客や外出、城館の模様替えで気苦労が重なった挙句、マリーは体調を崩して床につく。このときもシャルルはクレマンチンと共に、枕許《まくらもと》を離れずに看病した。

万が一に備えて、マリーは遺言状を書く。自分の死後、持参金と財産は夫に譲る。しかし夫の死後は、自分の妹のアントニンに譲渡する、という内容だった。遺言状は姑に託し、シャルルには内緒だと口止めさせる。

病気から回復したマリーは、この遺言状を、こともあろうに姑が公証人に頼んで書き直しているのに気づく。シャルルの死後、マリーの財産はマリーの妹ではなく、シャルルの妹や弟たちに譲られるとなっていたのだ。問い詰められて弁解する姑を、マリーは許すことができない。

この頃、シャルルがパリから雇い入れた使用人のドニは、マリーの眼からすると全く粗野な男だった。ドニもマリーを避け、姑にかしずくようになる。

順風満帆だと聞いていた鉄工所の経営は、実は火の車だった。結婚前、シャルルがマリーの財産目録など見なくてもいいと言ったのは、本当は自分のほうが負債を知られたくなかったためだったのだ。窮状を打開する唯一の望みは、シャルルが考案したという特許だった。特許取得と銀行融資の依頼のために、シャルルはパリに行くことを決める。

パリの土産にフェリックスのお菓子を買って来てくれと言って、マリーはシャルルを送り出す。一八三九年十二月、結婚して一年も経《た》っていなかった。

主人が去ったあと、使用人のドニはときどき城館から抜け出し、夜も帰って来なかった。従業員たちも、商売仇の鉄工所に移ると言い始める。パリから届くシャルルの手紙も、特許申請がうまくいかない、金策も断られるという内容だった。

マリーは、親交のあった知人たちの住所を教え、訪ねていけば何とかなるかもしれないと、手造りのクッキーを添えて手紙を書き送る。

そして年が明けた一月三日の早朝、シャルルは帰宅し、マリーの手に口づけをして涙を流す。あまりのやつれた姿にマリーは仰天し、傍に寝ていたクレマンチンも、「ご主人様、具合が悪いのでは」と即座に尋ねたほどだった。

それでもシャルルは、マリーの知り合いから金が借りられたと言い、何人もの親族からの手紙を預って来ていた。

シャルルの話では、十二月十八日、パリで猛烈な吐き気に襲われ、嘔吐と下痢が続いた。往診を頼んだ医師はコレラと診断し、別の医師はこれを否定した。シャルルは這《は》うようにして帰路についたのだ。

入れ代わり立ち代わり土地の医師が呼ばれ、治療を受けさせたが、シャルルの容態は悪化の一途を辿り、マリーや姑、親族たちの看病にもかかわらず、衰弱していく。最期《さいご》にシャルルは、マリーに「愛している」と言って絶命する。帰宅して十日経った一月十四日だった。

そして死後十日して、マリーは夫毒殺容疑で逮捕される。

マリーが夫に飲ませる卵黄牛乳の中に何か白い粉を入れていたのを目撃したという、使用人のドニの通報がきっかけになったのだ。

検察は、鉄工所が殺鼠剤として砒素を購入していた事実をまずつかんだ。家宅捜索をすると、家具の中や、台所の棚、地下倉庫や屋根裏部屋などに、大量の砒素が置かれているのを発見する。マリーがパリに送ったクッキーの中に、砒素が入れられた疑いが濃厚になった。

一連の裁判は、同じコレーズ県のテュール重罪院で始まる。もちろんマリーは身の潔白を表明する。決め手は何といっても、シャルルの遺体に砒素が含まれているか否《いな》かだった。含まれていれば、マリーの嫌疑は動かし難い。

裁判官は、テュールの隣にあるブリーヴの法医学者二人、マスナとレスビナスに砒素の検出を依頼した。結果は陽性で、遺体には砒素が含まれていた。

ところが弁護側は、砒素中毒の権威である法医学者マシュー・オルフィラに証言を求める。オルフィラはパリ大学医学部長の要職にあった。

オルフィラは、マスナとレスビナスの分析法では正確な結果が得られず、分析にはマーシュ法を採用すべきだと主張した。

マーシュ法とは、アイルランドの医師で化学者のジェームス・マーシュが、一八三六年に発表したばかりの微量の砒素の検出法である。化学者たちの間では全く注目されておらず、後年、マーシュは貧困とアルコール中毒の中、この世を去る。

マーシュの画期的な論文にいち早く眼をつけ、重要性に気づいていた人物がひとりいた。それがフランスの法医学者で、中毒学の創始者ともいえるオルフィラだったのだ。

彼は多数の砒素中毒例を経験しながらも、体内に吸収された微量の砒素を検出するのに難渋していた。そこに一条の光をもたらしたのがマーシュ法だった。

さっそくオルフィラは、マーシュの記述どおりの装置を作って、臓器中の砒素分析に着手する。なるほどマーシュ法は食物中の砒素分析では威力を発揮するものの、死体から採取した検体中の砒素定量には、まだまだ不向きだった。オルフィラはマーシュ法に改良の手を加え続ける。

一八三八年、オルフィラは通常の死体からも砒素が微量に検出されることを知る。パリのあちこちにある墓地の土壌中にも、微量の砒素が存在していた。つまり、埋葬された死体の臓器中の砒素分析にあたっては、柩《ひつぎ》の防水性と、周囲の土の組成も考慮しなければならないのだ。翌一八三九年、オルフィラは臓器から砒素を検出する改良型マーシュ法を確立する。

まさしくこの直後に起こったのが、マリー・ラファルジュ事件だった。

検事は、新たにブリーヴ在住の三人の専門家に、マーシュ法による砒素の検出を依頼した。薬物学者二人、化学者一人はそれぞれに分析を試みる。しかし結果はシロで、三人とも砒素を検出することはできなかった。

歓喜したのは弁護側とブリーヴの市民たちだ。一般市民は、夫に離婚を拒まれたマリーのほうに同情していた。

検事側は最後の手段として、オルフィラ本人にマーシュ法での砒素分析を依頼する。オルフィラは死体の臓器をくまなく分析した末、砒素を検出したと裁判所に報告した。

この結果、テュールの重罪院はマリーを有罪だと断じた。

しかし事件はここで一件落着を見ない。弁護側は、大物の化学者フランソワ・ラスパイユを証人として要請する。こうしてテュールの裁判所では、法医学者オルフィラと化学者ラスパイユが、砒素の検出結果について、科学的知識を駆使して延々と対決する。ラスパイユの主張は、人体にはもともと微量の砒素が存在するので、検出されるのは当然だという正当な意見だった。それを最初に言い出したのは、オルフィラ自身ではなかったか、と痛い所をついた。

行き詰まった事態の収拾に動いたのが、叡智《えいち》の砦《とりで》とされるフランス学士院である。国内の著名な化学者を招集して、特別検討委員会を発足させた。オルフィラは、委員たちの眼前で、砒素検出の再現実験を命じられた。予想に反して、オルフィラは砒素検出に失敗する。

特別検討委員会では、委員たちがオルフィラの方法に改良を加え、入れ代わり立ち代わり、検出実験を繰り返した。結果はどれもシロと出て、公式の報告書にまとめられた。

この科学的結果を採用するか否かは、裁判所の裁量である。化学者ラスパイユの弁護も考慮すると、ギロチンでの断首刑にもできない。シャルルが死亡してわずか八ヵ月後の一八四〇年九月十九日、ギロチン刑は回避され、終身刑の判決が下った。マリーが「白い粉を入れた」という使用人ドニの目撃証言が、千鈞《せんきん》の重みをもったのだ。

しばらくチュールの刑務所で過ごしたあと、懲役刑であるため、やがて南仏の地中海に面したトゥーロンの徒刑場への移送が決まる。そこは人も知る、極悪人が働かされる場所だった。

しかしマリーの体調がチュールの牢獄《ろうごく》で急速に衰えたため、国王ルイ・フィリップの恩赦によって、終身禁固刑に減刑される。

受刑地は地中海に面したモンペリエの女子監獄である。出発は一八四一年十月二十五日だった。馬車が用意され、チュールの牢獄でも世話をしてくれた侍女のクレマンチンが付き添い、護衛に二人の憲兵が配された。憲兵長はマリーの身の上に同情しており、駅停に馬車が停まる毎《ごと》に、物見高く集まって来る村人たちを追い払う。マリーが疲れていると見れば、駅停の小部屋で小休止させた。

モンペリエでの身の上を心配したクレマンチンが、マリーに必死の提案をしたのも駅停の部屋だった。衣裳を取り替えて、クレマンチンがマリーになりすますと言うのだ。

「年恰好《かっこう》も似ているので、護衛も気づきません。モンペリエに着いたら、わたしたちは別れます。わたしが監獄にはいればいいのです。わたしなら牢獄でも生きていけます」

驚いたマリーは叱《しか》りつける。そんなことをしたら、無実の自分が本当の罪人にされてしまうと言うのだ。

ようやくモンペリエが近づき、マリーは日の光が変わって南仏にはいったことを知る。南仏こそは、自分を愛してくれた祖父の故郷だった。

十一月十一日、馬車はモンペリエの監獄に到着して、クレマンチンと涙ながらに別れ、塔の半地下牢に幽閉される。身の回りの世話をするのは、修道女たちだった。この修道女たちの中にも、罪人のマリーを蔑《さげす》む者や、境遇に同情する者もいて、扱いは修道女によって違っていた。

幸いだったのは、誰ひとり知人がいないと思っていたモンペリエに、祖父の弟がいたことだった。この大叔父はマリーの入牢を聞きつけ、すぐさま面会の許可をとりつける。しかしそれも、一週間に一度、わずか一時間であり、修道女の同席という条件つきだった。

自分の血縁、しかも祖父の弟だという大叔父の家族に会って、マリーは救われた気持になる。神は自分を見捨てなかったという、感謝の念に満たされる。

独房での待遇は最悪だった。南仏というのに陽光も射《さ》し込まない幽閉生活が続く。やがてマリーは頻繁に発熱するようになる。大叔父は県知事に待遇の改善を要求する。県知事のほうが監獄長よりも寛大であり、親族の世話は病状回復に必須《ひっす》だと判断する。毎日の面会が可能になり、やがて大叔父の家族はいつでも面会できるようになる。

この間、マリー・ラファルジュ事件の一部始終は、フランスのみならず、ヨーロッパ中で大きな反響を呼ぶ。そこには激変する政情もからんでいた。フランス革命によって王政が廃止されたあと、第一共和政の樹立となり、ナポレオンの登場で一八〇四年、第一帝政が敷かれる。しかしナポレオンが退くと、ルイ十八世、ついでシャルル十世の復古王政に回帰し、さらに一八三〇年の七月革命で七月王政に移り、ルイ・フィリップが即位したばかりだった。

実を言えばマリーは、母方の血筋を辿ると、国王ルイ・フィリップの父であるオルレアン公の曾孫《そうそん》にあたった。しかも若くて聡明《そうめい》、美貌《びぼう》の持主である点も、新聞がこぞって書き立て、清楚《せいそ》な姿を表わした素描が紙面を賑わした。

マリーが愛読していたジョルジュ・サンドは、画家のドラクロワに宛《あ》てた手紙の中で、大衆に煽動《せんどう》された忌《いま》わしい事件だと書いてマリーに同情する。

親族の世話にもかかわらず、マリーは少しずつ衰弱していく。モンペリエ大学の医学部教授たちが診察に訪れ、治療を開始する。医師たちはいずれもマリーに同情的だった。

医師たちの提言で、マリーの居室は、塔の上の窓のある独房に移る。南仏の風景と、道行く人々の姿も窓からは眺められた。

塔に幽閉されている囚人の身の上を知った町の住民の中には、窓にマリーの姿を認めると、立ち止まり、帽子を脱いで会釈《えしやく》する者もいた。かと思うと、手にしていた花束を、マリーに向かって捧《ささ》げる仕草をする女性もいた。

そんなやりとりを修道女から聞いた監獄長は、窓に板を張り、外が見えなくなるようにする。

この頃には親族のひとりである従妹が、マリーにずっと付き添ってくれるようになる。

心を慰めてくれるのは、そうした親族の優しさであり、読書だった。読書は、何も今そこに差し入れされている書物だけでなく、過去に読み親しんだ作家たちの記憶も含まれている。パスカル、ボシュエ、セヴィニェ夫人、コルネイユ、ラシーヌ、モンテーニュ、ラ・フォンテーヌ、モリエールといった作家たちも魂の友となった。

侍女だったクレマンチンも、面会の許可が得られるように当局に申し入れをする。それを間接的に聞いたマリーは、クレマンチンがモンペリエの町で、かつての使用人ドニを見かけたことを知る。ドニは旅人を装《よそお》いながら、町の人々に囚人マリーの悪行を言いふらしていたという。

ほどなく修道女からも、監獄長がマリーに宛てられた匿名《とくめい》の手紙を受け取ったと知らされる。手紙には、死ぬまで囚人でいるよりも早く死んだほうがよいと書かれ、白い粉のはいった包みが同封されていたらしい。マリーはドニの仕業に違いないと直感する。あの男はどこまで自分を苦しめるのか、もう充分に地獄に突き落としたうえに、さらに一撃を加えるのかと怨念《おんねん》に燃える。

いつか自分の無実は晴れるだろう。一世紀後か、二世紀後か、それは分からない。しかし少なくとも神だけは分かっておられるはずだ。——その信念がマリーを支え続ける。

塔に幽閉されて六年後の一八四八年一月、マリーの身体《からだ》はいよいよ衰弱して、発熱が続くようになる。モンペリエ大学の医学部教授四人が往診し、病状を吟味した結果、快癒のためには獄舎から解放するしかないと結論する。政府に届けられた意見書は、ようやく一年四ヵ月後、認可が下る。入獄から十年近くが経っていた。

一八五一年二月、マリーは従妹に付き添われて、南仏サン・レミの療養所に到着する。そこは四十年後、画家のゴッホが左耳を切り落としたあと、自ら進んで入所した場所でもあった。

風光明媚《めいび》なこの地で、医師や尼僧《にそう》から受ける手厚い看護にもかかわらず、マリーの身体は弱っていく。

病状を見かねた大叔父は、自由解放の直訴を決意する。パリに上り、七月王政が終結して第二共和政に移り、第二帝政で即位したばかりのナポレオン三世に直訴した。訴えは受理され、一八五二年六月、マリーはついに自由の身になる。しかしピレネー山脈の麓《ふもと》の村、オルノラック・ユサット・レ・バンに住む親族の許に戻ったマリーは、文字どおり骨と皮だけの姿になっていた。

そのまま五ヵ月後の十一月七日、息をひきとる。享年《きょうねん》三十六だった。遺体は、旧石器時代の壁画で有名なニオーの洞窟《どうくつ》の近くにあるオルノラック村の墓地に埋葬され、逆さにされた十字架が墓の上に置かれた。

マリーはモンペリエの牢獄に移送される前日から手記を書き始める。結核の病魔に冒され衰弱する一八四七年になると、もはや筆をとる気力もなくなり、年末には筆は途絶える。

手記は死の翌年、親族の手によって『牢獄の時間』と題されて出版された。一八四一年十月二十四日の日付がある起筆は、「いったい、わたしにまた何が起きるのだろう」であり、「今後、私に残された日々は、一日たりとも無駄にしまい」という一文が、未完の書の終筆である。三百頁《ページ》に及ぶこの手記には、無期囚の揺れ動く心理と、祈りと思索が凝縮されており、フランス文学の隠れた傑作である。

マリー・ラファルジュ事件は、中毒学と法医学の分野で画期的な転機をもたらした。法廷論争では、この事件のあと法医学が重要な位置を占めはじめる。

法廷闘争の渦中《かちゅう》にあった法医学の泰斗オルフィラは、後に自分が試薬中の砒素濃度を厳密に測定していなかった過《あやま》ちを、公式に表明する。

事件を契機として、毒殺が疑われる事件では、死体の臓器中に含まれる毒物の分析が不可欠になる。砒素に続いて、水銀やリン化合物、アンチモンの分析法が確立された。

同時に法医学者の地位も高まり、多くの犯罪事件で重要な役割を担《にな》うことになる。

マリー・ラファルジュ事件を教訓として、七月王政下の一八四六年、フランス政府は砒素を含めた毒物の販売を規制する法令を出した。

他方ジャーナリズムも、この事件によってにわかに活気づく。裁判の成り行きの逐一は、新聞と絵入り雑誌がとり上げ、マリーが書いた手記の一部は、有力紙が抜粋を掲載した。同時に新聞小説が登場するきっかけもつくる。バルザックの『人間喜劇』、デュマの『三銃士』、サンドの初期の諸小説がそれであり、マリーの死後わずか五年で刊行されたのが、フローベールの『ボヴァリー夫人』だった。

9 診療録

光山刑事たちが送った段ボール箱は、八月二十四日の夕方までにすべて衛生学教室に届いた。

その日の朝、牧田助教授を教授室に呼んだ。和歌山での仕事の大筋を話し、今後の協力を頼んだ。牧田助教授は二つ返事だった。

「この件は、教室内でも二人だけの内密事項にして下さい」

頼むと牧田助教授の表情が引き締まる。「進行中の実験があるのに、申し訳ないです」

「いいです。実験はあとでもできますし」

牧田助教授は表情を緩めた。

実験の結果はしかるべき学術誌に発表して、業績になる。一方、捜査協力での仕事は、業績としては何の価値もなかった。

段ボール箱を教授室に運び入れて、また牧田助教授に来てもらう。積み上げられた五個の箱を前にして、牧田助教授は眼を見張る。

「四人の犠牲者のデータもはいっているのですか」

「いや、それはどうも無理のようです。こっちで扱うのは生存した六十三人のみです」

犠牲者のデータこそが重要だとはいえ、その解析には手間がかかる。こちらで引き受けるよりも、地元の大学などが担当したほうがいいのかもしれなかった。面子《メンツ》もあるに違いない。

「まずざっと眼を通して、病歴と症状の変化、検査データを、患者さんごとにまとめてみます」

もともとは内科医である牧田助教授が言う。「そのあと、見やすいように、一覧表にします」

「ともかく調査の目的は、六十三人が砒素《ひそ》中毒にかかっているかです。最終的に、心電図は循環器内科の大津先生、腹部レントゲンは放射線科の本城先生、血液像は第一内科の岡田先生に判断してもらう予定です。そのときも、牧田先生が作成する基礎データが役に立ちます。これから先、現地にはいって全員を診るときも、データに基づいて行います」

「沢井先生、六十三人全員の診察をされるのですか。大仕事ですね」

牧田助教授が同情する。

「それから、こっちの段ボール箱には別の患者の診療録がはいっています」

「別の患者といいますと」

牧田助教授が怪訝《けげん》な眼をした。「カレー事件とは別の被害者がいるのですか」

「やはり砒素中毒です。診察もしました。間違いないでしょう」

「そうすると大変な事件ですね。カレー事件だけでも、前代未聞の事件ですけど」

「捜査本部が慎重なのも、そのためでしょう。証拠をつかむまでは、内密にしておきたいのです」

「分かりました」

牧田助教授が請け合う。

その日以後牧田助教授は、終日助教授室に籠《こも》りっきりになった。

朝、出勤すると部屋にはもう明かりがついており、帰宅する九時頃になってもまだ居残っていた。

顔を合わせたのは、昼の食事時のみで、教授室にはいってもらい、一緒に持参の弁当を食べた。

被害者ひとりひとりの診療録の要約が、プリントアウトされて目の前に置かれたのは八月二十六日水曜日だった。眼を通すと、実に要領よくまとめられている。まず最初に書かれているのが簡単な現病歴で、七月二十五日の何時何分に、どういう具合にカレーを手にし、どのくらいの量を食べたかが分かる。ついで、食後何分で吐き気が出現し、何回嘔吐《おうと》したかが明確にされていた。

そのあと入院時所見と入院後経過が記され、日を追って病状が述べられる。次が検査所見で、血液像の変化、肝機能障害の推移、心電図の検査結果が簡潔に記されている。

「申し分ないです」

非の打ち所のない仕事に頭が下がる。

「沢井先生が実際に診察されての所見と総合評価は、あとで加筆していただければすみます。これとは別に、六十三人分の検査データの変化を一覧表にします」

「すみません」

礼を言った。そしてその日の夕刻、牧田助教授からデータのはいったフロッピーディスクと、プリントアウトした冊子を手渡された。

「検査データの一覧表は、今月末までに仕上げます」

渡されたB5判の冊子は一センチくらいの厚さだ。データは、自分のパソコンで読み込んで、内容をどうにでも加筆訂正ができる。

「このプリントアウトした冊子、あと三部作っておいて下さい。あとで岡田先生たちに詳しく見てもらいます。X線写真は何名の患者にありましたか」

「それが案外少ないのです。胸部X線が八名、腹部X線は十一名しか撮られていません」

数が少ないのは、緊急事態の表われかもしれなかった。嘔吐と下痢の処置、輸液などで、X線写真を撮る余裕などなかったのだろう。

「胸部X線が撮られているのは、肺水腫《すいしゅ》の経過を追うためです」

牧田助教授が言い添えた。

「来週早々、三人の先生に持って行きます」

「沢井先生、ちょうど今日は事件からひと月目です。亡《な》くなった犠牲者の遺族にとっては、今日が月命日でしょう」

言われて改めて気がつく。これから先の仕事は、その弔い合戦のようなものだった。

翌日木曜日の朝七時に家を出、地下鉄で空港まで行き、八時半にはもう関空行きの便に乗っていた。

機内で、牧田助教授から渡された冊子を広げる。五十音順に患者のデータが並べられ、番号がふられている。最後の番号は六十三だ。

冒頭にある四十三歳男性の欄に眼を通す。

事件当日、この人は午後六時頃からカレーを食べ始め、トレイ一皿全部をたいらげた。食べ出して六分で吐き気が出現し、十分程で、嘔吐が始まる。近くのM外科に向かうまでの三十分間で百回以上は吐いた。

病院到着後、直ちに輸液が始まり、救急車でI病院に入院になったのが、二十時十九分だ。着いたときにも吐き気と嘔吐があり、過呼吸と頻脈、血圧低下が加わっていた。直ちに胃洗浄が行われ、輸液続行のまま酸素吸入が開始された。

その日のうちに下痢が始まる。日付が変わる頃になっても血圧低下と頻脈が続くため、二十六日の午後W県立医大への転院が決定された。W県立医大への入院は十四時四十分、酸素吸入と輸液は続行、昇圧剤と制吐剤が静注された。

翌二十七日、制吐剤と昇圧剤に加えて、利尿剤も静注され、冠動脈拡張剤が投与される。夕食から五分粥《ごぶがゆ》の潰瘍《かいよう》食が開始される。

二十八日には全身状態が安定傾向を見せ、酸素吸入は中止、制吐剤と冠動脈拡張剤の投与は続けられた。胃部の不快感は残り、頭痛と胸やけが生じている。

二十九日になっても、食事を見ると吐き気に襲われ、牛乳とバナナ、みかんくらいしか口にはいらない。この日開始された副腎皮質《ふくじんひしつ》ホルモン投与は、八月四日まで続けられた。

三十日に吐き気が消え、頭痛のみになる。肝庇護《ひご》剤の静注が始まった（これは八月十二日まで継続される）。

その後、全身状態は少しずつ改善し、退院になったのは八月十三日、約二十日間の入院だった。

検査所見では、カレー摂取翌日に白血球が増え、三日後には減少に転じていた。肝機能障害は一週間かけて少しずつ重症になったものの、治療の効果もあって八月二日からは改善に転じている。それでも退院前日にも中等度の肝機能障害は残った。腎機能障害も入院直後から見られたが、数日で軽快している。

腹部X線では異常なく、心電図ではQT時間の延長が入院直後に見られる——。

改めて牧田助教授が作成した診療録の要約に感心する。患者の病態が過不足なく記載されていた。

唯一《ゆいいつ》、重篤《じゅうとく》な砒素中毒に発生する手足のしびれが、書かれていない。しびれ感の出現は遅れる。おそらくこれから出てくるに違いない。今後この患者を実際に診察するときには、その点に注意する必要があった。

この患者は、二度にわたって腹部単純X線写真が撮られていた。治療にあたったW県立医大の主治医は、異常なしと判断している。しかし実際のX線写真を放射線科の本城助教授に見せれば、何らかの異常が見つかるかもしれない。

もう一例の要約に眼を通す。

被害者は十六歳の女子高校生で、事件当日、午後六時に会場に着き、十分くらいしてカレーを食べ始めた。口に入れて十二、三分経《た》った頃に、吐き気がし始め、数分後には激しい嘔吐に襲われる。食べたカレーの量はトレイ半分程度だった。

すぐにM外科を受診し、八時十分、救急車でS病院に緊急入院になる。入院時も嘔吐が激しく、頻脈で呼吸困難があり、輸液が開始される。制吐剤も静注された。肺に雑音はなかったが、酸素吸入が始まる。腹痛に伴って少量の便失禁が見られ、下痢が続く。

翌二十六日にも、動くと嘔吐が出現した。酸素吸入の必要がなくなった代わりに、夕方から血圧の低下があり、昇圧剤の静注が開始された。

二十七日になると、前日から時々生じた頭痛が、常時感じられるようになる。嘔吐も続き、胆汁様の嘔吐物を小膿盆《しょうのうぼん》に三分の一くらい吐いた。全身倦怠感《けんたいかん》が出、顔面に浮腫が現れる。二十八日も同様だ。

二十九日には、顔面の浮腫に加えて、赤い発疹《ほっしん》が出現、すぐさま利尿剤が投与される。翌三十日になると、顔面の赤黒い浮腫は軽減をみた。この日、肝庇護剤が静注され、五日間にわたって続けられた。

八月二日に利尿剤は中止、食欲がやっと回復し、三日にはトイレ歩行が許可された。退院した八月十日には、顔面の発疹は目立たなくなった。

検査所見では、入院翌日に白血球増多があり、その後少しずつ減少に転じている。血小板も減少し、肝機能障害は入院後五日で重度になり、肝庇護剤投与とともに軽快し始めていた。

胸部X線では、肺水腫が入院直後に確認され、心電図は入院直後に三回とられ、いずれもQT時間の延長がみられている。

この少女の例でも、まだ手足のしびれは出現していない。診察の際、まずそれを確認しなければならない。言い換えると、被害者たちの症状は、ある意味でこれからが本番なのだ。

関西空港に到着するまでに、眼を通し終えたのは四十名程度だった。

機体が傾き、眼下に海が見えた。陸地から細く長く突き出ている空港道路が、息をのむくらい美しい。

空港の出口には、前回同様、光山刑事と小野巡査が待っていた。光山刑事の笑顔に接すると、もう何度も会っているような錯覚にかられる。

「本当にありがとうございます」

二人から深々と頭を下げられ、小野巡査がスーツケースを持ってくれた。

「やっぱり関空のほうが、広々として気持良いですね」

車に乗り込みながら言う。駐車場も広々として余裕たっぷりだ。

気持良さは、海を割るようにして延びる一本道を走るにつれて増していく。

「先生、今回は一泊二日しかできないということで、お忙しいところ恐れ入ります」

助手席から光山刑事が言った。

「すみません、九月になると授業の準備も始まりますし、学会の時期にもなります」

「そんな折、ありがとうございます」

光山刑事が律儀《りちぎ》に頭を下げる。「今日は、また別の患者を診ていただきます。それから、和泉も呼んでいます。そして明日の午前中、時間があればカレー事件の被害者の方を、何名か診ていただく手配をしています」

明日、昼前に数人の患者を診るのは、少々骨の折れる気がする。しかし、これまで診察したカレー事件の被害者は、わずか三人だから、それくらいは当然なのかもしれない。そうでもしないと六十三人全部を診きれるはずはない。

「さっき、和泉氏以外にも患者がいるという話でしたが、本当ですか」

「はい。先生に診察していただくことも承諾しています」

「カレー事件とは別ですね」

「別です」

頷《うなず》きながら、光山刑事はきっぱりと言い切った。

和泉氏以外にも被害者がいる——。またもやにわかには信じられない。いったいこの事件は、どこまでの根深さを持っているのか。

10　埋もれていた患者

前回同様、宿泊場所は港の近くのビジネスホテルだった。荷物を置いたあと、すぐに交番に案内された。

畳の部屋に坐《すわ》っている男は、中年の痩《や》せ型で、怯《おび》えたような上眼づかいでこちらを見た。

「初めまして。神経内科医の沢井と申します。少し診察させていただいてよろしいでしょうか」

型通りの挨拶《あいさつ》をすると、相手はそのためにここに連れられて来たのだという表情で、光山刑事を見た。

胡坐《あぐら》をかいてもらい、まず両手を診たのも、和泉氏と同じく、砒素《ひそ》中毒の疑いがもたれていると考えたからだ。親指と小指の根元の皺《しわ》が深くなっている。拇指球筋《ぼしきゅうきん》と小指球筋に軽度の萎縮《いしゅく》があった。足底部を診せてもらう。土踏まずの部分の凹《くぼ》みが異常に深くなっている。明らかに著明な萎縮だ。

両手の指先に軽く触れて訊《き》く。

「こうやって触れられると、何か感じませんか」

「ひと月前までは、ずっとしびれていました。今は何かに触ったときだけ、しびれたような感じがします」

初めて症状を訊かれたのが嬉《うれ》しかったのか、男はすらすら答えた。「ジンジンしたしびれは、足にもありました。膝《ひざ》から下です」

「そうですか。今はその感覚はないのですね」

言いながら、足先を指で触れる。「触れられた感覚は、どうですか」

「触れられたら、妙な感じが出ます。ジンジンしたしびれです」

「なるほど」

爪楊枝《つまようじ》を両手指、ついで膝下に当てていく。

「痛かったら痛いと言って下さい」

ほんのわずか先端が触れただけで、男は「痛い」と声を出す。しかも、楊枝の先だけでなく、その周辺までも痛みを感じるという。明らかな痛覚過敏だ。

「すみません。仰向けに寝てもらえますか」

男は素直に畳の上に横になる。足の指を一本ずつ上げ下げしながら尋ねる。

「この指は今、上がっているでしょうか、下がっているでしょうか」

訊いても返事はない。両足十本の指のうち、かろうじて一本だけが正解だった。高度の位置覚低下だ。

振動覚を確かめるために、音叉《おんさ》を出して、下肢のところどころ、ついで上肢にも当てる。音叉の振動を止めて、いつ振動が消失したかを訊く。下肢では高度の低下、上肢では軽度の低下があった。

打腱器《だけんき》で反射も診る。病的反射はないものの、深部反射は見事なまでに消失していた。

「すみません。手と足を写真に撮っていいでしょうか」

構わないという顔で相手が頷《うなず》く。今回はカメラを持参していた。視診の結果を確認するためには必需品だ。手足の筋萎縮をカメラにおさめた。

歩行状態を調べる前に、筋力低下の有無を確かめた。上肢の三角筋は正常、上腕二頭筋と上腕三頭筋に軽度の低下があった。手根伸筋にもわずかながら筋力低下がある。下肢では、腓腹筋《ひふくきん》で中等度、前脛骨筋《ぜんけいこつきん》に高度の筋力低下がみられた。

詳しく診察していくうち、相手の態度が軟化していくのが感じられた。

「すみません。今度は立って歩いていただけますか」

普通に歩いてもらう。やや歩幅が広く、不安定だ。

「次は踵立《かかとだ》ちで歩いて下さい」

手本を見せてから、試みてもらう。しかし何度やっても一歩も踏み出せず、本人も首をかしげた。

「次は爪先立ちでの歩きです」

これも模範を示したあとに、歩いてもらう。不安定ながらも、何歩かは進み、立ち止まって息をつく。自分の障害の重さを改めて自覚した様子だ。

「はいこれで終わりです。ご苦労さまでした」

礼を言うと、男は恐る恐る訊いてきた。

「あのう、どんな病気でしょうか」

「末梢《まっしょう》の神経が障害される多発ニューロパチーです」

「多発ニューロパチー」

男が反芻《はんすう》する。「治るのですか」

「こうした症状は、どのくらい続いていますか」

「十年くらい前からです」

「えっ」

思いがけない返事に男をまじまじと見る。

「はい、昭和六十二年の二月に入院しました」

昭和六十二年なら一九八七年で、今が一九九八年の八月だから、既に十一年半が経過している。この病態が今後急速に改善するとは、とても思われない。

「少しずつは軽くなるでしょうが、やはり後遺症として残ると思います」

そう答えるのがやっとだった。

「原因は何でしょうか」

男は上眼づかいで弱々しく訊いた。

「さあ、それは初期の症状の出方を詳しく調べてみないと分かりません」

「やっぱり砒素でしょうか」

これだけは最後に訊いておかねばならないという口調だった。

「砒素でも起こります」

返答に、男は当惑した表情のまま再度礼を言った。

男が退出するのを見送って、思わず溜息《ためいき》が出る。十一年も前に、和泉氏と同じような急性砒素中毒が出ていたのだ。改めて光山刑事の顔を見返す。

光山刑事が黙って頷く。なるほど、和泉氏が表の被害者とすれば、先刻の男性は裏の被害者だ。実物とその影のように、症状が瓜《うり》二つだった。

「先生、和泉も呼んでいます。写真を撮って下さい」

光山刑事が小野巡査に目配せをする。

薄く口髭《くちひげ》を生やした和泉氏が、小野巡査のあとからはいって来る。やはり、ちょっと見た眼には他を圧するような風貌《ふうぼう》だ。しかし話し出すと人の好《よ》さと気弱さがにじみ出てくる。

「この間はご協力ありがとうございました。手と足の写真を、念のために撮影していていいでしょうか」

和泉氏は黙って坐り、両手を出し、ズボンの裾《すそ》をたくし上げた。両手の表と裏、足の土踏まずの部分をカメラにおさめる。

「もう一度、症状が出たときのことをうかがっていいでしょうか」

先日診察をしたときは、病歴は一切知らされていない。何回もの入院を記載した診療録を読んだのは、診察のあとだった。

和泉氏は、面倒臭いという顔はせず、去年九月二十二日の牛丼《ぎゅうどん》、十月十二日の麻婆《マーボー》豆腐、十月十九日の中華丼、そして今年の三月二十八日のうどんを食べた経緯を、澱《よど》みなく答えた。

診療録にあったとおりの日付と時間、症状であり、寸分の違いもみられない。常人の記憶力を超えていた。

「この前、診察したあとに、警察の調書も見せてもらいました。何度も意識を失ったのは、睡眠薬のせいだとしか思えないのですが、睡眠薬は普段から使っておられませんよね」

「睡眠薬など使いません」

和泉氏は不愛想に答える。

「おととしからの意識消失について、もう一度聞かせてもらえないでしょうか」

この依頼にも和泉氏は嫌な顔はしなかった。

一九九六年七月二日、カラオケ店に行ってコーヒーのあとコークハイを飲んで意識を失い、七月九日にM外科に入院し、入院中の九月八日、外出して再びカラオケ店でやはりコーヒーのあとコークハイを口にしてまた意識不明になった、と話し始める。

三回目の意識消失は十一月二十日のコーヒーであり、最後は今年三月十二日の十回目だ。異常なほどの記憶力であり、サヴァン症候群であるのは、もう疑いようもなかった。

「ところで、去年嘔吐《おうと》に何度も見舞われたときの話に戻りますが、吐いたのは麻雀《マージャン》部屋の外ですよね」

「用水路の所に行って、三、四回吐きました」

「用水路の中ですか」

「用水路の手前のフェンスの根元です。二回目の十月十二日も、やはりフェンスの根元に吐きました」

「そうですか。これで終わりです。ありがとうございました」

礼を言う。あとでその場所の土を分析すれば、そこに高濃度の砒素が検出されるはずだ。

「先生、申し訳ありませんが、もうひとり診察をお願いできませんか」

和泉が退出したあと、診察の結果をノートに記録していたとき、唐突に光山刑事が言った。「実は、カレー事件の被害者でKという女子高生です。学校が九月から始まるので、夏休みのうちに診てもらいたいと本人から申し出があったのです。母親も被害者で、今一緒に来てもらっています」

母親も来ているなら、診察はひとりでなく二人ではないか。

「それなら、二人とも今日診察しましょう」

「ありがとうございます」

光山刑事はほっとした様子で小野巡査に伝える。

K母子に関しては、飛行機の中で読んだ診療録に確かに記載されていた。夏祭り会場には母子で行き、娘のほうがカレーをトレイ半分、母親は四分の一程度口にしていた。その量の差が、症状の軽重に反映されていたような気がする。

牧田助教授が作成した冊子を取り出して確認する。驚いたのは、母子でありながら受診経路が全く異なることだった。そこにも、現場に駆けつけた救助隊の慌《あわただ》しさが感じられる。

娘のほうは、まずM外科に行き、症状が重いので救急車でS病院に転送されて、酸素吸入が始まっている。母親はまずN病院に行って輸液を受け、いったん帰宅したあと、夜十一時少し前、病状が悪化して娘と同じS病院に緊急入院になっていた。

女性の診察に、交番の畳部屋を使うのは申し訳なかった。二人が小野巡査に伴われてはいって来たとき、まずそれを謝罪し、光山刑事たちには席をはずしてもらう。

診察は母親を先にした。そのほうが、女子高校生に過度な警戒心を与えずにすむ。

冊子には、母親も娘と同じように顔全体にニキビ様の発疹《ほっしん》が出、八月十日頃には消褪《しょうたい》したと記載されていた。しかし今はその痕跡《こんせき》はない。

歩行も正常で、踵歩きや継ぎ足歩行にも問題はない。手足の筋萎縮もなく、深部反射も正常、唯一《ゆいいつ》、音叉を当てて調べた振動覚の低下が、両下肢に見られた。障害の度合いは中等度だ。

その診断を告げられて母親は感謝する。

「通常の生活では、支障はないでしょう？」

訊くと、母親は頷いた。「こういうのを、表面に現れないという意味で、非顕性の末梢神経障害といいます。今後少しずつですが、改善していくはずです」

母親が安堵《あんど》した顔になる。

母親の例を見ていたので、女子高生の診察も円滑に進んだ。しかし母親と違い、四肢のジンジン感が顕著で、しかも日毎《ひごと》に増していると言う。特に下肢は、足関節より末梢部に針で刺されるような痛みを感じるらしい。まさしく砒素中毒の後遺症だ。

視診では、拇指球筋と足底部の筋に中等度の筋萎縮があった。四肢遠位部の筋力低下もある。振動覚も両下肢で中等度に低下しており、歩行は痛みのため、不安定だった。

「お嬢さんのほうは、明らかに多発ニューロパチーが残っています。しかし症状は軽症で、これも少しずつ良くなっていくはずです」

何ヵ月で良くなるのかと訊かれれば、答えようがない。しかし女子高生は笑顔を見せて礼を言った。

光山刑事を呼び入れて、二人を送り出す。既に二時近くになっていた。空腹を感じながら、患者用の記録用紙に記入する。以前から使っている緑色の特別な用紙だった。一患者に一枚ですみ、裏表に神経学的病態のみならず、日常動作や全身所見、精神状態までも簡単に記入できるようになっていた。

「先生、お疲れさまでした」

光山刑事が声をかけた。「昼飯を注文しますけど、また鰻重《うなじゅう》でよろしいでしょうか」

先週も食べたとはいえ、あの鰻重なら異論はない。

鰻重で思い出すのは、昭和初期のある商人の話だった。丁稚《でっち》奉公のとき、主人から一度鰻重をおごってもらい、こんなうまい食い物が世の中にあるのだと、感激したらしい。出世したら毎日鰻重を食べようと、そのとき決心し、刻苦勉励を重ね、とうとう店を構えるまでになった。以後、死ぬまで、一日に一回は鰻重を欠かさなかったらしい。長寿を全うしたというから、鰻重は単品で栄養がまかなえる、完全食品には違いない。

小野巡査がお茶をついでくる。三人でまた卓袱《ちゃぶ》台《だい》を囲んだ。

「これまで、公民館での診察なら何度も経験しました。しかし交番は初めてです」

感じたままを言う。

「申し訳ありません。今度からは別な場所を用意します。実を言えばこの交番も危ないのです。マスコミがかぎつけて、うろつくようになりました」

「こんな所まで来ますか」

隠れるようにして患者を診察しなければならないなど、これも初めての経験だった。

「ところで先生、さっきの男の病気は何でしょうか」

「砒素中毒による多発ニューロパチーです」

「やはりそうですか」

光山刑事が小野巡査と顔を見合わせる。「彼の名前は松本といって、あの家の元従業員で、麻雀仲間でした」

「和泉氏と同じですか」

「そうです。体調を崩したのはおよそ十年前です。そのときのカルテも全部入手しています」

「よく残っていましたね。普通、五年経《た》ったら処分してもいいようになっています」

「入院した四つの病院すべてで、カルテは保存されていました。捜査員たちの執念です。ある医院は廃院になっていて、その倉庫からカルテその他を見つけ出しました」

光山刑事が強調する。「カルテのコピーは、あとでホテルに届けます。確かに砒素中毒かどうか検討していただきたいのです」

「しかしよく十年前の症例を掘り出しましたね」

「あの家に出入りした従業員や麻雀仲間を、片っ端から洗っていったのです」

「まだ調べている途中です」

小野巡査も言い添える。

届いた鰻重を前にして箸《はし》を割る。二人は前回同様鰻丼だった。

「その松本という人も、和泉氏と同じように生命保険にはいっていたのですか」

「はいっています」

待ってましたとばかり、光山刑事が頷く。「詳細は目下、生命保険会社に情報の開示を求めています。内部の事情もあるのでしょうが、保険会社はおいそれとは情報を出してくれません。杜撰《ずさん》な契約が明るみに出ると困るからですよ」

光山刑事は茶を飲んで続ける。「松本はリハビリのときも装具をつけていたくらいで、歩けるようになるまで三年かかったといいます。そんな病状だったので、高度障害で身体障害一級をとっています。自分がはいっていた保険で、高度障害の保険金二千万円貰《もら》っています。しかし彼が知らないところで入れられていた別口の保険で、例の小林夫婦も三千万円くらいは受け取ったのではないかと、彼は供述しています。保険の詳細は、いずれ分かるはずです」

「彼もカモにされていたのですね」

「私たちの感触では、もっともっと被害者がいます。全員が小林家の従業員か、麻雀仲間です。もともと亭主は白蟻《しろあり》駆除が本職で、小林工芸というのが会社の名前です。小林憲二という男は、四国生まれで、中学を卒業したあと大阪の自動車部品工場で働き、十九歳で叔母を頼って和歌山に来ています。一年間職業訓練所に通って、旋盤工や店員をして、二十五歳で、八歳年下の女性と結婚しています。その前に暴行罪や傷害、窃盗で捕まり、記録では前科四犯です。いずれも罰金刑か執行猶予《ゆうよ》の微罪です」

　小林の経歴を頭に入れているらしく、光山刑事はすらすらと答えた。

「結婚でひとり息子ができたものの二年後には離婚し、息子は妻が引き取っています。その後、上京してパチンコ店で働いたり、タクシーの運転手をしたりして、三十を少し過ぎた頃、二度目の妻と知り合い、和歌山に戻って三十四歳で入籍しています。妻は十一歳年下です。もう人に使われるのは嫌だと言って、始めたのが白蟻駆除の会社です。その前に白蟻駆除の会社に勤めていて、知識はあったようです」

光山刑事の説明に、小野巡査もひとつひとつ頷く。頭の中を整理しているようにも見えた。

「当初、朝の四時から夜の十時までよく働いていたようです。従業員も二人雇い入れて、景気は良かったらしいです。その頃、今の妻の真由美と知り合って、家に遊びに来るようになっています。女房に子供ができて実家に帰っているときに、三下り半をつきつけて、一方的な離婚です。慰藉料《いしゃりょう》も養育費もなしです。要求でもすれば、あとで痛い目にあわすぞと脅されたそうです。女房の実家から借りていた四百万円という金も、うやむやになったと言います。これは、二番目の妻から直接聞いたので間違いないです」

捜査本部が小林夫妻の経歴や身辺を、しらみつぶしに調べているのが、光山刑事の口ぶりから分かる。

「小林が真由美と結婚したのは三十八歳のときで、真由美が看護学校を卒業したての頃です。年の差は十六か十七です」

「女房は看護学校卒ですか」

思いもしない経歴だった。

「卒業はしても、看護婦の資格はとっていません。病人の世話をする仕事なんか、初手から興味がなかったのでしょう。二人は結婚してから会社名を小林工芸に変え、翌年には従業員も三人に増やしています。そのうちのひとりが、真由美の実兄ですから、景気がよかったのだと思います。長女が生まれたのを機会に、それまでのアパート暮らしをやめ、一戸建て住宅を購入しています。それが一九八四年で、十年ばかり住んだあと、今の家に転居したのが三年前です」

鰻重はとっくに食べ終え、お茶を飲みながら光山刑事の話に聞き入った。逐一の内容が耳新しい。捜査協力の返礼として、内々の話をしてくれているとしか思えない。

「小林工芸になって、一、二年は小林もよく働いたようです。しかし間もなく、仕事は従業員に任せて、競輪や麻雀、カラオケに熱を入れはじめます。もともと小林は競輪好きで、和歌山競輪や岸和田競輪の常連客です。従業員のひとりが愛想をつかして辞め、残ったうちのひとりが、仕事を切り盛りします。小林の運転手をして、競輪に一緒に行ったり、麻雀につきあったりしますが、間もなく亡《な》くなり、次に雇い入れたのが、午前中に診察していただいた松本です。それが十二年前の一九八六年六月です」

「砒素中毒になったのは、そのあとですか」

「雇われてすぐ保険をかけられています。小林真由美が、松本の妻に保険を勧めています。そして翌年の二月に松本が入院しているので、雇われて八ヵ月足らずでカモにされたのです」

聞いていて胸が重苦しくなる。最初から巧みに仕組まれた雇用なのだ。

「その小林工芸も、松本が入院したり、真由美の兄が退職したりで、一九八八年の末には実質的に廃業しています」

「その後は、全く無職ですか」

廃業したのが十年前で、今の家に転居したのが三年前だとして、夫婦がどんな稼ぎをしていたのか気になった。

「無職です。収入がないのに、今の豪邸ですからね。前にも申し上げたように中古の家で七千万円です。その金の出所を目下調べている最中です」

光山刑事が部屋の掛時計に眼をやる。小野巡査が立ち上がって言った。

「あとで松本のカルテのコピーをお渡しします。どうか検討なさって下さい。疑問の点があれば、また明日の朝、松本をホテルに連れて行きます。後日でももちろん結構です」

「明日の飛行機は十二時頃でしたでしょう」

光山刑事が訊く。明日は午後三時までに大学に戻る用事があった。

その足でホテルに戻り、運び込まれた診療録のコピーを取り出した。

松本氏が救急車でO病院に搬送されたのは、一九八七年の二月十五日の朝だった。主訴は腹痛、吐き気、嘔吐で、下痢を伴っていた。入院後も下痢は三日間続き、急性胃腸炎の病名のまま、二月二十日に退院している。

血液検査は二月十五日と十六日に実施されて、白血球増多を示していた。十五日には白血球数が一万七六〇〇と異常に高く、翌日には、一万五一〇〇に下がってはいるものの、まだ高値だ。その他にはBUN（尿素窒素）の高値があり、腎臓《じんぞう》障害が現われている。入院当日の腹部単純X線写真を、窓際《まどぎわ》にかざしてみる。胃のあたりに、X線吸収率の高い点状の物があるような気もするが、自信がない。これも、持ち帰って本城助教授に判断を仰げば白黒はつくはずだ。

主治医は急性胃腸炎を疑い、輸液とともに制吐剤と抗生物質、ビタミン剤を投与している。

退院後の二月二十七日に、松本氏はO病院の外来も受診していた。主訴は激しい胃痛と手足のしびれで、食事中箸を落としたという本人の訴えも記載されていた。しかし医師はこの症状に注意を払わず、風邪の初期症状ととらえ、風邪薬を処方している。

次の受診は三月四日のM医院で、主訴はボタンをかけにくい、箸をつかみにくい、両下肢の脱力である。脱力は、足首より先に力がはいらず、スリッパもすぐ脱げてしまうくらい顕著だった。M医院では原因が分からず、その日のうちにW赤十字病院に紹介入院させる。

W赤十字病院では、脱力と手足のしびれが主訴で、その後数日で、針で刺されるような痛みが出現している。膝蓋腱《しつがいけん》反射が低下し、両手の握力の低下もあり、軽度の嚥《えん》下《げ》障害、歩行障害もあった。ギラン・バレー症候群の疑いで、ステロイドホルモンの投与が開始された。しかし看護記録によると痛みは増強し、電気を流されているような痛みである。指先や足先に何かが触れると、激痛が走るとも記載されていた。痛みは増すばかりで、布団《ふとん》が触れても痛がっていた。

この病院の医師は、詳細に患者の状態を診察していた。脳神経系が正常であるのに対して、左右の上腕二頭筋と上腕三頭筋、下肢の大腿《だいたい》四頭筋、大腿屈筋、前脛骨筋、腓腹筋はマイナス四の低下がある。腱反射もほとんど消失していて、四肢の知覚系では、触覚低下と記載されている。

治療面ではしかし、ステロイドホルモンの連日投与にもかかわらず、下肢の痛みは改善せず、三月下旬から、ステロイドの投与は隔日投与に減らされた。四月になって、プレドニゾロンの経口摂取と、メチルプレドニゾロンの点滴を組み合わせたステロイドパルス療法に変更される。

にもかかわらず、筋力低下が進み、四月下旬には足を伸展できない関節拘縮《こうしゅく》も見られるようになる。担当医は廃用性萎縮を恐れて、血漿《けつしょう》交換しか治療法はないと考え、大阪のS病院への転院を決定する。四月二十八日だ。

転院先での初診時所見では、手足を全く動かせず、深部腱反射もほとんど消失か著明低下である。加えて、四肢遠位部の表在覚の低下、振動覚の低下が見られた。顕著なのは、手首と膝から下の位置覚の低下だった。

前の病院と違ってS病院では、末梢神経伝導速度の検査も実施される。運動神経伝導速度は、両上肢でやや低下、両下肢では反応が出ない。知覚神経伝導速度のほうも、両上肢で反応なしという異常な結果になった。

ここで担当医は、原因不明の急性多発性根神経炎と診断する。効果のないステロイドホルモンの漸減と中止の方針を決め、リハビリを中心とした治療に切り換えた。

リハビリは五月一日から始まり、三ヵ月半でわずかながらも改善する。とはいえ八月上旬の患者の状態は、車椅子《くるまいす》にひとりでは乗れず、食事は箸がつかえずスプーンと手づかみ、排尿便の後始末も不可能の状態だった。

八月十五日に、患者は元のW赤十字病院に再入院し、Kリハビリセンターへの転院待ちの間、整形外科でリハビリが続けられた。

W赤十字病院を退院したのが九月二十六日で、Kリハビリセンターへの入院は十月十五日である。そこで五十日間リハビリを受け、十二月四日に退院する。

退院時の患者の有様は、両松葉杖《まつばづえ》に両下肢装具装着でやっと室内移動ができ、着替えの際にもファスナーをつかめず、引っ張るのも困難だった。靴下も自分で足先に引っかけられず、他人にはかせてもらわねばならなかった。

退院後も、松本氏は、Kリハビリセンターに通院を続ける。翌年の一九八八年八月には、入院当初、右一〇キロ、左八キロしかなかった握力が、右二三キロ、左一八キロまで回復し、杖なしの起立も可能になった。

さらに三年後の一九九一年には、日常生活はなんとかできるようになり、下肢装具なしの歩行ができるまでに回復した。

ノートをとり終えたとき、二時間近くが経過していた。何時間も歩き続けたあとのような疲労を感じた。

今日の午前中に診察した松本氏は、Kリハビリセンターの通院を終えて七年が経過したあとの病状だったのだ。この間にやや改善したのは、上肢の筋力と痛覚過敏、歩行状態くらいで、七年の歳月に比しては改善度が少ない。歩行でさえもまだ歩幅が広く不安定で、踵歩きは全く不可能だった。

松本氏が入院していたW赤十字病院とS病院の担当医師が、それぞれギラン・バレー症候群、急性多発性根神経炎と診断したのも無理はなかった。両方とも多発ニューロパチーの病状を呈するからだ。

ギラン・バレーという病名は、フランスのギランとバレーとストロールが第一次世界大戦中に発表した兵士の二症例からとられている。四肢の筋力低下と運動障害、感覚障害を示し、髄液の蛋白《たんぱく》増加も加わる。しかし予後は非常に良く、数ヵ月から一年以内で治癒する。ステロイドホルモンが有効でもある。

砒素による多発ニューロパチーとの違いは明確である。ギラン・バレー症候群が、体幹近位部の筋力低下、運動障害優位であるのに対して、砒素での障害は、四肢遠位部の筋力低下と感覚障害の優位が特徴である。もちろんステロイドホルモンは無効だ。

末梢神経障害は、他の要因でも起こる。アルコール中毒、ビタミンB_1不足による脚《かっ》気《け》、有機溶剤中毒、抗結核剤によるものなど、多数ある。

松本氏が呈した多発ニューロパチーの特徴として、四つ考えられる。ひとつは、運動障害が四肢末端で顕著だとはいえ、感覚障害はそれ以上に重篤《じゅうとく》だ。二つ目に、感覚障害としての異常なジンジン感がある。三つ目は、表面感覚では痛覚過敏が著しく、深部感覚では四肢、特に両下肢で振動覚と位置覚が高度に低下している。四つ目は、表面感覚障害よりも深部感覚障害がより高度である。

この四つの特徴をもつ多発ニューロパチーを満たす疾患は、この世に二つしかない。重度の砒素中毒とタリウム中毒だ。

しかしタリウム中毒では、視神経障害や自律神経障害が高頻度に見られる。そして何よりも特徴的なのが頭部の脱毛である。そのいずれもが松本氏には存在しない。

松本氏の急性砒素中毒は疑いようがなかった。

たて続けに和泉氏と松本氏のカレー事件とは別の症例を見せつけられ、動転していた気持が、やっと鎮《しず》まりかけていた。

翌朝は八時前に起き、下の食堂で洋朝食をとった。どんよりとした曇り空が広がり、汽笛が時折耳に届く。釣りに出かけて行く子供たちの姿が、窓越しに見えた。夏休みの最後を釣りに興じるのだろう。歩く足も弾んでいた。

段ボールの中味を整理し、自分の荷作りもすませる。十時五分前に下に降りると、もう光山刑事と小野巡査が待っていた。二人は段ボールを部屋に取りに行き、車のトランクに積み込んだ。

チェックアウトの手続きを終えて、車に乗り込む。

「段ボールは、また教室宛《あて》に送らせてもらいます」

運転する小野巡査が言った。

「あれからカルテは読んでいただけましたか」

助手席の光山刑事が訊く。

「一応眼を通しました」

「やはり、砒素中毒ですか」

「病院の診断はギラン・バレー症候群になっていますが、急性砒素中毒で間違いないです」

返事に光山刑事が頷く。

「先生の診察のあと、松本を自宅まで送って行くとき、カレー事件と同じように自分も砒素を盛られたのであれば、心当たりがあると言っていました。先生から砒素による症状の可能性があると診断されて、記憶がはっきりしてきたようです。新たに供述調書を取るつもりにしています。それも出来上がり次第、先生に送ります」

「松本氏はどう言っていたのですか」

「一九八七年二月十四日の午後九時か十時頃に、小林宅で、出されたイカ入りのお好み焼きを食べています。麻雀をしていたときです。そのあと家に帰って寝る頃に、吐き気と嘔吐が起こったようです。嘔吐が止まらないうちに下痢も始まって、朝になって妻が救急車を呼び、病院に行っています」

確かに、最初の病院の受診は二月十五日の朝だ。

「その頃、小林夫婦が住んでいたのは前の家です。麻雀は二階でしていたようです。松本は仕事が終わっても、小林の命令で麻雀やカラオケに深夜までつき合わされています。雑用も言いつけられ、まるで使い走りです。買物からレンタルビデオの返却まで松本がしています。嫌だと断ると、アパートの敷金五十万をすぐ返せ、とこづかれたと言っていました」

「そのあたりは、和泉氏と似ていますね」

「全く酷似しています」

光山刑事が頷く。「麻雀のときは、女房の真由美がおにぎりや焼きそば、お好み焼きを作ってくれたようです。ひとりひと皿になっていて、下にとりに行くか、真由美が持って来ています。

二月十四日の夜には、真由美がイカ入りのお好み焼きを持って上がっています。ひとりひと皿で、真由美が松本に直接手渡しています。松本はソースとマヨネーズが好きで、彼だけにマヨネーズも加えられていました。イカを口に入れると、生臭い感じはあったようです。しかし食べないと、俺の女房がせっかく作ったものを食べんのかと、小林に怒鳴られるので、無理して全部食べています」

「麻雀仲間に訊けば、その日の状況がもっと分かりますね」

「はい、調べてみるつもりですが、何しろ十一年も前のことですから、他の連中が覚えているかどうか」

光山刑事の危惧《きぐ》も無理はない。本人は緊急入院した前日だから覚えていても、他の麻雀仲間はむしろ記憶に残るほうがおかしい。

関空には、余裕が充分にある時刻に着いた。

「次は、来週の木曜日に来られるかと思います」

「何泊滞在できるのでしょうか」

光山刑事が確かめる。

「残念ながら翌朝には戻ります」

学生への講義準備と学会出席を考えると、一泊二日がぎりぎりだった。

「お忙しいなか、ありがとうございます」

二人は頭を下げ、飛行機の便が決まり次第、また連絡を入れてほしいと言った。

11　タリウム

飛行機が離陸して急上昇を始めるとき、ずしりと身体《からだ》が重くなる。重力のせいばかりではなかった。一泊二日の出張でありながら、四、五日を過ごしたような疲労感は、和歌山に赴くたびに明らかにされるカレー事件の裏にある闇《やみ》のせいだ。謎《なぞ》めいた事件に光が射《さ》すのではなく、反対に背後の闇が深くなる。それが疲れをもたらしていた。

水平飛行に移って目を閉じる。砒素《ひそ》と同様に、多発ニューロパチーを呈するタリウム中毒の記憶はまだ新しかった。

七年前の一九九一年四月半ば、警視庁捜査第一課から電話がはいった。母校の衛生学教授に招かれる前年で、S医科大では神経内科教授を務める傍ら、中毒学の教授も併任していた。

「実は、先生にお願いしたい件がございます」

一課の課長補佐だと名乗る人が言った。

「どんな用件なのですか」

まずは用件を知らなければ、こちらも返事の仕様がない。

「それは、お会いしたときにすべてお話しします。近々、先生が上京される予定はないでしょうか」

上京なら連休前に、厚生省の研究班の班会議に出席する予定があった。その旨《むね》を言い、宿泊場所も口にした。

S医科大に赴任した頃から、上京の際に泊まるのは、神田神保町《じんぼうちょう》の学士会館に決めていた。明治の雰囲気を保っているたたずまいが、何とも言えない安らぎを与えてくれる。

班会議を終えた翌日の朝、フロントまで降りて行くと、スーツ姿の二人の男性が待ち受けていた。一課の捜査官だった。すぐに広い談話室に連れて行き、片隅のテーブルに坐《すわ》る。他にも朝刊を読んでいる老客や、人待ち顔の若い客がいるものの、広い部屋の中では話を聞かれる心配もない。捜査官二人も安心したようだった。

挨拶《あいさつ》をすますと、ひとりがテーブルの上に二枚のカラー写真を置いた。一枚には、解剖台に横たわった男性の遺体がある。もう一枚にはその男性の顔面と頭部が大写しされている。

「これだけでは何も分かりません。東京には、たくさんの法医学者がおられるはずです」

暗に辞退の意を込めて言う。もうひとりの捜査官が沈痛な顔を上げた。

「実は、もう何人もの専門家の方々に相談しました。どの方も、これを解決できるのは沢井先生しかいないと、口を揃《そろ》えて言われるのです。どうか、捜査にご協力をお願いできませんでしょうか」

二人から深々と頭を下げられる。

「どういう事件なのか、少し聞かせていただけないでしょうか」

二人の表情からして、のっぴきならない局面に追いつめられているのは明らかだった。

「この被害者は三十八歳の男性です」

年配のほうの捜査官が声を低めて、犠牲者の勤務先を言った。T大医学部附属動物実験施設だった。あとから考えると、特異な職場が、事件に大きな意味をもっていた。

「写真では痩《や》せこけていますが、病気になる前は八十五キロの肥満体でした。二ヵ月の入院期間中、ずっと点滴ばかり受けていたようです」

「いつのことですか」

「去年の暮から今年の二月にかけてです」

返事を聞きながら、二枚の写真をもう一度見直す。死体は、顎鬚《あごひげ》が伸び、眉毛《まゆげ》や陰毛も生え揃っている。しかし頭髪はまばらで、ほとんどが抜け落ちていた。病気が何であるかは一目瞭然《りょうぜん》だった。

「入院先の病院でも、死因の確定には至っていません。死因が何なのか、ぜひ先生に突きとめていただきたいのです」

死因は、すぐにでも口にしてもよかった。しかし軽はずみな発言は禁物だった。

「分かりました。この人が通院と入院をされた医療機関の診療録を、すべて揃えていただけますか。それらを調べれば、診断はつくと思います。周囲の人たちからの供述があれば、なお助かります」

答えたとたん、捜査官二人は安堵《あんど》の表情を見せた。東京から教室に戻ると、翌日には荷物が届いた。

診療録と供述調書から、事件の大筋が明らかになった。

被害者がA整形外科医院を受診したのは前年の十二月十四日だ。両手両足のしびれ感と痛み、歩行困難が主訴だった。高用量の鎮痛薬が処方された。

妻の証言によると、下痢もひどく、トイレに間に合わないので、ポータブル便器を使用していた。

翌々日も同医院を受診し、下肢の筋力低下から歩行困難が生じており、松葉杖《まつばづえ》が貸与された。同時に常用の倍量の睡眠薬が処方された。この不眠は、妻の証言によると病前にはなく、筋力低下や下痢とともに生じているのが分かる。二日後、不眠が増悪《ぞうあく》し、もう一種類の睡眠薬が加えられた。

十二月下旬から激しい腹痛が現れ、B病院を受診、それでも軽快せず、翌日にはC病院を受診した。主訴は腹痛と便秘で、「麻痺《まひ》性腸閉塞《へいそく》疑い」の病名がつけられる。

その三日後、足に力がはいらない状態になり、今度はD病院の神経内科を訪れた。下肢の筋力低下、下肢末梢部《まっしょうぶ》の疼痛《とうつう》とジンジン感、不眠が記載されている。翌日、ついにE神経病院に入院になった。

入院時の現症では、意識障害があり、「ベッドに磁石が入っている。電気も通っている」と、妄想知覚らしい症状を呈し、神経内科医の診察で明らかな末梢神経障害が認められた。

翌日から、独言や、蜘蛛《くも》や虫が見えるといった幻視が続く。呼ばれた精神科医がせん妄《もう》状態だと診断し、向精神薬を処方する。歩行は不可能で、食欲不振、激しい腹痛、不眠の訴えがあり、高血圧も認められた。

そして年が明けた一月三日の朝、患者の頭髪がごっそり抜け、ベッド上に束になって散乱しているのに、看護婦が気づく。初診から二十日後だ。

その後も朦朧《もうろう》状態と幻視は続き、頭髪の脱毛も持続した。一月半ば、初めてタリウム中毒を主治医が疑い、毛髪と爪《つめ》のタリウム分析を、J医大衛生学教室に依頼する。一週間後、高濃度のタリウムが検出されたとの報告が届いて、ようやくタリウム中毒の診断がなされた。初診から五週間が経過していた。

二月になると、患者は全身状態が悪化するなかで、「職場で毒を盛られた」と、うわ言《ごと》のように言い続けた。病院は犯罪の可能性が高いと判断して、警察署に届け出る。この時点で、警視庁は鑑定人の人選を始めたのだ。

患者の状態はますます悪化するばかりで、二月中旬、急激に血圧が下降して、多臓器不全で死亡する。司法解剖がなされ、臓器の一部は某医大の衛生学教室に送られ、やはりタリウムが検出された。

三月に入ると、「T大技官謎の中毒死」として、マスコミが大々的に報道するようになる。警視庁も殺人の疑いで、本格的な捜査を開始する。

診断はタリウム中毒で間違いない。しかし問題は、初発症状がいつかという確認だった。つまり、犯行がなされた日はいつかという疑問が解明されなければ、捜査本部も焦点を絞れなかった。被害者は、最後のE神経病院に入院する前に、四ヵ所の医療機関を受診している。しかしどの医療機関も、発症日時を特定できなかった。

捜査一課が依頼した複数の鑑定人も、謎の解明はお手上げだった。その結果、白羽の矢がこちらに立ったのだ。

診療録をつなぎ合わせて分かる事実は、前年の十二月中旬、突如として生じた四肢のしびれ感と疼痛である。同時に下肢の脱力と歩行困難も伴い、この時点で末梢神経障害が起こったと判断できる。

他方で下痢が続いたあと便秘になって、腸閉塞のような腹部症状を呈す。そこに意識障害と幻視が加わり、初診から二十日後、顕著な脱毛が頭に起こっている。

この発症状況と経過からして、タリウムの経口摂取の日は、十二月十日と推測できる。しかも、末梢神経障害の重篤《じゅうとく》さ、精神症状の激しさ、高血圧などの自律神経症状の発現、死の転帰から判断して、致死量相当を摂取したのは間違いない。

依頼されてひと月後、この考察を意見書として作成し、警視庁に送った。意見書をもとに、警視庁が被害者の周辺を徹底的に洗い始める。捜査一課からは、捜査の状況が次々と送られて来た。

遺族からの事情聴取で、被害者が自殺する動機はおよそ考えられず、家庭内で中毒が起きた可能性は皆無だった。

ついで届いた事情聴取の内容で、被害者の職場での状況が分かった。職場で被害者は、いつも本人専用のマグカップに緑茶を注ぎ、しかも一気に飲む癖がある事実も判明した。

タリウムによるこれまでの殺人事件では、コーヒーか紅茶に混ぜられた例が多い。今回は、例外的に緑茶に混入された疑いが濃厚だった。犯人はそういう被害者の癖を知っていたはずだ。言い換えると、犯人は職場内にいるという結果になる。

残る問題は、犯人がどうやってタリウムを入手したかだ。警視庁はその点についても、判断を依頼してきた。

手掛かりは、被害者の勤務先が医学部の動物実験施設という事実だった。そこでは組織や細胞を培養する培地の作製が必須《ひっす》で、酢酸タリウムが使われる。

その旨を捜査本部に伝えた。

実を言えば、T大事件の十二年前に類似の事件を経験していた。ちょうど、S医科大神経内科の助教授に推挙されて間もない頃だった。

一九七九年の十二月中旬、F大病院の内科医師から電話がはいった。中毒性と思われる末梢神経障害の症例を示す患者が入院しているが、原因が分からない。緊急で診て欲しいという依頼だった。翌日、用事を朝のうちにすませて、昼過ぎF大病院に駆けつけた。

症例は、F大学に勤務している二十八歳の男性臨床検査技師だった。その年の十二月四日、上腹部の不快感と吐き気、嘔吐《おうと》が突然出現した。その五日後くらいから、四肢末梢部に、疼痛を伴うジンジン感が出、さらに四、五日すると頭髪が抜け出した。そこに四肢の異常感覚と、全身倦怠感《けんたいかん》も加わり、それらの症状は、現在も持続していた。

既往歴を見ると、患者は同じ年の八月初めにも、下腹部痛と吐き気、嘔吐に見舞われている。数日後には、四肢末梢部に激痛を伴う異常感覚が出て入院になっていた。入院後も全身倦怠感を訴え、さらに発症十四日目頃から、頭髪の脱毛が始まる。そして発症四週目に確認されたのが、爪のミーズ線だ。この第一回目の四肢の痛みと異常感覚、脱毛は二ヵ月ほどで治癒したという。

今回、二回目の入院時の検査所見では、検尿や血液検査、胸部X線、心電図、脳波のすべてが正常範囲である。ただし、神経生検で明らかな末梢神経の変性を示す所見が得られていた。

実際に診察した患者は、痩せて頭部にはまだ脱毛が見られ、不眠を訴えて、精神的な焦躁感が目立った。胸部や腹部に異常はなく、脳神経や頸部《けいぶ》にも異常はない。四肢末梢部に顕著なジンジン感と疼痛を訴え、起立も歩行も困難である。痛みのために筋力検査はできないものの、振動覚の低下は明らかで、深部感覚の障害があった。

診断は急性のタリウム中毒で間違いない。しかも八月と十二月の二回にわたって中毒が起きている。いずれも症状の開始は腹部症状で、やがて末梢神経障害が出、遅れて頭部の脱毛があり、爪にミーズ線が出現していた。

タリウム中毒の確定診断には、中毒症状が出た時点での尿を調べるしかない。幸い、二回目の入院時の初日と二日目の尿が保存されていた。

その尿を分けてもらい、スーツのポケットに入れて大学に持ち帰り、衛生学教室にタリウムの分析を依頼した。

衛生学教室での分析では、フレームレス原子吸光光度計が使われ、その結果、驚くべき高濃度のタリウムが検出された。

この事実をもとに、大学はタリウム中毒の原因究明に関する内部調査を開始する。

タリウムの体内への進入経路は、経口摂取が一般的だ。患者本人に問いただしても、職場でタリウムという化学物質を扱ったことは一度もなく、見たこともないという。もちろん自殺目的での使用も強く否定した。

家庭でタリウムを摂取した可能性も考え、妻の尿も調べられた。しかしタリウムは検出されない。患者は、日頃外食などしないことも分かった。

そうなると、タリウム摂取の場所としては職場しかない。同様の症状を示す症例が職場にないかどうか、主治医に調べてもらった。八月にも十二月にも、類似の患者は出ていなかった。

患者の承諾を得て、主治医と一緒に職場の実地検分をした。しかし患者が働いていた部屋からは、それらしい物は全く発見できなかった。

文献的にも、犯罪目的のタリウムはコーヒーや紅茶に混入される場合が多い。はたして患者に嗜好《しこう》を問いただしてみると、コーヒーが大好物であり、職場では一日に何杯も飲んでいた事実が判明した。しかも患者は愛用のコーヒーカップを使っていたという。

そうなると、犯人はその愛用のカップを知っている誰かだ。とはいえ犯人探しは医師の権限を超えている。まして、この時点で、犯罪として警察に届けるのも、大学病院内での犯行となるので躊躇《ちゅうちょ》された。

患者は今回も順調に回復している。最も重要なのは、再発防止だろう。主治医を通して、患者の職場の休憩室で使用しているコーヒーカップを、すべて同じものにする処置を講じてもらった。

もちろん犯人が誰かは不明のままだ。しかし犯行が二度と起こらなければ、一件落着といえた。

ところが、その一年半後の一九八一年七月末、当該患者に三回目の中毒症状が出たのである。しかも今度は、彼のみならず、同じ職場の同僚二人にも、時を同じくして全く同じ症状が出現した。まず食欲不振と吐き気、嘔吐で始まり、数日後に四肢末梢部に激しい痛みとジンジン感も出、十日目から頭部の脱毛も加わった。

この時点で、病院内でのタリウム中毒の集団発生が、報道機関から明るみに出された。F大病院は、病院長を長とする調査委員会を発足させ、県警にも届け出た。県警捜査一課が極秘のうちに捜査を開始する。

これは内部犯行であり、タリウム混入経路の解明が最も急がれた。調査委員会による最初の院内調査で、病院内にタリウムは置いていないことが分かった。しかし再度調査を進め、三回目の調査で、臨床検査部とは別の部署で、マイコプラズマ培地作製用に、酢酸タリウムが常時使用されている事実が判明する。

こうなれば、職場の誰かが、それを犯行に用いた可能性大である。院内の調査委員会が、臨床検査部の職員六十九名の尿中タリウム分析を実施することを決定する。全員の尿は、S医科大衛生学教室に送られ、分析にかけられた。すると、中毒例三名の他にも四名からタリウムが検出された。

これら七名に、職場でのコーヒーの飲み方が、極秘に事情聴取された。七名とも同じ休憩室でコーヒーを飲んでいた。休憩室には、共用のシュガーポットがあると言う。そのシュガーポットを実際に持ち出してもらい、中の砂糖を少しずつ取り出す。すると、ピンク色の小さな塊がポットの底の隅にくっついていた。これこそがタリウムに間違いなく、分析にかけると酢酸タリウムそのものだった。

誰かがシュガーポットの中にタリウムを混入させ、かき混ぜたあと、後日、証拠を隠すために、砂糖を捨てたのだと推測された。尿にタリウムが検出された七名に、砂糖の使用量を確かめると、七人とも砂糖を多く使っていた。

酢酸タリウムを扱う技師は、病院内でたったひとりしかいない事実も分かった。この検査技師に疑いがかかり、県警は事情聴取に乗り出そうとした。ところが、容疑者となった技師は、詳しい聞き取りの前に、自分は無実だという遺書を残して自殺した。捜査本部は、最終的に、遺書は真実を語っていないと断定し、捜査は不充分のまま終結した。

中毒症状を呈した三名は、その後全快して職場復帰を果たした。発端となった患者も、三度の頭髪の脱毛にもかかわらず、髪は完全に生え揃った。その後、F大病院からタリウム中毒は発生していない。

T大学医学部の動物実験施設でも、酢酸タリウムの取り扱いは、たったひとりの専任技官によってなされていた。しかもこの技官は、死亡した被害者と喧嘩《けんか》が絶えず、犬猿の仲だった事実も浮かび上がった。

被害者の愛用していた茶飲み用のマグカップの飲み口から、タリウムが検出された。続く警視庁鑑識課の調べで、職場の被害者の机の上、椅子《いす》、部屋の壁、冷蔵庫、さらにトイレなど、広範囲からタリウムが検出された。こうなると、職場の人間関係、酢酸タリウムの取り扱いから見て、犯人はその専任技官である可能性が濃厚だ。

しかし警視庁は慎重だった。極秘に捜査を続ける。技官が購入したタリウムの瓶が一本行方不明になっていた。残った瓶のタリウムを分析すると、被害者が飲まされたものと、成分が一致した。

事件発生から二年半後の一九九三年七月二十二日、技官が逮捕される。自供によると、犯行の日、酢酸タリウム一瓶を水道水に溶かし、被害者が席を離れた隙《すき》を見計らって、飲みかけのマグカップの緑茶にその溶液を入れたという。

警視庁の立入捜査が始まると、捜査を攪乱《かくらん》するために、水道水に溶かしたタリウム溶液を霧吹き器に入れ、部屋のあちこちに噴霧していた。

警視庁の依頼で、酢酸タリウムの溶解実験を行ったのは、自供が始まってからだ。確かにはたして数十グラムの酢酸タリウムが、小さな噴霧器中の水道水に溶けるのか、確かめなければならなかった。実験結果は、二五グラムの酢酸タリウムが、わずか七ccの水道水に完全に溶解することを示していた。

捜査の段階で、警視庁は別の事実も摑《つか》む。F大病院タリウム中毒事件のあった一九八一年当時、容疑者が「アガサの作品の中に、タリウムを使った殺人事件があるのを知っているか」と職場の同僚に訊《き》き、その小説を見せたりしていたのだ。この同僚の証言は、裁判の過程で、重要な証言として採用された。

犯人がはからずも口にしたアガサ・クリスティの小説は、一九六一年刊の『蒼《あお》ざめた馬』である。この題名は、もともと新約聖書のヨハネ黙示録に出てくる〈死〉の騎士を乗せた蒼ざめた馬に由来し、女性たちが集う降霊術の集会場の名前にもなった。

小説ではパブの名前になっている。

小説の冒頭で、赤毛の娘がコーヒー店でブロンドの若い女と喧嘩をし、髪の毛をごっそり引き抜かれる場面が描写される。赤毛の娘はその後、療養所で死亡し、死因は脳炎だった。

次に神父の撲殺場面があり、靴底に九人近くの名前が書かれた紙片が見つかった。これは神父が死の床にあった貴婦人を看取った際、その女性が懺悔《ざんげ》の中で口にした人たちの名前だった。そのうちの一人の女性は、看病した下女によると、髪が枕《まくら》の上にごっそり抜けていたという。死因は脳腫瘍《しゅよう》だった。

紙片に記されていた人たちを警察が調べていくと、いずれも死亡しており、死因は中毒性多発神経炎や脳出血、胆石、小児麻痺などさまざまである。

神父を殺害したのも、連続毒殺に及んだのも、ロンドンの南西にある保養地ボーンマスに隠居した薬剤師オズボーンの犯行だった。

小説は、タリウム中毒による死が、さまざまな病気に誤診される事実を前面に出し、頭髪の脱毛という症状を小出しにしながら、謎に謎を重複させていく。こうしたアガサ・クリスティの医学知識は、第一次大戦中、応急手当の講座を受講して、二年間志願看護婦を務めたあと、薬局に勤務した経歴が基礎になっている。

タリウムは一八六一年、英国の物理学者ウィリアム・クルックスによって発見された。その後、硫酸タリウムが医薬品として、結核、梅毒、淋病《りんびょう》、赤痢の治療に用いられる。一方で酢酸タリウムは、頭部白癬《はくせん》治療を行う際、脱毛を起こす薬剤にもなった。服用法は内服であり、今から考えるとヒヤヒヤものである。

一九二〇年代にはいると、硫酸タリウムが殺鼠《さっそ》剤として使われ、殺虫剤としても効力を発揮する。クリーム化された酢酸タリウムは、脱毛剤として発売された。

タリウムが広く使われ出すと、誤用による中毒や医療性の中毒が発生しはじめる。他方で、タリウムは政治的な暗殺の道具としても活用される。

最初の犯行は一九五七年西ドイツで起こった。ソ連の諜報《ちょうほう》部員が、ウクライナ人亡命者の殺害を命じられ、これを拒否して亡命、KGBにタリウムを盛られて重体に陥った。部員は米国内の陸軍病院に搬送され、その医師団が幸いにも救命した。

一九六〇年代の初め、CIAはキューバのカストロ首相の暗殺を画策する。手始めに、トレードマークの髭を落とす意図で、靴の中にタリウム塩を入れて、皮膚から吸収させようとした。しかしこの企ては、カストロ首相が旅行を中止したため、成功しなかった。

一九七二年、キューバを訪問したルーマニアのチャウシェスク第一書記（のち大統領）は、この陰謀話をカストロ首相から直接聞く。これ以降彼は、衣類を毎日新品に取り替え、死ぬまで日々新しいスーツと靴を用意させた。一方で、すべての食事を専門家に化学分析させて、中毒を免れたという。

犯罪史上、毒殺魔として名を留めているのが、英国のグレアム・ヤングである。

一九七一年の十一月、セント・トーマス病院附属医学校の法医学者ヒュー・ジョンソン博士は、ハートフォードシャー州の警察署から電話を受けた。電話の主は地区の主席捜査官で、その州にある写真印刷工場の専務が、工場で奇妙な病気が立て続けに発生しているので、捜査を依頼して来たと告げた。

病人のうち二人は死亡し、最初の死亡例の診断は感染性多発神経炎だった。電話の前日に亡《な》くなった患者は司法解剖に付される予定になっていた。

ジョンソン博士が捜査官に、犠牲者と他の病人の症状を尋ねると、消化器症状として吐き気、嘔吐、下痢があり、神経症状としては四肢の筋力低下と疼痛、加えてめまいがあった。

何らかの中毒を疑った博士は、捜査官にその工場の社員食堂の飲食物、工場で扱う化学物質を徹底的に調べることを指示する。

後日捜査官は、食堂からも工場からも、中毒の原因になる物は発見されなかったと博士に報告する。その際、入院していた二人の患者に、頭髪の脱毛が見られたようだと、つけ加えた。

「原因はタリウムじゃないか。写真印刷工場で、タリウム化合物が使われていないか、調べてくれ。そして貴官も、アガサ・クリスティの『蒼ざめた馬』を読むといい」

電話口で答えたジョンソン博士も、その実、何日か前に『蒼ざめた馬』を読んだばかりだったのだ。

捜査官が『蒼ざめた馬』を読んだのは言うまでもない。しかし写真印刷工場では、タリウム化合物は現在も過去も全く使用されていなかった。事件解明は振り出しに戻った。

ジョンソン博士は、死亡例と報告を受けた患者の病状を詳しく見直した。

第一例は六十歳の倉庫係で、元来健康だったにもかかわらず、一九七一年の五月末と六月初め、体調が悪いと言って帰宅、六月中旬から一週間の休暇を取った。六月下旬職場に出たものの、指先がしびれ、歩くのも不自由で、帰宅してもボタンをはずせず、足の感覚もなくした。六月三十日に入院し、翌日ＩＣＵに移され、指先の麻痺は少しずつ全身に広がり、顔面神経麻痺、嚥下《えんげ》障害、呼吸困難になった。気管切開も施されて、七月七日、心肺停止で死亡する。入院時の診断は末梢神経障害、死後の最終診断はギラン・バレー症候群だった。遺体は火葬された。

第二例目は、その三ヵ月後の十月初旬、三十九歳の電気技師に出た。職場でコーヒーを飲んだあと、胸と胃の痛みが出、中旬になると足のしびれが出て、かかりつけ医を受診した。インフルエンザの疑いとされたが、その後、足を持ち上げることができなくなり、足先に激痛があった。頭髪も抜け始め、十一月初め、入院になる。やがて頭髪は完全に脱落し、幻覚もあり、食思不振で食事も喉《のど》を通らなかった。幸い、一命はとりとめ、快方に向かっていた。

第三の被害は二十六歳の事務員に出た。十月上旬、職場で紅茶を飲んだ翌日、足に激痛を感じ、医師に診てもらった。その後、足のしびれはひどくなり、胃と胸に痛みも出、深呼吸も困難になった。布団《ふとん》が足に当たるだけで痛く、不眠が続き、十月下旬、ついに入院する。頭髪もすっかり抜け落ち、かつらをかぶった。しかし命だけはとりとめられそうだった。

第四例は、五十六歳の作業管理課主任である。十月末、残業していたとき紅茶を飲み、翌朝、腹痛と嘔吐、下痢をきたし、往診の医師に、足の痛みとジンジン感を訴え、十一月上旬には入院した。症状は重くなるばかりで、国立神経病院に転院したあと、視力障害、嚥下障害、呼吸困難に陥った。気管切開も虚《むな》しく、十一月十九日に死亡する。

ジョンソン博士に電話がかかってきたのは、その翌日だったのだ。

第二の犠牲者にはすぐ司法解剖が行われた。もちろん、ジョンソン博士だけでなく、ロンドン警視庁法科学研究所の担当官も加わった。内科的に異常な病変は発見されず、唯一《ゆいいつ》の所見は頭髪が簡単に抜けたことである。しかも頭髪以外の体毛の脱落は見られない。

担当官はこの抜けた毛髪と、生存者二人の毛髪を顕微鏡で観察した。すると通常とは異なる色素の沈着を認めた。さらに生存者二人の尿と、第二の犠牲者の保存されていた尿を調べてみると、タリウムが検出される。この犠牲者の各臓器からも、高濃度のタリウムが検出された。

となると、第一の犠牲者の死因もタリウム中毒の恐れが濃厚になる。しかし残っているのは診療録だけで、司法解剖されなかったために臓器も尿も頭髪も残っていない。唯一の手がかりは、遺灰だけだった。ロンドン警視庁はこの遺灰を調べる。すると正常人には存在しないタリウムが高濃度に検出され、これで四人に対するタリウムを使った殺人および同未遂容疑が裏づけられた。

残る問題は犯人のあぶり出しだ。生存者二人の事情聴取で、ひとりは、ヤングという新入りの倉庫係がいれたコーヒーを飲んだあと、具合が悪くなっていた。もうひとりもヤングから紅茶をいれてもらったあと、体調を崩していた。さらにヤングは、第二の犠牲者の妻に何度も電話をかけ、容態をしつこく尋ねたと言う。

ヤングは第一の犠牲者の葬儀にも参列していて、会社の専務に死因を訊きたがっていた。死亡診断書には、多発神経炎ともうひとつフランス語のような病名が書かれていたと、専務は答えた。するとヤングは、「多発神経炎は一般的な病名で、末梢神経の病変すべてを含んでおり、正確な診断ではありません。フランス語のような病名は、ひょっとしたらギラン・バレー症候群ではないですか」と言ったのだ。

さらにヤングは専務に対して、この症候群が最近提唱された疾病《しっぺい》概念であり、いくつかの治療法が試されていると語った。最近雇用したこの二十四歳の若者の医学的知識に、専務は驚嘆して記憶に留めていたのだ。

地元警察の捜査官はヤングの身許《みもと》を洗うべく、ロンドン警視庁に調査を依頼する。返事は驚くべき内容だった。

ヤングは、つい半年前まで、ブロードムーア犯罪者収容所に十年間収監されていたというのだ。犯罪はヤングが十四歳のときに行われ、義母を毒殺し、さらに実の姉、父親、たったひとりの友人に酒石酸アンチモンを盛っていた。未成年なので刑務所送りにはならず、収容所に送られていた。

ヤングの殺人容疑が固まり、捜査員たちは下宿先に急行する。棚やテーブルに、さまざまな薬剤の詰まった瓶やチューブが置かれ、机の上にも法医学関係の本が山積みになっていた。さらにベッド下からは日記も発見される。中味はまさに毒殺日記であり、毒物の投与量と病状がこと細かに記されていた。

ヤングの上着からは、タリウムのはいった瓶と、第二の犠牲者の電話番号を記した紙片が見つかった。

自供によって、投与した薬物が酢酸タリウムと酒石酸アンチモンであった事実が判明する。ヤングはその二つを調合して水に溶かし、水溶液を飲み物に混ぜたのだと語った。しかも捜査員に自分の知識をひけらかし、急性タリウム中毒の治療法も教示した。投与三十分以内に強力な催吐剤を飲ませ、次の解毒剤《げどくざい》としては、ジメルカプロールと塩化カリウムがあると答えた。

ヤングは、『蒼ざめた馬』を読んだかどうかを訊かれ否定する。しかし実姉は、出版された直後に読んだはずだと証言した。

ヤングは結局、三件の殺人、八件の毒薬投与の罪で終身刑を言い渡され、一九九〇年、四十一歳のとき心臓発作に見舞われて、刑務所内で死去する。

このグレアム・ヤングが捜査官に得意気に語った治療法は、現在の知見に照らしても間違いではない。

タリウム摂取直後の処置としては、まず吐かせるか胃洗浄であり、催吐剤で嘔吐させてもよい。同時に輸液を始め、利尿剤も投与する。活性炭の経口投与も、タリウムの腸管吸収を抑制し、排泄《はいせつ》も促す。

その他、排泄を促進させる方法としては、血液透析、塩化カリウム、プルシアンブルーが有効である。

12 消された従業員

牧田助教授が診療録の要約を完成させたのは八月三十一日だった。被害者六十三名の病歴が五十音順に要領よくまとめられ、別表には検査データの推移が、日付とともに記されている。心電図のコピーとX線写真も患者ごとにまとめられていた。加えて、和泉氏の四度にわたる砒素《ひそ》中毒と、十回に及ぶ意識消失についても、病歴とともに経時的な一覧表が作成されていた。これ以上はない完璧《かんぺき》な出来映えで、本人を前に礼を言った。

「実は、もうひとり、この要領で病歴をまとめて欲しいのです。捜査本部から、先週診療録その他のコピーが届いています」

「やはり他にも被害者がいるのですね」

足元の段ボール箱を見て、牧田助教授が驚く。

「います。例の和泉氏の前に砒素中毒になった患者です。先週和歌山に行った際、診察させてもらいました。立派な多発ニューロパチーで、今も後遺症が残っています」

「いつ砒素中毒になったのですか」

牧田助教授が怯《おび》えた眼になる。

「診療録を見れば分かりますが、入院は一九八七年です」

「十年以上も前ですか」

牧田助教授の驚きが高まる。「まだ後遺症が残っているのですね」

「入院当初は寝たきりで、歩けるようになるまで、確か四年くらいかかっています。よく死ななかったと思います」

「犯人は、やっぱり同じ人間?」

唸《うな》るようにして訊《き》く。

「たぶん、そうでしょう」

「そうすると、犠牲者が四人、被害者が六十三人、それに和泉氏と、もうひとりというわけですか」

恐しい物でも見るように段ボール箱に眼を落とす。「分かりました。できるだけ早くまとめます」

「他の教室員には、あくまで内緒です」

牧田助教授が無言で頷《うなず》いた。

松本氏の資料がはいった二個の段ボール箱を、二人で助教授室に運んだ。

九月一日、協力を依頼していた学内の三人に連絡がとれ、それぞれの許《もと》に資料を運んだ。段ボール箱が最も重かったのは、心電図の解析を頼んだ循環器内科の大津助手だった。台車で医局の大部屋まで運んだ。

「言っていただければ、ぼくがうかがったのに、すみません」

大津助手が恐縮する。他の医局員の中には、わざわざ立ち上がって会釈《えしゃく》する者もいた。たいていの若い医師は、こちらも顔を覚えている。

「これが先日話した患者のデータです。病歴は牧田助教授がまとめています。心電図の所見をいただければと思います」

声を低めて言い、「大切な資料ですので」とつけ加えた。

「かしこまりました。今夜、家に持ち帰ります。一週間もあれば、ご返事できるかと思います」

「申し訳ないです」

医局を出るところまで大津助手は見送ってくれた。和泉氏のデータについては、メモに伝言を書いていたので、理解してくれるはずだった。

単純X線写真が撮られた被害者は一部だったものの、X線フィルムは重く、こちらも運ぶのに骨が折れた。教室員には秘密にしている以上、手伝いは頼めない。

「言っていただければ、ぼくが取りに行きましたのに」

放射線科の本城助教授も恐縮する。

「カレー事件の被害者の分と、もうひとりの分もあります」

「どういうことですか」

本城助教授が怪訝《けげん》な顔をする。

「カレー事件とは別件の被害者です。別の袋に入れているので、見分けはつきます」

本城助教授が無言で頷く。

「それとはまた別の患者もいます。今、牧田先生に整理を頼んでいます。出来次第、持って来ます」

「ええ、どうぞ、どうぞ」

答えながらも、本城助教授の当惑の表情は変わらなかった。事情は書き加えたメモで分かってくれるに違いない。

血液像の解析を頼んだ第一内科の岡田講師は、一覧表とは別の表の存在に気がついた。

「それは、カレー事件とは別の被害者のデータです。同じ砒素中毒かどうか、血液像の変化から判定していただければ、有力な証拠になります」

「別件もあったのですか」

驚きながらも岡田講師は、表を見比べる。

「入院直後に白血球が増え、二、三日して減少に転じているところなど、他の患者たちと同じパターンですね」

「この別件の患者については、末梢《まっしょう》血と骨髄血の標本プレパラートもあります」

「えっ、そんなものまであるのですか」

岡田講師が別の袋に入れられているファイルを取り出す。「よく血液標本を取っていましたね。これは砒素摂取後、何日目くらいに取られたものですか」

「病歴の要約を見ると分かりますが、三、四日後だったはずです」

「よくぞ取りましたね。ぼくも、砒素中毒の血液標本を見るのは初めてです。さっそく文献を調べておきます」

「お手数かけます。文献的考察も含めて、所見をまとめていただきたいのです」

「勉強になります」

岡田講師が眼を輝かす。「しかし沢井先生、これは大変な事件ですね。新聞やテレビでは、いろいろ騒いでいて、別の患者がいると言っているようでしたが、それがこれですか」

「本当を言うと、さらにもうひとり被害者がいて、そのデータも現在、牧田先生がまとめています」

「そうすると、カレー事件の他に、もう二人被害者がいるということですね」

「はい。ですから、ここは先生、くれぐれも内密でお願いします」

念を押して講師室を出た。

翌々日の九月三日、昼過ぎの便に乗って、二時前にまだ真夏の日射《ひざ》しの残る関空に着いた。小野巡査だけが待っていて、和歌山まで急いだ。

「今回は短い滞在ですみません。来週は来られません。今日来ておかないと二週間空くので」

「とんでもないです。ありがとうございます。光山刑事も喜んでいます。今回、是非見ていただきたいものがあります」

小野巡査が言う。「それから、先生がもう一度和泉を診察したいとおっしゃっていたので、今日は彼に来てもらっています。カレー事件の被害者は呼んでいません」

「捜査は進んでいますか」

「ええ、今日の先生のご判断で、焦点を絞れるはずです。自分たちに残された時間は、あとひと月と考えています」

「ひと月ですか」

逮捕までひと月にしては、表向き大きな動きはない。新聞やテレビも表面をなぞっているだけの印象があった。

「事件は七月二十五日です。いくら何でも、三ヵ月が限度だと自分たちは考えています。早く逮捕にこぎつけないと、世間が許しません」

「犯人は、あの夫婦ですか」

思い切って確かめる。捜査本部ももう的を絞っているはずだった。

「夫婦というか。決めつけるには、ちょっと難しいところがあります」

小野巡査は返事を濁した。

泊まる場所として案内されたのは、ビジネスホテルではなく、町中にある県警の寮だった。出迎えた光山刑事は大いに恐縮した。

「先生すみません。マスコミがうるさいのです。ここなら、かぎつけられる心配もありません」

寮の個室が一室、空けられていた。バス・トイレ、ベッドつきで、ビジネスホテルに劣らない設備ではある。

和泉氏は、その寮の面会室のような部屋で待たされていた。

入院した病院の診療録から、和泉氏が四回にわたって砒素を盛られた事実は明白で、それは、腹痛や吐き気、嘔吐《おうと》、下痢などの初期症状からも推定できる。

しかし医学的にみて、それだけでは根拠不足で、もう一点、証拠を固める必要があった。

その第二の証拠とは、急性の砒素中毒に必発する多発ニューロパチーの発症時期だった。カレー事件の被害者六十三人のうち、砒素の摂取量の多かった者が後に多発ニューロパチーを呈したのは、約ひと月後である。文献的にみても、最大でひと月半くらいがせいぜいといえる。

とすれば、多発ニューロパチーが何月何日に出たかを確定すると、遡《さかのぼ》っての砒素の摂取時期が推測できる。その時期に、吐き気、嘔吐などの腹部症状が出た日があれば、間違いなくその日が摂取日になる。

和泉氏の多発ニューロパチーの発症日時は、ノートに書いていた。S病院の入院診療録の看護記録によると、最初の記載は、昨年の十月二十八日だ。両手両足にしびれ感があると書かれ、さらに三十一日には、両手の平と両足の裏のピリピリ、チクチク感が記載されていた。十一月九日には、「タバコを吸っていてもよく落とす」、十一月十五日には、「物を持っていても、何を持っているのか分かりにくい」とあり、同日の握力検査では右二四キロ、左が三〇キロになっている。少なくとも右側で既に筋力低下が始まっている。

こうした記述から、和泉氏に多発ニューロパチーが生じたのは、昨年の十月二十八日だと推定できる。それならば、砒素の摂取時期は、最大ひと月半遡って、九月十日以降、九月下旬までの期間におさまる。

他方、和泉氏に腹部症状が出現したのは、昨年九月二十二日の午後六時過ぎ、十月十二日の午後七時頃、十九日の午後九時頃だ。食べた物は、それぞれ牛丼《ぎゅうどん》、麻婆豆腐《マーボーどうふ》、中華丼だった。この三回の腹部症状のうち、九月十日以降、九月下旬までの間におさまるのは、九月二十二日しかない。つまり、砒素を最初に盛られたのは、九月二十二日だと思われる。

机の前に坐《すわ》る和泉氏は、最初の頃と比べて、こちらに対する警戒心がなくなっていた。光山刑事や小野巡査とも、打ち解けた顔で言葉を交わした。

質問に対する返事は、判でおしたように正確で、看護記録の記述そのままだった。

九月二十二日以後、今年三月二十八日のうどんによる翌未明の腹部症状まで、つい昨日のような記憶で答える。

ついでに、一昨年の七月から今年三月までに起こった、十回の意識消失についても、ノートを見ながら状況を聞き直す。この返答も、M外科やS病院の診療録と寸分の違いもない。

「よく分かりました。何度も呼び立てをしてすみません」

礼を言うと、和泉氏も神妙に頭を下げてくれた。送り出したあと、小野巡査が三人分のお茶をいれてきた。

「和泉氏の人並はずれた記憶力がなかったら、この事件の解明も難しくなっていたのではないですか」

正直な感想を光山刑事にぶつけた。

「そう思います。調書を取り始めたときから、これはいけると感じました」

光山刑事も同意する。「裁判が始まっても、大きな助けになるのではないかと思っています」

「仮に、の話ですが、亡《な》くなっていたとすれば、捜査も難しくなっていたでしょうね。四回の砒素摂取は、いずれも致死量を超えていたはずです」

「致死量は、どのくらいですか」

厳しい表情で光山刑事が訊く。

「通常亜砒酸で一〇〇㎎から三〇〇㎎とされています」

「そんなに少ないのですか」

光山刑事が驚き、自分の小指を眺める。「水の一グラムは、この小指の先ぐらいでしょう。その十分の一か三分の一ですか」

小野巡査までが自分の小指を見た。「よく死にませんでしたね」

「吐いたからです。人間を含めて、動物の身体《からだ》はよくできています。吐いたり、下痢したりするのは、正常な自己修復機能です。和泉氏は、自分の生体防禦《ぼうぎょ》力に素直に従ったのでしょうね。それが幸いしました」

カレー事件の被害者のうち、一部には、運ばれた医療機関で制吐剤を処方された患者がいた。ある意味では、生体の正常な自己治療反応を妨げたと言える。

「先生、今日はまたご意見をうかがわなければなりません」

改まった調子で光山刑事が言い、小野巡査に目配せをした。小野巡査が運んで来たのは、大きな段ボール箱だった。

「実は、これは別の患者のカルテのコピーです。先生にぜひ検討をお願いしたいのです」

「別件の患者ですか」

〈また〉と言いそうになって、言葉をのみ込んだ。

「はい、別件です」

和泉氏と松本氏に続いて、さらに三人目の〈別件〉があるなど、信じられない。

「先生、これは死亡例です」

光山刑事のおごそかな口調には震えも感じられた。

「いつの症例ですか」

「一九八五年ですから、十三年前です」

「この前診察した松本氏の発病が、確か一九八七年です」

「はい。さらに二年遡ります」

光山刑事が暗い眼を向けて頷く。脇《わき》に坐る小野巡査は、ぶ厚いコピーの表紙に眼を釘《くぎ》づけにしていた。

これまで同様、コピーは厚紙で表紙が作られ、患者の名前と医療機関の名称、日付が太字で書かれている。

「しかしよく診療録が保存されていましたね」

ない。
「前回と同じで探すのに苦労しました。でも見つかって本当によかったです」
光山刑事は淡々と答えたが、その裏には捜査当局の血のにじむ努力があったに違い
ない。
患者の名前は〈吉木直《ただし》〉と書かれていた。光山刑事が、三冊のコピーを並べる。
「かかった病院は二ヵ所で、最初がN病院、次がK大病院です。専門用語ばかりで、
私には分かりにくいのですが、大筋はこうです」
光山刑事が頁《ページ》をめくりながら説明を加えた。「患者の吉木は、一九八五年の十一月
十二日、N病院を受診して、即日入院しています。いろいろ検査をしたあと十六日に
退院しましたが、体調は悪いままで、十八日にK大病院を受診、十九日に改めて入院
しています。容態はどんどん悪くなって、二十日に死亡しています。そしてこっちが
解剖の記録です」
「解剖されているのですか」
「されています」
「大学病院で病理解剖されているのであれば、臓器が保存されている可能性がありま
す」
「それは確かめました。臓器はあるそうです」

「だったら、砒素は今でも検出できます」

「はい、いずれ科警研に送ることにしています」

光山刑事は、解剖結果が綴《と》じられた冊子を手渡した。冊子をめくって、最終的な結論に眼を通す。

病理診断には十種の病名が記されていた。第一は薬剤性中毒で、その根拠は骨髄低形成と肝細胞の壊死《えし》だ。第二は、尿細管の細胞壊死から尿細管腎《じん》症、第三は肺炎の像から尿毒症性肺炎、第四が、肺や皮膚、脳室周囲の出血、心嚢《しんのう》内の血液貯留から出血傾向の診断がなされている。

第五の診断名は赤血球貪食《どんしょく》症で、大量輸血の結果、貪食細胞が赤血球を食べている像が見られている。以下、慢性胃潰瘍《いかいよう》、偽膜性回腸炎、慢性膀胱炎《ぼうこうえん》、メッケル憩室、食道下部線状潰瘍などの病名が記載されていた。

「第一の病名の薬剤性中毒というのは、いいところをついています。あと鑑別診断名は砒素の検出如何《いかん》にかかっています」

「先生には、これらのカルテから、症状が砒素中毒に合致しているか調べていただきたいのです。コピーは先生の大学に送らせていただきます。本当に次々とすみません」

「いえ、構いません」

仕事がひとつ増え、牧田助教授が目を丸くする姿が想像された。「この吉木という人も、例の小林工芸の従業員だったのですか」

「そうです。あの松本の少し前の従業員です。この吉木が死んだので、松本を新たに雇ったのでしょう」

光山刑事が言い、横から小野巡査がつけ加える。

「次のターゲットにされたのですよ」

「吉木は、高校を卒業した頃から小林家に出入りしていて、白蟻《しろあり》駆除の仕事を手伝っていたようです。五年間くらいは居候《いそうろう》していたのではないでしょうか」

光山刑事が言う。「調べてみて分かったのですが、最初N病院に担《かつ》ぎ込まれたときは、偽名を使っています。小林真由美の実兄の名前にされて、治療費もその実兄の健康保険が使われています」

「そんなことができますか」

「健康保険証には写真も何もありません。最初から成りすませば分かりません。死亡保険金を貰《もら》うときは、もちろん本名です。どんな保険がかけられていたか、これも調べるのには苦労しました」

光山刑事がぶ厚い黒革の手帳を広げる。「保険は三件かけられていました。ひとつ目はD生命で、特別保障割増保険というやつで、死亡保険金は千五百万円です。二つ目もD生命で、生存給付付定期保険で、死亡保険金は一千万円です。加入は二つとも、死ぬ三年前です。死亡保険金の受取人は吉木の母親になっています。三つ目の保険は、S生命で、死亡保険金は二千万円、受取人は社長の小林憲二になっています。加入したのは、一九八五年、死ぬ三ヵ月半前です。

D生命の保険の取り扱いは、D生命の外交員をしていた小林真由美の母親がしています。保険金の引き落としは、銀行に開設された吉木名義の口座です。しかもこの口座が、最初はW銀行、次がK銀行、そしてK信用金庫と、次々と変更されているのです。三番目の保険の契約者は小林憲二なので、彼の口座から引き落とされています」

三つの保険の死亡保険金を合計すると、四千五百万だ。光山刑事が続ける。

「三つ目のS生命の死亡保険金は、そのまま小林の口座に振り込まれています。前二つの分はちょっと手が込んでいて、まず吉木の母親に印鑑証明書を用意させ、保険金請求書に押印《おういん》させたうえで、D生命に請求しています。D生命は死亡保険金を、吉木の母親名義の口座に振り込みましたが、この口座は、母親に内緒で小林真由美が開設したものなんです」

「用意周到ですね」

　唸るしかなかった。

「それに気がついた吉木の母親は、小林夫婦とD生命に対して民事訴訟を起こしたのです。一年半後に和解して、二千五百万円の半分を母親に返還しています。それでも、小林側の受け取りは、三千二百五十万円ですから、大儲《おおもう》けですよ」

「そのあと、小林夫婦は前の家の水回りの改装工事をしています。四百万円近くを現金で払ったそうです」

　小野巡査がつけ加えた。

「ともかく、このカルテも、どうかご検討をお願いします」

　光山刑事が頭を下げる。二つ返事はしたものの、頭の中では疑問が渦巻く。人間は三千万くらいを手にするために、長年働いてくれている従業員の命を、闇《やみ》に葬《ほうむ》り去れるのだろうか。

「夕食は、今度は寿司《すし》を頼んでいます」

　小野巡査の言葉で、出前を取るのは、つまりこの官舎から出るなということだと理解する。

　部屋に戻り、その出前寿司を食べた。豪華な盛りで、刺身と吸い物、茶碗蒸《ちゃわんむ》しもついていた。

身体を洗うのにも苦労するような狭いユニットバスにはいり、備えつけの寝巻きに着替えて、診療録を改めて点検した。

最初に入院したN病院の病歴の記載によると、吉木氏が最初に体調不良を感じたのは十月下旬である。麦茶を飲んで吐き気と嘔吐が出現したあとも、仕事を続けていた。十一月三日になって気分不良が強くなり、下痢が始まる。十一日には再び吐き気と嘔吐が出現、十二日にN病院を受診、そのまま入院になる。診断は急性腸炎だ。

入院してすぐ、嘔吐を止めるため制吐剤のノバミンが筋注された。さらに胃透視も施行され、胃潰瘍の診断もつけられた。主病名は急性腸炎であり、抗生物質の投与も開始される。

血液検査の結果では、入院翌日に白血球が正常値の二倍以上に増え、二日後から減少しはじめている。血小板は、入院翌日から減り始め、そのまま一気に下降している。腎機能障害を示すクレアチニン値も上がり続けるばかりで、肝機能障害を表わすGOT、GPTも高値のままで推移する。

N病院の退院は十一月十六日、K大病院の入院は三日後の十九日になっている。こういう場合、N病院が患者の病態の悪化に気づき大学病院に紹介するのが通常だ。

しかし事実は違うようだ。K大病院の診療録にはN病院の紹介状はない。

入院時の検査で最も顕著なのは、血小板の極端な低値だ。十一月十八日には正常値下限の約十分の一の一万六〇〇〇、十九日には一万一〇〇〇、二十日は六〇〇〇となって、ようやく、濃厚血小板の輸血が開始される。十四時に十回、十八時に十回、合計二十回行われた。同時に、新鮮凍結血漿《けっしょう》の輸血も実施される。

十九日には骨髄液検査も行われ、著明な骨髄の低形成が確認された。腎機能の指標となるBUNもクレアチニン値も上昇し続け、二十日の夜、多臓器不全で死亡する。享年《きょうねん》二十七――。

この一連の急激な変化から判断して、急性の砒素中毒だったのはほぼ間違いない。吐き気と嘔吐、下痢の初期症状、白血球の増多と減少、血小板の著しい減少、腎機能と肝機能の極端な悪化、そして何よりも、血球を生産する機能に障害の生じる骨髄の低形成がある。

光山刑事の話では、保存されていた臓器が科学警察研究所に送られる予定だ。そこで高濃度の砒素が検出されれば、犯行の事実はもはや揺ぎようがなかった。

13　何度も死にかけた男

翌朝、朝食を持って来たのは、制服の警察官だった。おそらく寮の食堂から運んだのだろう、プラスチックのトレイに、飯碗《めしわん》や塩鯖《しおさば》の皿、味噌《みそ》汁椀《しるわん》などが載っていた。

朝食は見かけよりはおいしかった。身仕度をし終って、テレビをつける。八時のニュースが始まったばかりだ。カレー事件についての報道がないまま、地方局のニュースに変わる。

ようやく、事件のあった地区が画面に映され、被害者の話が出た。顔は映されず、声も変えられている。退院してひと月になるものの、足のしびれや痛みが残り、まだ通院していると言う。最後に、捜査の進展を願う旨《むね》の発言をして、次のニュースに変わった。

捜査本部から頼まれた資料を見ても、犯人はもう確定したも同然だった。しかし捜査がさらに奥まで進んでいる事実は、まだその一部しかマスコミには漏れていない。

警察がここまで慎重なのは、犯人を油断させるためだ。犯人は、いや犯人たちは、どうせ捕まらないと高を括《くく》っているので、証拠湮滅《いんめつ》など考えていない。

カレー事件による四人の犠牲者、六十三人の被害者は、まさに氷山の一角だったのだ。事件そのものは、今も重篤《じゅうとく》な後遺症に苦しんでいる和泉氏と松本氏、そしてあの世に葬り去られた吉木氏と、十三年前まで遡及《そきゅう》する。その間、砒素《ひそ》はずっと犯人の手元にあったはずだ。そして今もあるに違いない。

しかし犯人は、捜査が確かに自分の身辺に及んでいる事実を知った瞬間、砒素を処分するだろう。自分だけにしか分からない場所に隠匿《いんとく》すれば、直接証拠はもはや残らない。

百五十年前のフランスのマリー・ラファルジュ事件では、砒素は館の到《いた》る所にあった。F大病院とT大医学部の事件では、培養培地にタリウムが使われていて、結局それを使用できる人間が犯人と特定された。毒物が身近にあるか否《いな》かこそ、事件解明の決め手になる。

九時を少し過ぎて、光山刑事が顔を出す。午前中だけ、また仕事をお願いしたいと言う。被害者の診察はないと聞いていたので、どういう仕事か訝《いぶか》りながらあとについて行く。

会議室には小野巡査が待っていた。机の上に、綴じられたぶ厚いコピーが何冊も置かれている。

「実は、この件についても、先生のお力を借りたいのです」

坐《すわ》りながら光山刑事が言った。

コピーは明らかに診療録を複写したもので、病院名が厚紙の表紙に読み取れる。

「まだ被害者がいるのですか」

思わず訊《き》いていた。

「いました」

光山刑事が頷《うなず》く。「ようやく昨日までに、大方のカルテが揃《そろ》いました。ざっと検討していただきたいのです。詳しくは、大学に戻られてからで、もちろん構いません。今度和歌山に来ていただくのは、二週間後とお聞きしています。その間に、これらのカルテを分析していただければと思います。カルテは小林憲二のものです」

にわかには信じ難かった。和泉氏を徹底的に追いつめ、何回も入院させたのは、小林夫婦ではなかったのか。その夫のほうまでが被害を蒙《こうむ》っているなど、もはや常人の理解を超えている。

「やはり砒素中毒ですか」

確かめて、迂闊《うかつ》さに気がつく。それを調べるために呼ばれたのだ。

「こちらが、一九八八年のカルテです。M医院を受診したときと、N病院に入院したときのものです」

「十年前ですか」

「そうです。N病院のあとに、このW県立医大病院に移っています。そのあと、またN病院に戻って入院になっています」

光山刑事は別のコピーを指差す。「こっちは、その七年後、一九九五年のカルテです」

「三年前ですか」

「はい、三年前の七月です。まずN医院を受診して、次にN病院に入院しています。そしてこっちが、昨年一月からのカルテです。まず一月末にN病院に入院したあと、四月にK大病院に入院し、八月に退院しています」

呆気《あっけ》にとられ、並べられたコピーの束を眺める。これがすべて砒素中毒とすれば、三回の摂取があった計算になる。

「最後のK大病院では詳しい検査がされています。レントゲン写真やその他のデータをまとめて検討していただきたいのです」

「分かりました」

答えたものの、再び牧田助教授の困惑顔が浮かぶ。今回の和歌山行きで、また二件の大きな宿題を背負わされていた。

「亭主の入院も、やはり保険金がらみですか」

椅子《いす》に坐り直して訊く。

「まだ充分な捜査はできていません」

光山刑事がかぶりを振る。「しかしほぼ間違いないでしょう」

「すると女房のほうが亭主に砒素を飲ませたと？」

「一部は共謀かもしれませんが、主役は真由美のほうでしょう。うすうす感づいた憲二が、あとのほうでは共謀したのかもしれません。何回も犯行に及んでいますから、死なないくらいの匙《さじ》加減は分かってきます。死ななくても、後遺障害の保険がごっそりとれます」

光山刑事が黒革の手帳を開く。「ちょうど十年前の一九八八年の入院では、下半身不随になって、生命保険会社三社から、高度障害保険金を受け取っています。総額で二億円です。これらの生命保険には約款《やっかん》があって、被保険者が高度障害になったときは、死亡保険金と同額の保険金が支払われることになっています。三つの保険の契約は、いずれも一九八六年ですから、憲二が入院する二年前です。もちろん、保険金の受取人は真由美です。月々の保険料も大変な額です。それぞれ四万九千四百円、五万七千三十円、九万八千三百円です」

「九万八千三百円」

思わず訊き返していた。一社で十万円近いとは、通常のパートタイム従業員の給料ではないか。

「合計すると、月額二十万四千七百三十円です」

光山刑事が答える。まさに一般人の給料以上の高額だ。

「一年で約二百四十五万、二年で四百九十万円ですが、二億円と比べれば、雀の涙の額です」

光山刑事が吐き捨てるように言った。「それはそれでいいのですが、捜査本部は、これを保険金詐欺《さぎ》と見ています。小林夫婦が、何とか高度障害にしようとして画策した疑いがあるのです」

光山刑事は小野巡査に目配せする。手渡されたコピー用紙を見て続ける。

「両眼の視力の完全消失、言語と咀嚼《そしやく》機能の喪失、中枢《ちゆうすう》神経と精神の障害、胸腹部の障害で終身の介護を要する状態、両上肢ならびに両下肢機能の永久喪失などと書かれています」

「それは平たく言えば、寝たきりか、車椅子か、全盲の状態ではないですか」

「そう思います」

光山刑事が頷く。

「あの亭主は、そんな状態にはないでしょう？」

和泉氏に関する調書を見ても、カラオケや麻雀《マージャン》好きで、それが日頃の仕事になっていたはずだ。

「多少歩くのは不自由ですが、ぴんぴんしています。何より、このときの入院のあと、失効していた運転免許の復活手続きをして、身体障害に関する適性検査をして合格しています。全くの保険金詐取です。このあたりの事情も、カルテなどで先生に是非点検していただきたいのです。捜査本部でも、入院前後の状況を和泉や松本たちから事情聴取しています。保険金詐欺は間違いないでしょう」

光山刑事は、手帳の頁《ページ》を繰って続ける。「三年前の入院のときは、入院給付金のみ受け取って、その額は百万円以下です。問題は、去年の三回目の入院です。その三年前から入院の前年まで、真由美は憲二を被保険者として、四社と契約を結んでいます。死亡保険金は合計して一億四千万円です」

「前回、高度障害で保険金を貰《もら》っているのに、新たに保険にはいれるのですか」

「前の保険は、もちろん消滅しています。しかし、その後五年経《た》っていますから、別の生命保険会社とは契約できます。M生命の定期保険特約終身保険が、五千万円の死亡保険金と一日一万円の入院給付金、A生命の特約付普通終身保険が死亡保険金三千万円に入院給付金一万円、D生命の定期保険が死亡保険金一千万円で入院給付金が一万円、Y生命の特約付終身保険が、死亡保険金五千万円で入院給付金が一万円です」

光山刑事が手帳を指でなぞりながら答える。

「月の支払いは大変なものになりませんか」

たまりかねて訊く。

「なります、なります」

光山刑事が頷く。「月額保険料は、それぞれ約五万円、三万円、一万五千円、五万円ですから、四社合計で十四万五千円になります」

「よくそんな金がありますね」

思わず溜息《ためいき》が出る。

「いずれ一億四千万を回収できると思えば、小さな額ではないでしょうか」

光山刑事が静かに答え、小野巡査も脇《わき》で頷く。いつの間にか、三人分のコーヒーをいれてくれていた。

「しかし先生、問題は、前に一度高度障害保険金を取得した人間が、また生命保険にはいれるかどうかです。十年前に高度障害で二億円を手に入れているのです。ですから、これは前回が保険金詐欺だったのか、今回が保険金詐欺目的だったのか、そのどちらかになります」

「確かに」

頷くしかない。

「前回の保険金取得の状況と、今回の保険契約の状況については、いずれ関係者から事情を聴取します。現段階では、捜査本部もおおっぴらには動けません。あくまで本人たちを逮捕してからです」

光山刑事が腕時計を見る。「先生、今お話ししたことは、これも内密にお願いします。さ、もう空港にお送りする時間です。これは今日中に発送致します。どうぞよろしくお願いします」

光山刑事と小野巡査が頭を下げた。

部屋に戻って荷物を整え、寮を出た。いつものように小野巡査が運転して、光山刑事が助手席に坐った。朝雲がかかっていた空は、いつの間にか晴れわたっていた。

考えてみると、警察の寮は、マスコミから逃れるには、一番の場所かもしれなかった。市中のホテルであれば、警察関係者が出入りするのは、早晩嗅《か》ぎつけられる。

高速道路に上がるまで、光山刑事と小野巡査はそれとなく周囲に眼を配って警戒していた。

「昨日、診療録を見せてもらった犠牲者ですが、初診のときに、腐った麦茶を飲んだとか、毒入りコーヒーを飲んだと、訴えた記載がありました。あの吉木氏は、やっぱり和泉氏と同じように、小林宅に居候《いそうろう》していたのですか」

患者の名前を思い出して訊く。

「吉木は小林工芸の従業員のリーダー格で、小林の家で、週二、三回は寝泊まりしたり、食事をしたりしています。ですから、犯人が飲み物や食い物に砒素を入れるのは簡単です。当時の状況を知る人間に聞けばはっきりします」

「もうひとつ気になったのが、N病院を退院してK大病院に入院するまで、二日間の空白があるのですけど、その間、吉木氏はどこにいたのでしょうか。K大病院を受診したのは、N病院の紹介ではないのです」

「そうでしたか」

光山刑事は首をかしげる。「それも調べるように担当者に言っておきます。なにせ、十三年前の事件ですから、関係者がどれくらい覚えているか」

空港に着くと、光山刑事は時間があるからコーヒーでも飲みましょうかと、誘ってくれた。

しかし二人をこれ以上束縛するのは申し訳なく、断った。

14　地下鉄サリン

松本サリン事件が起こった一九九四年六月二十七日から、一週間ほどたった頃、長野県警から電話がはいった。相手は松本警察署の警視正だった。

O警視正は突然の電話を謝したあと、本題に移った。

「先生もご存知と思われますが、サリンという物質は、多少の化学的知識があれば合成が可能でしょうか」

「多少の化学的知識というのは、どの程度の意味でしょうか」

「大学で化学を専攻して、農薬などをつくる会社で働いていたというくらいの知識です」

「合成には少なくとも、その程度の知識は必要でしょうが、それで十分とはいえません」

「では十分条件には、何が必要だと思われますか」

O警視正の執拗《しつよう》な質問が続く。十分条件を問われても、あまりの多さに、どれから説明すべきか迷った。

「第一にサリンという物質の存在を知らなければなりません。松本の事件の前に、そんな物質がこの世に存在するという事実を知っていた人間は、国内でおそらく十人、いや五人もいないと思いますよ」

「そんなに知られていない物質ですか」

相手が驚くのが分かった。「専門家の中には、多少の知識があれば作ることができる、と言っている人もいます」

「専門家ですか。サリンの専門家など、日本にはひとりもいません」

腹が立って語調が荒くなる。「いいですか。サリンは毒ガスです。一九三八年にドイツのシュラーダーたちによって開発された、有機リン系の化学物質です。水に溶けやすく、揮発性も高く、毒性が非常に強く、短時間で神経系に作用して、死に至らしめます。ですから、リーサル・エイジェントつまり致死剤として、化学兵器の中で最も重要視されてきたのです。幸い、第二次世界大戦では使われませんでした。そういうことを知っている専門家は、日本にはいないはずです」

「その他に十分条件はありますか」

相手が冷静さを取り戻してさらに訊《き》く。

「揮発性と毒性の強さから、合成するには大規模な装置が必要です。その装置を作るにも、別の知識が必要になります。松本の事件では七人が犠牲になって、他にも多数の被害者が出ています。これは多量のサリンが作られたことを意味します。相当大きな装置を持っていなければ不可能です。運搬するにも、特殊な器具が必要でしょうし、松本のように広範囲にサリンを撒布《さんぷ》するには、また特殊な装置が必要です」

「特殊な装置ですか」

「そりゃそうです。そうでないと、自分自身がサリンに曝露《ばくろ》されて死にますからね」

皮肉をこめて強調する。

「あらかじめの予防策というのはないのでしょうか。それを服用すれば、サリンを吸っても死なないとか」

「予防策ですか」

思わず声が高くなる。「文献上、あることはあります。血液や組織中のコリンエステラーゼの減少を防ぐために、臭化ピリドスチグミンを服用すれば、ある程度被害を最小限に抑えられます」

「その物質は簡単に入手できるでしょうか」

「手にはいらないことはありません。重症筋無力症の薬ですから、大きな病院の薬局にはあるはずです。しかし、重症筋無力症の薬がサリンの予防薬になる事実を知っている人間は、日本には誰ひとりいませんよ。第一、毒ガスの専門家など、防衛庁や自衛隊にも、もちろん大学にもいないはずです」

「先生をのぞいては、ということですね」

納得した声色が返ってくる。

「中毒学という専門上、第一次大戦や第二次大戦の化学兵器と生物兵器には興味をもっていましたから」

「分かりました。実は、松本の事件で、最初の通報者で、サリンの被害にあった人がいます。先生も報道で知っておられるとは思いますが」

ここに至って、ようやく警視正の真意がつかめた。多少の化学の知識があればサリンを作れるかと訊いてきたのは、そのためだったのだ。

「あの人は犯人ではありませんよ。被害者です」

マスコミが第一通報者を犯人扱いにしているのは、捜査本部が水面下で似たような見解をもっているからに違いなかった。

「ご意見ありがとうございました。また後日連絡させていただきます」

相手は結局のところ結論を口にしないまま、電話は切れた。

その十日後、長野県警捜査本部から、現場検証に参考人として立ち合ってくれという正式な要請が届いた。

松本市の事件現場に着いたのは七月下旬で、暑いのは九州以上だった。

第一通報者であるK氏は入院中で、回復に向かっているという話だった。しかし妻のほうはまだ重態の域を出ていないと聞かされ、胸が痛んだ。その他にも、まだ入院中の被害者が十数人いるとの話に、改めて事件の大きさを痛感した。

K氏の家の近くに小さな池があった。

「池の中の魚が死んで浮いていました」

担当の刑事が言う。

「サリンは極めて水に溶けやすいので、まず空中のサリンが溶け込んで、魚の呼吸中枢《ちゅうすう》を止めたのでしょう」

「向こうに見えるのが、官舎で、その周囲のアパートの二階から四階で多く犠牲者が出ています」

刑事が指差した。池の縁から建物が見え、立っている場所を起点に、サリンガスがそちらの方向に拡散したに違いない。

池の周辺には樹木があり、水面にも枝が垂れ下がっている。

足元を見ていて気がつく。池の縁にある雑草が黄色く枯れていた。視線を上げて建物を見上げる。途中にある樹木の葉が茶色に変色している。

「この雑草も、サリンによって枯れたのだと思います。あそこの樹木の一部が変色しているのも、サリンがかかったからです」

「そうですか」

刑事が部下を呼んでメモをとらせはじめた。

「犠牲者は、アパートのどのあたりに多かったのですか」

「二階から四階の住人がほとんどで、一階からは犠牲者は出ていません。被害を受けた二百人あまりは、この周辺の住民です」

「そうなると、サリンの発生は、この池の近くではないでしょうか。この辺から出たサリンの煙霧は、まず地面を這《は》って一部は池に溶け、一部は周辺に拡散し、残りの大部分は上昇して、あの建物の方角に流れたのだと思います。当時の風向きはどんなだったのでしょうか」

「それはまだ調べていません」

刑事が首を振って、また部下にメモをさせた。

「少なくとも風向きは、ここからあの建物の方向だったのではないでしょうか。しかし、単なる風の流れだけで、あそこまで煙霧が流れるはずはないので、大規模な送風機のようなもので煙霧を送り出したと考えていいです」

刑事に説明しながら、突然背中に冷水をかけられた気がした。サリン発生だけでなく、送風機まで備えていれば、これは偶発事件ではない。無差別殺人のテロではないか――。

とはいえ、この日本の、しかもこんな地方都市で、テロが果たして起こりうるのだろうか。

「あの建物には、どういう人たちが住んでいるのですか」

「裁判所関係の職員など、いろいろです。周囲の建物は民間のマンションとアパートです」

刑事の返答に、再び無差別テロという言葉が去来する。

「いずれにしても、このサリンは自然発生ではありえません。何らかの意図をもって、かなり大がかりな装置でサリンガスを発生させ、一定方向に拡散させたのだと思います」

刑事に見解を述べながらも、最後までテロという言葉は、あえて口にはしなかった。

まさかという一片の疑念が残っていたからだ。

このとき、声を大にしてテロと言っていれば、その後の捜査本部の動きが変わっていたかもしれない。悔やまれる反面、却《かえ》って世迷《よま》い言《ごと》だと一顧だにされなかった可能性もある。

このあと一連の経緯は、謎《なぞ》の毒ガス事件のままで推移し、第一通報者のK氏は犯人扱いされた。

すべてが明らかになったのは、翌年三月二十日に地下鉄サリン事件が発生したあとだった。このテロで十二人の犠牲者と四千名近い負傷者が出た。翌々日の午後、現場検証と、被害にあった警察官の診察のために警視庁に呼ばれた。松本での実地検分でテロとは口にしなかったものの、それを示唆《しさ》する発言が評価されたのだろう。大方の救急処置は終わっており、講義室で、初期の対応状況を撮影したスライドをまず見せられた。

驚いたことに、車輛《しゃりょう》通行止めになった道路上に、救護所が設けられていた。道路のど真中にテントが置かれているのはまだしも、排気口に跨《また》がるようにしてテントが張られていた。

問いただすと、救急隊員の中にも、地下鉄の構内にはいっていないのにサリン中毒に似た症状を呈した人がいたという。かろうじて構内から逃げ出した被害者の中にも、テントの中で症状が悪くなった人もいた。

無理もない。拡散したサリンガスは、その排気口を通って外に出ていたのだ。出た先に救護のテントがあれば、結果は明らかだ。

それを指摘すると、警視庁幹部は頭をかいた。その程度の認識すら、警察も消防も持ち合わせていなかったのだ。

救急治療にあたった医師たちが、こぞって参考にしたのは、前年『臨牀《りんしょう》と研究』の九月号に発表した、「サリンによる中毒の臨床」と題する論文だったと知らされた。

松本サリン事件のあと、米軍と英軍の資料をまとめ、牧田助教授との共著で書いた論考だった。サリンの吸収経路と作用機序、症状と所見を詳しく述べ、治療法も詳細に記述していた。末尾に次のように書いたのも覚えている。

　近年、国際的に化学兵器の全面的な廃絶の機運が高まっている。しかし核兵器とは異なり、現代の化学技術でもってすれば、サリンのようなきわめて毒性の強い神経剤が、どこの国でも、誰でも、どこでも合成が可能であることも分かってきた。そういう意味では、化学兵器の脅威はこれからも薄れることはなく、大きく存在し続けると思われる。サリンのような神経剤の曝露事故が起こった場合、地域住民への二次汚染が重大な問題となる。この点についても十分な配慮が必要である。我々医療従事者においては、神経剤などの曝露を受けた症例に遭遇した場合、治療を通して汚染を受ける可能性も、常に考慮しておかなければならない。こうした汚染除去の問題も、予防・治療とともに真剣に検討しておくべき時がきている。

本稿がサリン中毒の診療にあたって、一つの指針となれば幸いである。

この論文の治療の項で、まず強調したのは汚染の除去だった。汚染された皮膚の汚染除去が第一の処置であり、これは医療機関の外で行わなければならない。汚染された人工呼吸器を、病院内に持ち込むのは厳禁である。

第二は気道の確保で、気管分泌物《ぶんぴつぶつ》を充分に吸引し、できるだけ気管内挿管を行う。

そして治療として、硫酸アトロピンの点滴投与、PAM《パム》の静注、ジアゼパムの静注か筋注、もしくは経口投与を列記した。

米軍ではそのためのキットが整備されていた。神経剤治療用に、硫酸アトロピン二mgとPAM六〇〇mgを詰めた特殊な自動注射器があり、その安全キャップの中にはジアゼパム一〇mgの錠剤が入っている。治療手順は、まず錠剤を服用、自動注射器を大《だい》腿《たい》外側部に被服から自分で注射する。そのあと呼吸器をつなぐ。

英軍でも米軍でも、特殊な汚染除去キットを用意していた。水溶性のサリンは、脱衣したうえで石鹼《せっけん》と水で洗い流せる。そのあと汚染除去キットを、汚染された皮膚に塗る。幸いサリンは、漂白粉、水酸化ナトリウム、希アルカリ液、アンモニア水で無毒化する。水洗した水も一ヵ所に集めて、無毒化させなければならない。

汚染除去の従事者は、二次汚染を回避するために、保護衣、ブーツ、手袋、ガウンを着用するのは言うまでもない。

以上のような注意事項を、警察と消防の幹部たちに講義し、被害を受けた警察官を診察するのに、丸一日を要した。

オウム真理教に対する強制捜査は、事件から二日後の二十二日だった。

しかし身を隠していた教祖が逮捕されるまでには、さらに二ヵ月を要した。

この地下鉄サリン事件の前、松本サリン事件のあった翌月の七月九日と十五日に、山梨県の上九一色村《かみくいしき》で、異臭騒ぎが起きた。オウム真理教の建物の一部から不快なガスが発生し、付近の住民が家から走り出ていた。

松本の事件との関係を一応疑った山梨県警の捜査に対して、教団側は否定した。しかし同年十一月にも同様の異臭騒ぎが発生し、県警から現地検分を依頼された。

捜査員に連れられて訪れた上九一色村の一角には、周辺の牧歌的な風景とは全く異質の光景が広がっていた。倉庫群に似た窓の少ない建造物が、十数棟散在している。

オウム真理教の心臓部であり、案内の刑事の説明では、教祖の住居も、信者たちの道場も、サティアンと呼ばれる建物の中にあるという話だった。

新興宗教の本部や道場は、これまでいくつか見ていた。いずれも見晴らしがよい場所にあって、建物も豪華か、あるいは瀟洒《しょうしゃ》にできている。

それとは正反対の、あたかも工場か倉庫という外観で、外部には排気用のパイプがいくつも露出している。

「この中で何か造っているのでしょうか」

「立ち入り捜査はまだしていません。しかし周辺の村人から、異臭の苦情が何度も出されています」

化学物質の製造過程で異臭を発する事態も考えられる。道場というよりも工場のような建物は、どう見ても宗教施設ではない。

「これは通常の換気装置ではないですね。換気ではなく排気装置です。建物内に発生する有毒のガスを外に出すために、これだけの大がかりなパイプが必要になったのではないですか」

サティアンには番号がつけられていた。刑事が案内したのは、第七サティアンと呼ばれる建物だった。

外壁には異様な数の排気用のパイプが張り巡らされていた。

「先生、あそこの草むらです」

案内の刑事が指差した。「七月に異臭があったときに妙だなと思った場所です」

排気用パイプの下の草が、およそ一メートル四方にわたって黄色く枯れている。

「七月のときよりも枯れ方がひどいです」

もちろん、あたりに妙な臭《にお》いはない。

「これは、松本サリンのときの草の枯れ方と似ています」

「本当ですか」

驚いたのは刑事だった。「枯れた原因がサリンかどうかは、どうやって分かるでしょうか」

「悪臭があってまだ何日も経《た》っていないので、原因物質は土壌の中に含まれているはずです」

「そうですか」

刑事が道に停めてある車に合図をする。直ちに若い同僚が走ってきた。車に戻ってシャベルとビニール袋を持ってくる。

四、五ヵ所で土をすくって、別々のビニール袋に保管して封をした。

土壌の分析をしたのは科学警察研究所だった。もちろん科学警察研究所自体は、サリン検出の経験はない。

第一回目の異臭騒ぎの二ヵ月後、科学警察研究所は台湾出身で米国在住のアンソニー・トゥー教授にファックスを入れていた。元来は生化学者であるトゥー教授は、毒物学の世界的第一人者で、長くコロラド州立大学で中毒学の講義を担当していた。化学兵器の生成にも造詣《ぞうけい》が深かった。

トゥー教授は迂闊《うかつ》な返事はできないと考え、アメリカ陸軍の化学戦防御研究所に問い合わせる。返事のファックスは翌日、三十一頁《ページ》にわたってトゥー教授にもたらされ、すぐに科学警察研究所に転送された。

主な内容は、サリンの地中での分解物の性質や分析についてである。

実は、サリンの地中での分解の仕方を明るみに出したのは、英国ポートンダウンの化学戦防衛研究所だった。一九九二年、イラク北部の土壌を持ち帰って、二種類の分解物を検出し、一九九四年一月に発表した。検出された物質は、メチルホスホン酸イソプロピルとメチルホスホン酸だ。これによって、イラクが一九八八年のクルド人攻撃の際に、サリンを使った事実が判明する。

このとき採取した土壌から、科学警察研究所はメチルホスホン酸を検出した。しかし公表しなかった。

公《おおやけ》になったのは、一九九五年元日の読売新聞のスクープ記事によってである。オウム真理教の教祖は、この一面記事を見て驚愕《きょうがく》し、直ちに第七サティアン内のサリン製造工場解体を指示した。

しかし、この時点で既に大量のメチルホスホン酸ジフルオリドが製造されていた。これをもとにサリンを製造した場所は、実験棟であるジーバガ棟である。幸い時間的余裕はなく、サリンの純度は三〇パーセントにとどまった。これが実際には幸いしたといえる。純度が高かったなら、犠牲者と被害者の数は数倍に増えたはずである。

地下鉄サリン事件で、科学警察研究所はメチルホスホン酸ジイソプロピルと、ジエチルアニリンを検出する。ファックスをトゥー教授に送り、サリンとの関連性を問う。サリンが使われた証拠だというのがトゥー教授の返事だった。

その数日後、一九九五年五月十六日、教団の教祖が逮捕される。松本サリン事件から約一年後、地下鉄サリン事件からおよそ二ヵ月後だった。

教祖が身を隠していたのは第六サティアンだったという。逮捕のあと、そこも案内された。

「これだけの広範囲の所に、サティアンが十いくつも散らばっているでしょう。本当にここに教祖が隠れているのか、それともどこかに逃亡したのか、判断には苦しみました」

刑事が言った。「もちろん、信者の誰ひとり白状はしません。本当に知らなかったのでしょう。ただひとつ分かっていたことがあります。あの教祖は毎日メロンを食べるらしいのです。それで周辺の町の八百屋を張り込んだのです。すると、二、三日に一度、メロンを買いに来る男がいることが分かりました。五月ですから、メロンはどこにでも売ってはいません。買いに来るたび、二、三個買って行くというので、その男を尾行しました。やはり上九一色村に戻り、いつもはいっていくのが、第六サティアンでした。それで、絶対そこに潜んでいると判断して、徹底的に探して見つけ出しました。まるで吉良上野介《きらこうずけのすけ》のように、哀れな恰好《かっこう》で隠れていましたよ。これはマスコミも知らないままです。沢井先生にはお世話になっていますので、ちょっとお話ししました」

刑事は得意気に言った。

15　死者が残したデータ

福岡空港に着くと、そのまま大学の教室に急いだ。

助教授室をノックする。パソコンに向かっていた牧田助教授が振り向いて立ち上がる。

「お疲れでしょう」

椅子《いす》を勧められて坐《すわ》る。

「今回は患者の診察はなくて、診療録の閲覧と、別の患者についての説明でした」

「また別の患者ですか」

牧田助教授がいささか驚く。「別件では、和泉氏と松本氏の二人がいますけど」

「それとはまた別の患者です。それも二人」

信じられないという牧田助教授の顔を見つめながら続ける。「ひとりは、もう死亡しています。もうひとりは、生きています。明日あたり、二人の診療録のコピーが送られてくるはずです。データをまた、これまでのようにまとめて下さい」

「分かりました」

労は厭《いと》わないという顔をする。「しかし、この事件、どこまで根が深いのでしょうか。まるで底なし沼ではないですか」

「確かに」

頷《うなず》きながら、和歌山でメモしたノートを開く。牧田助教授に、明日届くはずの診療録の大まかな内容を伝えた。

「へえ、死亡例の臓器は保存されていたのですね」

「さすがに大学病院です。十三年間保存されていて、今頃、科学警察研究所が砒《ひ》素《そ》濃度の分析をしているはずです」

「それでしたら大丈夫ですね」

「そうとも言えません。科学警察研究所という看板は立派ですが、中味が伴っていません。職員も百人以下ですよ。警察庁の上層部が、捜査の科学的な側面を重要視していない証拠です」

ここぞとばかり、長年の不満を牧田助教授にぶつける。「欧米では研究所の中に法医生物学という部門もあるくらいです。例えば、窓の下についた犯人の足跡から植物の花粉を発見して、どのあたりの道を通ってやって来たのかを判断します。犯人が捕まったら、はいていた靴の靴底と足跡の一致だけでなく、同じような花粉がついていないかも確かめるのです。埋められた死体が発見されたときも、付着している花粉の種類で、殺害場所も推測します。日本は遅れています」

テレビの刑事物ドラマでは、科学捜査班員が時に出て来て大活躍をする。少なくとも日本では想像の世界での出来事でしかなかった。

「ともかく、たとえ臓器から砒素が検出されても、臨床症状が砒素中毒に合致していなければ何にもなりません。それを、明日届く資料から明らかにします。明日の土曜日、出て来られますか」

「もちろん土日とも出て来て、資料を見せてもらいます」

「申し訳ないです」

礼を言って教授室に戻った。牧田助教授がいなければ、到底この任務はこなせない。カレー事件だけでもひとりの手には余る。ましてその裏に隠されていた事件まで、ひとりで請け負うのは不可能だった。

届いている郵便物を整理していると、電話が鳴った。妻からだった。

「あなた、今夜は家に帰って来ないほうがいいです」

滅多にない妻の慌《あわ》てぶりだ。「新聞社や雑誌の記者たちが、自宅の前に押しかけています」

「どうして」

「どうしてって、カレー事件について、状況を聞きたいのではないですか」

「いつ漏れたんだろう」

「今日の昼頃から、人がうろついていたのです。夕方からどんどん増え出して、今では二、三十人はいます」

「二、三十人」

思わず声が高くなる。二、三人ならともかく、尋常な数ではない。自宅前はやっと車がすれ違えるくらいの細い道になっている。そこに人が集まれば、近所迷惑どころか、車も通れなくなる。

「ともかく今日は、大学の近くのホテルに泊まったほうがいいです。ホテルが決まったら連絡して下さい。下着その他は、明日届けます」

「いや直接来ないほうがいい。車を出せば、あとをつけられ、ホテルまで分かってしまう。そうなるとホテルを転々としなければならない。和歌山のほうでは、小さなホテルをひとつの新聞社で全部借り切っているそうだ。大きなホテルだと、一フロア全部をひとつの週刊誌のスタッフで占領しているらしい」

そうした取材合戦のすさまじさは、小野巡査の口から聞かされたばかりだった。

「それなら小包にして郵送します」

「そのときも、郵便局で宛名《あてな》を書くとき、あたりに人がいないか確かめたほうがいい。郵便局員に宛先を訊《き》く記者もいるかもしれない」

「分かりました。とにかく何があっても、主人は出張中です、で通します」

「すまん」

電話を切ってもまだ興奮が残っていた。腹立たしくもなってくる。誠心誠意、捜査に協力しているのに、どうして堂々とわが家にも帰れないのか。三人の子供たちは、それぞれ家を出ているからよい。もし家からの通学や通勤であれば、しつこくまといつかれるはずだ。何よりも、隣近所に迷惑をかけるのがつらい。

さっそく、大学から地下鉄で二つ目の駅の近くにあるRホテルを予約する。タクシーでも十分くらいの距離だった。

大学の構内には関係者以外はいって来られない。研究室のある建物も、セキュリティカードをさし込まないと玄関のドアは開かなかった。

ホテルには、一週間の滞在予約をして、郵便物か宅配物が届くことも告げた。

翌土曜日、捜査本部からの段ボール箱が教室に届いた。小林憲二のほうの診療録のコピーをまず牧田助教授に渡し、データの整理を頼んだ。

土曜一日で、死亡した吉木氏のデータを整理しておきたかった。

何よりも確かめたいのは、N病院を退院した一九八五年十一月十六日と、K大病院に入院する十九日の間に何があったかという点だった。吉木氏は十六日と十七日の二晩を、どこかで過ごしており、それは居候《いそうろう》をしていた小林宅であった可能性が高い。

仮に大学病院での高度な医療を望むのなら、N病院からK大病院に直接転院するのが普通だ。しかも、N病院の退院は、病状軽快の結果ではなく、主治医はまだ入院が必要だと告げていたはずだ。

診療録を精読して、吉木氏が十一月十八日のK大病院の受診の際、要入院の重症だと外来担当医師は判断しており、しかし担当部局の入院ベッドが満床だったために、その日はS病院に一日だけ入院していたことが分かった。そして十九日がK大病院への入院だった。

その際の主訴は吐き気と嘔吐《おうと》で、最初の吐き気と嘔吐は、十一日の夕方だったと、病歴には記載がある。

奇妙な事実は、十一日の吐き気と嘔吐が、十九日の入院時にも、また再現されている点だった。

　通常、急性砒素中毒による吐き気と嘔吐は、一日二日しか続かない。カレー事件の被害者たちの病歴を思い出しても、嘔吐が一週間も続いた例はない。

　摂取した砒素の量が多ければ、嘔吐が長く続くかというと、そうでもない。吐き気と嘔吐は生体の防禦《ぼうぎょ》反応なので、せいぜい起こっても二日間程度でおさまるのだ。

　N病院を退院する前日十五日の検査データを調べると、血小板は一一万で、正常値の一三万〜三三万からは低値になっている。白血球も四一〇〇と低めだ。しかもこの日の看護記録を見ても、吉木氏は吐き気と嘔吐は訴えていない。

　ところがK大病院を受診した十八日になると、血小板は一万六〇〇〇に激減し、しかし主訴は吐き気と嘔吐、下痢、全身倦怠感《けんたいかん》、ふらつきに変わっている。十九日の検査で血小板はさらに少なくなって一万一〇〇〇、白血球も二〇〇〇にまで減少していた。

　この血小板の激減は、おそらく、K大病院受診前に、再度砒素を摂取させられたのが原因ではないのか。

　いわばダメ押しの砒素を飲ませるために、吉木氏を強引に退院させ、家に引き取っていた可能性が高い。

吉木氏は、あらゆる治療的処理にもかかわらず、受診からわずか二日後、二十日の午後六時に絶命する。

幸いだったのは、病理解剖の結果、第一病名が薬剤性中毒となったため、臓器が保存されていた点だ。もし臓器がなければ、臨床症状と検査データからだけでは、砒素まで辿《たど》りつけない。

科学警察研究所の分析結果は、光山刑事がすぐに連絡してくれるようになっている。

今、目の前にある十三年前の診療録のコピーこそ、カレー事件の犯行の原点だった。

16　配偶者の病歴

翌日曜日の朝、ホテルで朝食をとっているとき、妻から電話がはいった。

「下着とワイシャツは、今日ホテルに宅配便で着くはずです」

「家の前は、やっぱり取材陣が？」

小声で訊《き》く。

「夜通し三、四人いました。時間を決めて交替で番をしているようです。今は、窓から見えますが、十人です」

「十人」

朝から十人とはともかく尋常ではない。「近所の苦情は？」

「まだありません。苦情があれば、すみませんと言うしかありません」

「すまん」

「いえいえ。ただこれがいつまで続くかと思うと、たまりません」

「すまない」

答えて電話を切る。近くの交番に警備を頼んだとしても、取材陣を追い払うのは無理だ。却《かえ》ってものものしさが増す。

朝食を終え、タクシーで大学に向かう。八時前なのにもう牧田助教授が出勤していた。

「先生、日曜日なのに」

「昨夜《ゆうべ》はここに泊まりました。データを入力しているうちに十一時になって、もう泊まった方がいいと思ったのです」

申し訳なかった。まだ子供は二人とも小学生のはずで、夫人にも迷惑かけているのに違いない。

「本当にびっくりしました。あの夫妻、おしどり夫婦かと思っていたのに、夫も犠牲者だったのですね」

「本人はまだ気がついていないのではないですか」

「そこは微妙です。うすうす感じていたのじゃないでしょうか」

牧田助教授も光山刑事と同じような推測をした。「小林の大雑把なデータは入力し終えています。プリントアウトしておきます。これから死亡例の整理にとりかかります」

そう言って段ボール箱のひとつを教授室まで運んでくれた。

小林憲二の診療録は三束に分けられていた。それぞれ、一九八八年、一九九五年、一九九七年だ。

まず一九八八年の診療録を机に置いて、ノートを取りながら経過を見ていく。

一九八八年三月十四日、小林はM医院で初診を受けた。主訴は、三日前からの嘔吐《おうと》、頭痛、鼻づまりであり、現病歴に、四日前に食べ過ぎたとの記載がある。尿検査で蛋《たん》白《ぱく》が検出され、血液検査で白血球が三二〇〇と低値だった。血圧も上が九〇、下が六〇と低く、担当医は急性胃腸炎と診断し、点滴を施し、制吐剤と胃腸薬を投与して帰らせた。翌日、翌々日も通院して、血圧も正常に戻っている。

しかし三月二十九日、再度M医院を受診した。主訴は、吐き気と嘔吐、腹痛である。下痢はなく、「昨日お粥《かゆ》を食べて症状が出た」と話している。胃のレントゲン検査で異常はなく、血液検査で白血球が二〇〇〇と低く、赤血球も三六二万と低値で、CRPがプラス三と上昇していた。CRPの高値は何らかの炎症反応を示しているのに、白血球は逆に減っており、担当医は前回同様、点滴をし、胃腸薬を投与している。

三日後の四月一日午後九時過ぎ、小林は吐き気と嘔吐、発熱を主訴に、今度はN病院を受診する。エコー所見で異常はなく、貧血と黄疸《おうだん》の徴候もないので、担当医は帰宅させた。しかし午後十一時半、小林はまたN病院を訪れる。腹痛に加えて発熱もあるので入院になる。翌日の検査では、白血球と赤血球、血小板の値が低く、CRPがプラス六まで上昇していた。二日後の検査でも、白血球と赤血球、血小板の低値はさらにひどくなり、何らかの原因による骨髄抑制が考えられた。

四月五日の看護記録には、「二、三日前から両手と両足がビリビリしてしびれ、両足に力がはいりにくい、立つとふらふらする」と記載されている。四月八日の診察で、膝蓋腱《しつがいけん》反射の低下、下肢屈筋の筋力低下が判明する。十日になると、両手首と両足首からの末梢《まっしょう》に、手袋靴下状の知覚障害が見られ、ギラン・バレー症候群疑いの診断が下された。十四日には、自分の指で自分の鼻を指す指鼻試験が不可能になり、片足起立も右足で不可になる。

担当医師はW県立医大病院の神経精神科に紹介状を書き、小林を外来診察に行かせる。そこで、鶏歩《けいほ》、爪先《つまさき》歩行の困難、各種の腱反射の消失、振動覚や位置覚の低下が確認され、多発ニューロパチーの診断が下る。その原因は不明とされた。ステロイド投与の指示が出、二十日からステロイド剤の投与が開始された。

二十三日、夕食後嘔吐し、五月にはいると、上下肢の筋力低下とともに、下肢のしびれと痛みが増強する。移動は車椅子《くるまいす》であり、車椅子からベッドへの移動も、立位がとれず、平行移動でようやく可能になった。

五月八日、再び嘔吐があり、歩行不可、上下肢の筋力低下、位置覚の消失、手掌と足裏の痛覚過敏が顕著になるばかりで、大学病院への転院が検討される。

十九日に、小林はW県立医大病院に転院する。現病歴には、「三月八日、天ぷらを食べ過ぎて嘔吐が出現、その後何を食べても吐き気と嘔吐が続き、まともに食事ができなかった」と書かれている。

入院時の現症で、脳神経に異常なく、運動系で、歩行不可、起立も困難、上下肢の筋力低下が明らかになった。感覚系でも、両肘《ひじ》と両膝《ひざ》から末梢での感覚低下、位置覚低下、振動覚低下も見られ、担当医はウィルス感染による多発ニューロパチーと考えた。

二日後に髄液検査が行われ、細胞数が正常なのに、蛋白質は高値を示した。蛋白細胞解離現象であり、ギラン・バレー症候群と診断される。筋電図でも多相性波形が確かめられ、症状は神経障害由来だと判明、神経伝導速度の低下が尺骨神経と腓骨《ひこつ》神経で見られた。

ステロイドパルス療法が開始されたのが、五月三十日である。

六月十日の教授回診で、教授は痛覚過敏がギラン・バレー症候群としては非定型的だと指摘する。しかしステロイドパルス療法は、十三日から二回目が開始された。

同時にリハビリも行われ続ける。にもかかわらず、患者の手足の感覚過敏と筋力低下に改善の兆《きざ》しはなかった。患者の希望によって、七月二十一日、再びN病院に戻るかたちで転院する。そこでもリハビリが続けられた。しかし八月一日、リハビリ中に理学療法士といさかいを起こし、リハビリが中止され、九月二十三日、患者の希望によって、多発性神経炎の症状は不変のまま退院となった。

三月十四日のM医院受診から、約六ヵ月半入退院を繰り返した計算になる。結局、診断名は非定型のギラン・バレー症候群とされた。

小林憲二の二回目の発症は、それから七年後、今から三年前の一九九五年だ。

七月十二日、小林はN医院を受診した。病歴の欄に、「昨夜、空腹時にカレーを食べて、数回嘔吐した」とある。血液検査で、白血球が三二〇〇と、わずかながら低値を示した。医師は急性胃炎と判断し、胃腸薬を処方した。七月十六日と八月二日はN病院を受診、白血球数は正常値に戻っていた。

しかし八月九日、午後十一時過ぎ、嘔吐と下痢でN病院に入院する。病歴によると、その日の午後六時頃、夕食中にみぞおちのあたりが痛み出し、吐き気と嘔吐が出現、夜になって下痢も出たので、夜間受診を決めていた。

翌日の検査で、白血球は一万五〇〇〇と上昇し、血小板と腎《じん》機能を示すBUNは正常、心電図で異常Q波が確かめられた。また腹部レントゲン写真で、骨盤付近に点状の白い陰影が認められた。担当医は骨盤内の組織の石灰化だと考えた。

超音波検査でも心臓に異常はなく、便培養検査でも、食中毒や腸炎をきたす菌は検出されなかった。

八月十四日、腹部CTスキャンが施行される。すると、腸骨付近に白い点状陰影が認められた。症例検討会で討議された。しかし原因について結論は出なかった。

八月十七日には、腹部レントゲン写真が再び撮られた。一週間前に確認されていた白い点状陰影は消失していた。患者は八月二十六日退院する。

ところが、九月一日、患者の希望でN病院に再入院する。入院前の八月三十日にも、午後七時過ぎ、患者は外来を訪れていた。夕食後に嘔吐したという。診察されて帰宅後、九時半にまた受診して点滴を受け、帰宅する。翌三十一日も受診して点滴をしてもらっていた。

入院後、諸検査を受けるも大きな異常は見られず、九月二十三日に退院した。

三回目の発症は、昨年の一月末である。

一月三十日の午後八時過ぎ、小林は嘔吐と腹痛を訴えてN病院を受診する。腹部に圧痛があり、腸音も弱っており、担当医は腸閉塞《へいそく》を疑って入院させた。

諸検査でも大きな異常は見つからず、嘔吐、下痢、腹痛もなくなったので、二月五日に二日後の七日の退院が決定された。

しかし二月六日の午後、吐き気と嘔吐を突然訴える。医師が制吐剤の筋注をしたにもかかわらず、嘔吐は止まらず、午後十時には、洗面器四分の一ほどの胆汁の混じった嘔吐があった。看護記録では、これが十四回目の嘔吐だった。

二月七日にも嘔吐は続き、血圧も八二／四〇と低くなったため、退院予定は取り消された。十一日になって吐き気はなくなった。しかし白血球が二八〇〇、血小板も七万二〇〇〇と低値になり、BUNも高値になった。

胃内視鏡検査も実施されている。二月三日には異常はなかったのに、十三日には出血を伴う重度の潰瘍《かいよう》が見つかった。入院中にこうした変化があるのは異例で、担当医にはその原因がつかめない。この日、胸部レントゲンと超音波検査で、両肺の胸水と心囊液《しんのうえき》の貯留も認められた。

白血球数も二七〇〇、血小板は三万七〇〇〇に減り、赤血球数も低く、汎《はん》血球減少の症状も呈した。これは骨髄の造血機能の低下を示す。ちょうど様子を電話で尋ねてきた妻の真由美に対し、担当医は「急変もありうる。一度面会しておいて下さい」と答えた。

この十三日の午後から、患者の精神状態に異変が生じる。意味不明のことを口走り、点滴を抜く。夜には、「誰かが点滴の中に砂を入れた」とも言う。一晩中眠らず、酸素マスクも払いのけようとした。

翌日も見当識の障害が見られ、意味不明の発言に加えて、放歌も始まる。担当医は髄膜炎を疑い、諸検査をしてみるも所見は出ず、否定された。

十五日は、尿カテーテルを抜いた挙句、輸血の針も抜いて血まみれになった。布団《ふとん》をはいで、「霜だ、霜だ」とも叫び、両手をベッドに固定する処置がとられた。

胸水はひかず、心電図でT波の平坦《へいたん》化が起こる。膵《すい》炎《えん》の徴候や、腎臓と肝臓の機能低下もあり、白血球数は一八〇〇まで低下し、血小板も四万二〇〇〇と低値のままだった。担当医は妻に対し、「全く予断を許さない状況で、急変もありうる」と説明した。

このせん妄状態は十六日も続き、ようやく十七日になって、おぼろげながら意思疎《そ》通《つう》ができるようになった。

このあと、患者の意識は徐々にはっきりしてくる。しかし胸水と心嚢液は減らず、二十三日になって担当医は家族に対し、「危険な状態なので、遠くの親戚《しんせき》は一度呼んだほうがいい」と告げた。

危機的な病状は、この二月二十三日が頂点であり、その後全身状態は少しずつ回復していく。

この頃から、患者は手足のしびれと脱力感を訴えはじめる。二月末には手足の痛みも出てくる。三月にはいると、足が痛く、立ち上がれず、ボールペンも持ちにくくなる。

三月十九日には脳神経外科医が診察し、脳神経に異常はなく、四肢の筋肉の萎縮《いしゅく》、腱反射の消失、深部感覚の障害を認めて、末梢神経の障害だと診断した。病因は不明のままリハビリが開始される。

三月三十一日の時点で、患者は歩行不可、立位の保持も困難な状態だった。

N病院の医局では、検討会を幾度となく開き、原因を討議した。結論は出ず、四月四日、原因究明と治療のため、K大病院に転院する。

転院時、患者は歩行不可で、ストレッチャーに乗せられた。神経内科の教授が診察し、多発ニューロパチーの診断を下す。その原因として、栄養障害、遺伝性、CIDPを指摘する。

遺伝性とは、N病院の紹介状に、患者の親戚に神経系の病気で死亡した者がいると記載されていたのが理由だ。

CIDPはChronic Inflammatory Demyelinating Polyneuropathy（慢性炎症性脱髄性多発神経炎）の略で、ウィルス感染で神経の神経細胞の長い突起部分である軸索《じくさく》をおおう髄鞘《ずいしょう》が破壊され、抗体ができ、これが自己免疫的に髄鞘に変性・脱落を生じる脱髄を起こす病気である。患者は九年前にも多発ニューロパチーを起こしており、再燃性とも解され、このCIDPが最も疑われた。

入院後、詳しい検査が実施される。

まず四肢で遠位優位の筋力低下と感覚障害、髄液検査で蛋白細胞解離があるため、ニューロパチーの原因として、免疫異常とアレルギーが想定される。

末梢神経伝導速度の検査では、足の運動神経である後脛骨《こうけいこつ》神経と、感覚神経である腓腹神経が、全く機能していない事実が判明する。

上肢も似たような機能低下があり、神経の軸索変性と脱髄が起こっており、原因として糖尿病や膠原《こうげん》病も考えられた。

すぐにステロイドパルス療法が始まる。ひと月三回のパルス治療にもかかわらず症状は改善されない。そのため免疫吸着療法として、血漿《けっしょう》交換療法への移行がはかられた。

血漿交換療法は、五月下旬までに三回施行される。しかしなおも改善は見られず、二重膜濾過《ろか》法に切り換えられた。一回目が五月二十八日、二回目が六月四日に実施され、患者の近位の筋力がわずかながら回復する。抗体の検査結果にもかなりの改善がみられた。

六月六日からリハビリが始まり、六月中旬は自力での起立、箸《はし》を使っての食事も可能になる。八月下旬には、杖《つえ》をつきながらの歩行、階段の上り下り、衣服の着脱もできるようになった。

八月二十九日に末梢神経伝導速度の検査が実施される。上肢の運動神経は回復が見られたものの、感覚神経は改善がない。下肢では、運動神経と感覚神経ともに著明な障害が残っていた。

患者は、ちょうど一年前の八月三十日に、K大病院を退院する。一月三十日のN病院入院から七ヵ月間の入院生活を送った計算だ。

以上の経過から原因はもう明らかだった。これが砒素《ひそ》中毒によるという事実は、心電図やレントゲン写真、血液検査のデータの解析で、より鮮明になるはずだ。K大病院に血液が保存されていれば、砒素そのものを検出できる。

K大病院の神経内科の教授が、小林憲二の病気をCIDPと誤診しているのは無理もない。

しかしCIDPは神経の脱髄性疾患である。八月二十九日に実施された神経伝導速度の検査では、上肢の正中神経において、伝導速度は基準値まで改善している。これは脱髄の回復を意味し、一方、伝導の振幅は基準値以下であり、軸索変性が根強く残っているのが分かる。

またCIDPにはステロイド療法が効果を示すのに対し、小林の例では全く改善が見られていない。

CIDPでなく砒素中毒であれば、一体いつ砒素を摂取したのか。

注目しなければならないのは、二月五日、N病院で二日後の退院がほぼ決まったのに、二月六日の午後になって、突如吐き気と嘔吐をきたした事実だ。このときの症状は、N病院に入院するきっかけになった、一月二十九日と三十日の症状よりも激しい。

入院中の二月六日に何が起こったのか。面会や外泊の状況を詳しく調べる必要がある。

机の上の時計を見るともう午後一時を過ぎていた。牧田助教授も自室に籠《こも》って、データの整理をしているのか、物音ひとつしない。

ドアをノックして出前を取ろうかと訊く。慌《あわ》てて出て来た牧田助教授が、いつもの店に電話をかけてくれた。

「あの消された患者、実に可哀相《かわいそう》ですね」

お茶をいれながら、牧田助教授が言う。「カレー事件がなかったら、それこそ真相は闇《やみ》に葬《ほうむ》られたままです」

「臓器が保管されていたというのも、奇蹟《きせき》に近いですよ。さすが大学病院です」

「砒素が出るでしょうね、きっと。臓器はホルマリン漬けされていますよね」

「たぶん」

「砒素の値が、ホルマリンで変化するようなことはないでしょうか」

「それは考えにくいです。しかし、基準値は必要です。同じ期間、ホルマリン漬けになっていた別人の臓器を調べ、砒素の値を調べないと比較はできません」

「命と引き換えで、臓器を残してくれたのですからね」

牧田助教授が感慨深げに言う。「データを打ち込んでいて、ぼくも何か厳粛な気持になりました。故人の骨を拾っているような気持です」

なるほど、死んだ吉木直氏のデータ解析は、遺骨収集のようなものかもしれなかった。

裏門のすぐ傍にある出前の店は、バイクで届けてくれるのも早かった。二人でチャンポンを食べる。

「小林憲二のデータ入力も大変だったでしょう。三回も発症していますから」

「あれも驚きの連続です。あの患者、生きているのが不思議なくらいですよね。不死身というか」

「悪運でしょう」

「やはり女房から砒素を盛られたことを、うすうす感じていたのじゃないかと思います」

牧田助教授が首をかしげる。「ともかく自分の身体《からだ》を壊して入院すれば、入院給付金が貰《もら》えるのでしょう。高度な障害が残れば、それはそれでたっぷり金がはいるので、いい商売といえばいい商売です。夫婦の間でアウンの呼吸で、同意があったような気もしますけど」

そこは何とも微妙だ。真相を知っているのは、あの夫婦のみだった。

「昨日、先生から、小林は一回目の入院で障害年金の一級を受けるようになったと聞きました。ところが二回目の入院のとき、ほとんど正常に近いくらいに回復しています。障害一級なら、ほとんど不可逆的な障害でしょうに」

「そこは芝居でしょう」

「芝居で担当の医師をだませますか」

牧田助教授が再び首をかしげる。

「医師のほうも半ば合意でしょう。患者が袖《そで》の下を使えば、それこそアウンの呼吸です」

小林夫妻ならやりかねない。そのあたりの事情は、捜査本部が捜査をしているはずだった。

「沢井先生、患者はこれで最後なんでしょうか」

牧田助教授が訊く。無理もなかった。カレー事件の被害者六十三人だけでなく、和泉氏の砒素と睡眠薬事件、さらに松本氏が続き、死亡した吉木氏がおり、小林憲二と続いたのだ。

「すみません。鑑定を引き受けたときは、カレー事件だけだったのです。そのあと芋づる式に増えて、先生には迷惑をかけています」

休日返上で、診療録のデータをまとめてくれている牧田助教授には、頭を下げるしかない。彼自身の実験や研究は中断を余儀なくされていた。

「ところで、牧田先生のマンション付近に、マスコミの連中はウロウロしていませんか」

「いいえ」

「それならいいです」

「沢井先生の家は、マスコミ関係者がもう嗅《か》ぎつけているのですか」

牧田助教授が驚く。

「おとといからビジネスホテルに泊まっています」

「本当ですか。それは不便でしょう」

「仕方がないです。ホテルまで嗅ぎつけられれば、別のホテルに移動しなければならないでしょうね。いっそ、教授室に貸し布団でも、持ち込みましょうか」

冗談めかして答える。最も安全なのは大学構内だろう。守衛がいるし、建物にはいるのにも認証カードが必要だ。とはいえ、明日の月曜からは、教室も電話攻勢の被害を蒙《こうむ》るかもしれなかった。

午後四時近く、和歌山県警の三島検視官から電話がはいった。

「大変ご無沙汰《ぶさた》しています。何度も和歌山に足を運んでいただいている上に、データの解析までしていただき、心から感謝します」

丁重な前置きのあと、死亡した吉木氏の臓器から高濃度の砒素が検出されたと告げた。案の定だった。

「それで、対照群は設けられたのですか」

「対照群といいますと」

「同じ期間ホルマリン漬けになった別人の臓器が、どのくらいの砒素を含んでいるかという基準値です」

「正常人の臓器には、砒素など含まれていないのではないでしょうか」

「いえ、微量ながら含有されています。その基準値がないと、いくら高濃度と言っても、比較のすべがありません。特にその臓器は十年以上ホルマリン漬けになっています」

「そうなんですか」

捜査班の三島検視官が驚くのも無理はなかった。法医学では、異常値だと騒いだところで、何と比較して異常な値なのか明確にしない限り、相手にされない。

「砒素の分析をしたのは、科学警察研究所ですね」

「そうです」

「でしたら、すぐ連絡をとられて、対照群を設けるように促して下さい」

「分かりました。その結果は、先方から先生に直接報告させます。それでよろしいでしょうか。本当にお世話かけます」

そこで電話は切れた。

自宅前に報道関係者が多数張り込んで、迷惑になっている旨《むね》も伝えておくべきだったと、後になって気がつく。

科学警察研究所の副所長から電話がはいったのは夕刻だった。

「三島検視官からうかがった件についてご報告します」

どこか事務的な口調だ。自分たちのやり方に、いらぬ助言をされたと感じているのかもしれない。

「臓器中の砒素の濃度についてですが、私どもは国際基準を用いております」

「ホルマリン中の濃度の国際基準というのがあるのですか」

「いえ、正常な臓器で計測された砒素の濃度です」

相手はあくまで事務的な口ぶりをくずさない。科学警察研究所がすることに口を挟まないでもらいたい。そんな言外の雰囲気も伝わってくる。

「それでは全然駄目です。通常の臓器とホルマリン漬けになった臓器とでは、砒素濃度が異なるはずです。国際基準もあてになりません。日本人のデータを参考にする必要があります。日常の砒素摂取量は、国によって違います。あくまでも、十年以上ホルマリン漬けにされた、日本人の臓器の砒素濃度を調べるべきです」

「そこまでしなくても、国際基準があれば、私どもは大丈夫だと考えています」

相手はますます頑《かたくな》になっている。

「それでは、裁判になったとき、負けます」

「いえ、それはないと思います。国際基準ですから」

全く聞く耳を持っていない。副所長でありながら、法医学の基礎知識が欠けていた。

「そうですか。それではこちらの仕事も実りがないので、この事件での協力は、すべて白紙に戻させていただきます。その旨、所長と三島検視官に伝えて下さい」

努めて平静に言い、電話を切った。

腹が立った。何も好き好んで捜査本部に協力しているのではなかった。一医師、一専門家として、事件の解明に役立てるならと、先方からの依頼を引き受けたのだ。理屈の通ったこちらの意向が通らないのであれば、協力する必要などない。しかも、協力のために、牧田助教授のほか、本城助教授たち三人の貴重な時間も、犠牲にしているのだ。

いやそればかりではない。協力しているため、マスコミの取材攻勢にあい、自宅にも帰れない状態になっている。

そして何より、科学警察研究所の高飛車な態度が気に入らない。警察のすることに口出しするなという夜郎自大《やろうじだい》な自負が見え隠れする。

もうやめた、というのが正直な気持だった。

この事件から手を引くとなると、何かさっぱりした気持になる。段ボール箱もすべて送り返し、本城助教授たちにも、もう協力不要になった旨を告げよう。あとは本来の研究と教育に戻ればいいのだ。

牧田助教授の部屋をノックして、呼びかける。

「このカレー事件については、もう協力せず、降りることにしました」

「いったいどうされたのですか」

牧田助教授が驚いて立ち上がる。

「科学警察研究所が、こっちの言い分を全く聞いてくれない。自分たちの方針が正しい、間違いなどないという態度です。それなら勝手におやり下さい、身を退《ひ》かせてもらいますと伝えました」

「先生、いいのですか」

「これでいいですよ。あとは知ったことか、です。これまで無駄な時間を使わせて、申し訳ないです。中止して、今日はもう帰っていいですよ。すみません」

「そうですか」

牧田助教授が納得いかぬ顔で机の上を整理し始めるのを見届けて、教授室に戻る。椅子に坐《すわ》っても、腹立たしさはおさまらない。

しばらくして牧田助教授が小さな声で「お疲れ様でした」と言い、帰って行った。

これまで和歌山で世話になった、光山刑事や小野巡査にも、申し訳なかった。この事件は、最初から引き受けるべきではなかったのだ。

捜査本部と科学警察研究所が、自分たちの力で解明すればすむ事件なのだ。あれほど自信があるのであれば、やり遂げられるだろう。

身を退けば、自宅にもマスコミ関係者が寄りつかず、本来の暮らしと研究に戻れる。何の心配もない。

牧田助教授にならって机の上を片づけ、部屋を出ようとしたとき、携帯電話が鳴った。三島検視官からだった。

「沢井先生、この件から手を引かれるというのは本当でしょうか」

切羽詰まった声だった。

「本当です。今日限り、身を退きます。今までにまとめたデータは、未完成のままで返却します」

一息に答える。

「何か科学警察研究所のほうで、粗相があったのでしょうか」

「ええ、それもそうですが、家族を含め、近所の人たちにも、迷惑をかけています。家の前は、マスコミ関係者であふれています。家内は買物にも出られませんし、こちらも家に帰れないのでホテルに避難しています」

「それは、誠に申し訳ないです」

初めて聞いたというように、三島検視官の声が暗くなる。

「科学警察研究所では自分たちの方針があるようで、こちらの言い分を聞く耳なんかないようです」

「砒素の濃度の基準値のことですか」

「日本人の基準値がないと、裁判になったときに負けると注意しても、国際基準があるからの一点張りです。話になりません。そういう所と一緒に働いても、徒労です。ですので、この件は全部なかったことにしていただきます」

「分かりました。先生のおっしゃる二点については、早急に検討して改めます。ですので、決定は、もう少し待って下さい。必ず善処します」

電話はそこで切れた。

妻に電話を入れる。今日も家に帰れないのかどうか訊きたかった。

「人数は、きのうより増えています。通行の邪魔になるので、警官も出ています」

「近所からの苦情は？」

「苦情ではなくて、今のところは同情です。でもこれが続くと、このままではすまないと思います」

「もう捜査協力を断ったので、明日あたり平常に戻るのではないかな」

「断ったのですか」

「ああ、断った」

「どうしてです」

「考え方が違うので、一緒にやっていられない」

「いいのですか」

「これでさっぱりした。今夜はホテルに泊まり、明日の夜は自宅に戻る」

「分かりました」

妻はまだ納得がいかないようだった。

明日の午前中に、もう協力はしないでいい旨を、放射線科の本城助教授、血液学の岡田講師、循環器内科の大津助手に告げよう。手間をとらせて、無駄骨を折らせた点を、重々謝罪しなければならない。

基礎研究棟を出ると、桜の並木からツクツク法師の鳴き声が聞こえてきた。その声もどこか弱々しく、喘《あえ》いでいるような音色だ。

地下鉄に乗り、降りてホテルまで歩く。夕食は近くの食堂でとった。鯖《さば》の味噌煮《みそに》定食にビール一本を頼んだ。久しぶりのアルコールだった。アルコールは普段たしなまない。会合のときか、金曜日か土曜日に、妻と二人で五〇〇mℓのビールを分け合う程度だ。しかし、八月中旬にカレー事件への協力を頼まれてからは、全く口にしていない。別段決意したのではなく、自然にそうなっていた。

ホテルに戻って風呂《ふろ》を浴び、ベッドに横になった。

翌朝起きたときは、久しぶりに熟眠感を味わった。

顔を洗って、家に電話を入れる。

「おはよう。マスコミの張り込みは」

「います、います。さっき覗《のぞ》きましたけど、四組ほど、やはり交代で見張り番をしています」

「今夜は帰る。もう降りたから、向こうも諦《あきら》めて帰っていくだろう」

「大変でしたね」

前夜と違って、妻にもほっとした様子が感じられた。

朝食後、七時半にホテルを出て、タクシーで大学に向かう。着いたときには、ほとんどの教室員が出勤していた。牧田助教授も来ていて、事件の資料を片づけているようだった。

九時半過ぎ、依頼原稿を書いていたとき、教授秘書が部屋をノックした。

「沢井先生、警察の方が三人見えています」

こんな早朝に前触れもなく警察が来るとは考えられない。追い返すわけにも行かず、中にはいってもらうように言う。

「おはようございます。朝早くから押しかけて申し訳ありません」

頭を下げたのは、三島検視官で、その脇《わき》に見覚えのある加藤刑事部長も立っている。

「ごぶさたして申し訳ありません。先月、先生にご協力を頼みに来た加藤です。このたびは、私どもが先生に大変失礼なことを申し上げ、ご家族にも迷惑をかけて、実に申し訳ございません」

「こちらは、科学警察研究所所長の陣内です」

三島検視官が、小柄な白髪混じりの男を紹介する。

「陣内でございます」

男は丁重に頭を下げて、名刺をさし出した。「このたびは、うちの副所長が大変失礼なことを申し上げ、申し訳ございません。あとで私も本人から事情を聞き、全く沢井先生のおっしゃるとおりではないかと、叱《しか》りました。本人も自分の間違いを認めております。基準値は、先生の方針どおりのやり方で、出させます。先生のお気持を逆撫《さかな》でするようなことをしてしまい、おわびのしようもございません。どうかお許し下さい」

所長が深々とお辞儀をする。

「私も、話を聞いて、何たる認識不足かと、本人を叱責《しっせき》しました。専門職でありながら、情ないことを先生に申し上げ、申し訳ございません」

三島検視官も頭を下げ、すぐに刑事部長が言葉を継ぐ。

「先生のご協力がマスコミに漏れて、ご家族に大変迷惑をかけていることも、うかがいました。今日中にマスコミの取材陣が近づかないように対処致します」

「そんなことができますか」

「今朝、警察庁長官の命令で、各テレビ局と新聞社、雑誌社に通達がいくはずです。沢井教授への取材、周辺での聞き込みがあり次第、その社は、一切記者クラブや会見場には入れないことになります。もちろん福岡県警にも依頼して、先生のご自宅周辺の取材陣は排除します。ですから、この件は、引き続き、ご協力をいただけないでしょうか。先生のご協力がなければ、捜査は頓挫《とんざ》します。そうなりますと、国民を不安の淵《ふち》におとし込むことになります。ここはどうか、ご翻意いただけないでしょうか」

「お願いします」

と三人ともが頭を下げる。

秘書がお茶を持って来て初めて、立ち話だったのに気がつく。

ソファを勧めた。

「いつ福岡に着かれたのですか」

「今さっきです。一番の飛行機で参りました」

刑事部長が答える。

昨日のやりとりのあと、ひと晩明けてすぐに福岡まで駆けつけてきたのだから、よほど慌てたに違いなかった。

「大阪府警と和歌山県警の本部長からも、朝一番で謝ってくるようにと言われ、駆けつけた次第です」

茶碗《ちゃわん》を手に取りながら、三島検視官が言う。

「ここで、沢井先生に手を引かれてしまうと、私どもはどこにも顔向けができません。どうか、引き続き、ご指導をお願い致します」

三人三様の謝罪であり、慰留だった。

人体の砒素基準値をこちらの言うとおりに算出し、自宅を取り巻く取材陣がいなくなれば、もう不満はなかった。

「そういう努力をしていただくのであれば、この仕事、続けさせてもらいます。お忙しいところ、わざわざ来ていただき、恐縮です。どうぞ、お引き取り下さい」

お茶が飲み干されたのを見届けて立ち上がる。ひと息つく間もないほど多忙な三人を、これ以上引き留めるのは酷だった。

三人を送り出して、助教授室をノックする。

「牧田先生、この件、続行に決まりました。これまでどおり、お願いします」

「そうですか。せっかく乗りかかった舟ですから、最後までやりましょう」

牧田助教授の顔が急に明るくなる。

その日、自宅に帰ると、取材陣の姿は一切消えていた。警察官が角に立って、こちらを睨《にら》んでいるのみだった。

あまりの激変に、驚いていたのは妻だ。理由を説明すると、また驚く。

「一糸乱れずに、マスコミが警察の指示に従うというのも、大変な影響力ですね」

「記者クラブに出入り禁止となれば、これまた本筋の取材ができないからね。それに、自分たちも、あんな具合に、一市民に迷惑をかけるのが悪いと、分かってはいるんだろう。先を越されまいとして、押すな押すなの取材攻勢になったんじゃないかな。これが横並びとなって、逆に安心しているよ」

「よかったですね。これで安心して買物に行けます。近所の方たちにも顔向けできます」

「また不都合なことがあれば、すぐに検視官に連絡して、対応してもらう。充分承知だろうけれど、近所の人には一連の事情はくれぐれも内密にしておいてくれ」

妻にはそう言いふくめた。

17　データが訴える

翌日、循環器内科の大津助手に電話を入れた。心電図の結果を聞きに行きたいと言うと、自分が衛生学教室に来るという。申し訳なかった。

「医局の同僚たちは、ぼくが何を調べているか興味津々《しんしん》なんです。どこからか漏れるんですね。午後四時頃行きます」

約束の時間に姿を見せた大津助手は、大きな紙袋をぶら下げていた。中には、心電図のコピーがはいっている。ソファを勧めた。

「マスコミの取材攻勢にはあわなかったですか」

被害を受けていれば、平謝りするつもりだった。

「いえ、ぼくのところまでは来ません。沢井先生は、家に帰れなくて、ビジネスホテル住まいらしいですね」

「そんな話まで伝わっているのですか」

人の口に戸を立てられないの見本だった。「昨日から、無事家に戻っています。警察のほうで、マスコミに一斉通知を出したようです」

「そうですか」

大津助手が同情する。「マスコミは野次馬根性丸出しですよ。新聞からテレビまで、右にならえで、ワイドショー感覚です」

和歌山出張の際には、コソコソと泥棒猫のように移動していると言いかけて思いとどまる。言えば余計みじめになる。

「沢井先生、まずカレー事件の心電図からです」

大津助手が紙袋からノートパソコンを取り出して、中を開ける。すべてのデータと解析は、もう中に入れられていた。

「いただいた心電図は五十五人分です。そのうちの十歳未満の十名は判読が困難です。他の例では重症と軽症の違いはあっても、全員に変化が見られます。共通しているのは、T波の平低化ないし陰性化と、QT時間の延長です。出現しやすいのは、$V_2V_3V_4V_5$あたりです。経時的に心電図がとられている症例では、症状改善とともに、心電図も正常化しています。砒素《ひそ》中毒とみて間違いないです」

きっぱりと言い切り、パソコンの画面を動かす。「心電図変化の最も激しいのは、亡《な》くなった症例です。ぼくも初めて見ました」

五十五名分の心電図に、ひとりだけ犠牲者が含まれているのは知っていた。四人の犠牲者は、砒素摂取後九時間から十六時間で死の転帰をとっている。四人とも尿や臓器から砒素が検出されているので、心電図のデータは放置されたのだろう。ひとり分だけ警察が入手したのは、偶然の賜物《たまもの》だ。

「脈拍は百二十で洞頻脈《どうひんみゃく》、QRS波の幅が広く、$V_3V_4V_5V_6$でSTの低下です。T波の終わりが不明なので、QT時間は判定できません。全体としては完全な右脚《うきゃく》ブロックで、心筋障害の激しさがうかがわれます」

大津助手が溜息《ためいき》をつく。「砒素はここまで障害を与えるのですね。心臓はいうなれば最後の砦《とりで》です。毒物の影響は受けにくく作られています。それがこれですから、他の臓器の障害は相当なものだったはずです」

「摂取後九時間から十六時間での死亡ですから、大量の砒素がはいったと見ていいです」

「全体の統計をとってみると、QT延長が約五割に出ていて、発生のピークは摂取後四日から七日です。陰性T波は四割に認められ、発生のピークは四日から六日です。STの低下の発生率は二割です」

「ありがとうございます。この心電図の結果が、カレー事件の前に起こった、砒素被害者と犠牲者の分析にも役立ちます」

「牧田先生から資料をいただいて驚きました。事件の前にも被害者がいたのですね」

「そうです。現在四人のデータが揃《そろ》っています。四度砒素を盛られた和泉氏、殺されかけて今も重い後遺症のある松本氏、犠牲になった吉木氏、そして怪しいと噂《うわさ》されている女性の亭主です」

「驚きました。よくカルテが残っていたと思います。死亡例は十三年前でしょう」

「警察の執念ですよ。中には廃院になっているものもあって、空家の中を捜査員が調べて、腹部X線写真とかを探し出しています。警察の熱意には頭が下がります」

「先生はもう何回和歌山に行かれたのですか」

「まだ三回です。この半月ほどの間にです。また来週行くことになっています」

「本当にご苦労さまです。被害者の何人かはもう診察されたのでしょう」

「まだ五人しか診ていません。十二分の一です」

「これからも大変ですね」

　大津助手が同情してくれる。今後の裁判も考慮すれば、和歌山行きは二、三十回になるはずだった。

「カレー事件とは別の被害者の心電図についてです」

大津助手が本題に戻り、ノートパソコンのデータを取り出した。

「まず和泉という人のデータです。心電図のデータは三つあります。去年の九月二十四日、十月二十日、十一月十七日の分です。いずれも、S病院に入院していたときのものです。まず九月二十四日の心電図は、T波の二相性とQT時間の延長、十月二十日の心電図でもQT時間の延長とT波の二峰性およびT波の平坦《へいたん》化が認められます。しかし十一月十七日の心電図は正常です」

「九月二十四日の心電図異常と、十月二十日の心電図異常は、ひと続きのものでしょうか」

和泉氏の経過を記録した大学ノートを持ち出して、問いただす。和泉氏は去年の九月二十二日に牛丼《ぎゅうどん》を食べて具合が悪くなり、二日後S病院に入院している。さらに十月十二日に麻婆《マーボー》豆腐、十月十九日に中華丼を口にして、病状が悪化していた。

「十一月十七日の心電図が正常なので、この患者が何か心疾患をもともと持っているとは考えられません。異常を示す心電図がとられた九月二十四日と十月二十日の前に、砒素を摂取したと考えていいと思います」

大津助手の口調に迷いはない。「それに今先生がおっしゃった、二つの心電図の異常が連続的なものかという可能性は、ありません。カレー事件の被害者たちのデータからして、心電図異常が、ひと月も続いた例はありません。ですから、心電図異常は、いったん正常化したあと、再び異常になったと考えるべきです」

「なるほど。和泉氏が第一回目に牛丼に砒素を入れられたのは、九月二十二日です。その異常が二日後の二十四日の心電図に出ていると見ていいのですね」

「そうです」

大津助手が頷《うなず》く。

「そして十月二十日の心電図異常は、十月十二日と十九日に食べた砒素入り麻婆豆腐と砒素入り中華丼が反映されていると考えられますね」

「そう思います」

「これは有力な証拠ですよ。いずれ警察、ついで検察から、意見書を求められるはずです。今ので充分ですので、まとめておいて下さい」

「分かりました。次は、例の亭主の心電図に行きます」

大津助手がノートパソコンを操作して別の画面を出す。「これは三年前の八月と九月にとられた心電図です」

「そのとき、小林は続けざまに二回入院しています」

大学ノートで確かめる。「三年前の八月九日の夜遅く、嘔吐《おうと》と下痢でN病院に入院、二十六日退院、六日後の九月一日、体調不良で再入院、九月二十三日退院です」

「まず第一回目の入院です。八月十日と十七日の心電図は、両方ともQT延長、T波二峰性が見られます。しかし八月二十一日の心電図は正常です」

「となると八月十日以前の数日間に、砒素を摂取したとみていいのですね」

「そうです。二回目の入院中では、九月一日と二日の心電図は、QT延長とT波の二峰性が明白です。これが九月十三日の心電図になると、正常化しています。ですから、九月一日以前、八月二十一日以降に砒素を摂取したといえます」

「去年の入院の分では、どうでしょうか。一月三十日、やはり嘔吐でN病院に入院し、四月四日にK大病院に転院、八月三十日に退院しています」

「二月一日の心電図は、QT時間の延長、T波の二峰性と平坦化、同じく八日には、QT延長とT波の二峰性、十三日にはQTの延長とT波の二相性、十四日と十五日にはQTの延長とT波の陰性化、十六日と十七日も同様です。この頃には心不全があったのでしょう。二十二日の心電図でも、T波の二相性、陰性化、平坦化が残り、二月二十四日になって、ようやく正常化しています」

「つまり、小林はもともと正常の心臓を有していて、二月上旬から中旬にかけての心電図異常は、砒素による障害と考えていいですよね」

「いいです」

大津助手が頷く。「しかし、カレー事件の被害者のデータからして、三週間も心電図異常が続くなんて、ありえません。おかしいのは、二月一日と八日の心電図を比べると、八日のほうがT波の二峰性が目立ち、その範囲も広くなっている点です」

「悪化しているのですね」

「ええ。二月一日以前に砒素を摂取していれば、八日あたりになると、心電図上は大きな改善が見られていいはずなのに、逆に悪化しています。この患者、入院はいつでしたか」

「一月三十日です」

「そうすると、砒素摂取はその前になりますよね。でしたら、二月八日の心電図は正常に近くなっていてもよさそうですが、逆なんですよね」

「いえ、先生の分析が正しいです」

大学ノートを広げて、N病院入院直後の小林の様子を大津助手に説明する。「小林は、二度激しい吐き気と嘔吐に襲われています。一回目は一月二十九日で、これが入院のきっかけになっています。二回目は、二月六日午後、くず湯を飲んで吐き気と嘔吐に見舞われ、翌日まで続いています」

「そのくず湯は、病院で出されたものなのですか」

大津助手が怪訝《けげん》な顔をする。

「いいえ。この入院には、小林の付き人のような役目をしていた和泉氏が、ずっと付き添っていたので、彼の供述調書がとられています。それによると、一月三十日に入院した小林は、体調が良くなったので、担当医から二月七日の退院を打診されて、いちおう決まっていたようです。それで二月六日の昼、一時帰宅し、妻の真由美の作ったくず湯を飲み、二十分後に吐き気に襲われ、病院に戻っています。それで、退院の話は取り消しになっています」

「それなら、二月八日の心電図が悪化しているのも理解できます」

大津助手が暗い表情のまま続ける。「要するに、患者の妻は、入院を長びかせるために、再度砒素を盛ったというわけですか」

「そうなります」

「それは、死んでも構わないということでしょうか」

「そうでしょう」

頷くしかない。「死ななくても、入院が長びけば、入院給付金がはいりますし、高度障害保険金も舞い込んできます」

「どのくらいの額なんですか」

大津助手の疑問も当然だった。

「入院給付金は一日四万円です」

「するとひと月百二十万ですか。大した金額ですね」

「死亡保険金は、四口合わせて一億四千万円です。死なないで高度障害になっても、死亡と同様の保険金がはいるような契約になっています」

「どっちに転んでも、妻のほうにはたっぷり金がはいるのですね。死ぬ前に、入院が長びけば長びくほど、受け取る金額は大きくなります」

大津助手は最後には怯《おび》えたような表情になった。

「大津先生、本当にありがとうございました。カレー事件の被害者、和泉氏、松本氏、そして小林と、四件のデータを一応まとめておいて下さい。警察から正式な要請があると思います。もちろんこれは口外無用です」

「もちろんです」

大津助手が苦笑する。「でもぼくがちょっとだけ首を突っ込んでいるのは、医局のみんなも知っています。きのうT教授からも、あの件はうまくいっているかね、と訊《き》かれたくらいです。はいとだけ答えましたけど」

「それでいいです」

「でも沢井先生、犯罪の解明に役立つなんて、心電図の九十五年の歴史でも、初めてではないでしょうか」

「初めてかもしれません」

「そう考えると、何か気持が引き締まります」

この仕事をやっかいに思うどころか、真剣に取り組んでもらっているのがありがたかった。

大津助手を送り出したあと、六時になるのを待って、放射線科の外来に足を向けた。本城助教授も自分から衛生学教室に行くと言ってくれた。しかしこちらにはレントゲン写真を見るシャウカステンがないので助教授室に出向くと言ったが、その申し出は断られた。

「沢井先生にわざわざ来ていただくと、教室員たちが聞き耳を立てます。六時に放射線科の外来ではどうでしょう。もう外来患者もスタッフも、大方いないでしょうし」

本城助教授が言ったとおり、放射線科の外来は照明が消されていた。廊下の奥から助教授がワゴンを押して来るのが見えた。

「沢井先生、ここなら安心です」

助教授が診察室のドアを鍵《かぎ》で開ける。机と診察台、シャウカステンがあるだけの小部屋だ。

「迷惑かけます」

まずは骨折りをねぎらった。

「先生、迷惑どころか、貴重な勉強をさせてもらっています。砒素中毒の腹部単純写など、そう簡単には見られません。大部分の放射線科医は、これを見ないままで終わるでしょうからね。沢井先生、どれからいきましょうか」

「カレー事件の被害者、ついで和泉氏、松本氏、最後に小林の順でお願いします」

「分かりました」

本城助教授がワゴンの上のX線写真を並べ替える。袋に付箋《ふせん》が貼《は》られ、患者名と日付が記入されていた。

「被害者は確か六十三名ですよね」

「そうです」

「加えて犠牲者が四名。そのうち腹部単純写真が撮られたのは、犠牲者の一名と被害者の十一名です。その全例に、粟粒大《ぞくりゅうだい》の陰影が見られています」

本城助教授が最初の一枚をシャウカステンに挟む。「これが犠牲者の腹単です。点状の白い陰影が腹腔《ふくこう》内に散らばっています」

なるほど、通常は見られない大小の白点が十個ほど、目視できる。針先程度の小さな点から、鉛筆の先くらいの比較的大きい点まで、さまざまだ。

「これはゴミではないですよね」

「それはないです。撮影や現像の際、ゴミなどの異物は極力排除します。腹単を見慣れている医師であれば、この点状陰影は見逃しません」

本城助教授はシャウカステンに次々と写真を挟んでいく。白点の数は三、四個から十数個とバラツキがある。

「生体によく見られる石灰化ではないですよね」

「こういう場所にこういう石灰化はありえません。砒素の結晶です。問題は、カレーの中に入れられた砒素が、そのまま結晶で残るのかどうかです。鍋《なべ》の中のカレーは当然温められていますよね」

「カレー鍋に砒素、この場合は亜砒酸ですが、入れられたのは昼頃で、そのあと五時間くらいカレーの中にあったことになります。そして最後に一時間ほど、コンロの火で温め、かき混ぜながら煮込んでいます」

「亜砒酸の結晶が、その間に溶解したかどうかですね」

当然の疑問だった。

「ほとんど溶解していたのではないでしょうか。食べてからすぐ吐き気と嘔吐が始まったのも、そのためです。亜砒酸の結晶のままであれば、症状発現までに、もっと時間がかかります」

「でも、全部が溶けるとは限りませんよね」

「溶けなかった部分があったのではないでしょうか」

「それはそうです」

助教授は頷き、見終わった写真をワゴンの下の棚に置いた。

「次が和泉氏の写真です。これは、去年九月の分と十月の分があります」

「九月は牛丼、十月は麻婆豆腐と中華丼の中に砒素が入れられています」

「まず九月二十四日の腹単と胸写です」

助教授が二枚の写真をシャウカステンに挟む。「胃と小腸に、かなりの量の液体が貯留しています。通常こういう場合は、ひどい下痢をきたしているときです。問題は、胃の内部に見える白い点状陰影です。砒素の結晶ととってもいいでしょうが、断定はできません」

本城助教授は別のシャウカステンに、十月二十日に撮られた胸写と腹単を並べる。

「胸写の胃の部分に、やはり白い点状陰影がかなりはっきり写っています。九月二十四日のものとは、明らかに異なります。陰影の位置が違うので、組織の石灰化ではありません。異物として間違いありません。

腹単のほうでは、小腸内の液体貯留が明らかで、相当下痢をしていたと思われます。白い点状陰影が三ヵ所認められます」

「これも小腸壁の石灰化ではないですね」

「先生の疑問は当然です」

助教授はシャウカステンの空いている部分に、CTスキャンの写真を挟む。「十月十六日に撮られたこのCTスキャンでは、白い点状陰影は見えません。石灰化であれば、写っているはずなんです。従って、これらの腹部単純写の点状陰影は、異物であると断定できます。砒素を摂取しているのであれば、砒素の結晶です」

「亜砒酸ですね。ありがとうございます」

「砒素の写真を見るのは、ぼくも初めてです。非常に貴重な写真です」

本城助教授は、九月のレントゲン写真をはずして、別の胸部単純写を掲げた。「こちらは、今年三月二十九日のものです」

「その前日、和泉氏はうどんを食べて、四回目の嘔吐と下痢を起こしています」

「胃の部分に、やはり白い点状陰影があり、十月十六日のCTスキャンフィルムには写っていません。これも石灰化ではなく、異物です。つまり砒素の結晶です」

きっぱり言ったあと、シャウカステンの写真を元の袋の中に丁寧にしまいこむ。

「次は松本氏の写真です。十年以上も前の写真が、よく保存されていたと感心します」

「十一年前の二月十四日に、お好み焼きを食べて、半身不随になり、十ヵ月間入退院を繰り返して、何とか歩けるようになるまでさらに三年かかっている症例です」

「やはり重症ですね。それに見合うだけの異常所見が見られます」

助教授が腹部単純写をシャウカステンに挟む。「胃の粘膜面に白い液体が付着しています。そのため胃壁のひだが非常に見えやすくなっていて、バリウム検査をしたのと同じ状態になっています。普通の単純写では、絶対にありえません」

なるほど胃の形が白く浮き出ている。助教授は輪郭を指でなぞりながら続ける。

「胃から十二指腸にかけて、白い点状陰影が多数散らばっています。このあたりは組織の石灰化は稀《まれ》なので、異物と考えるべきです。摂取したのが砒素であれば、その結晶でしょう」

「やはり」

　松本氏には心電図が残されていないので、貴重な客観的証拠だ。

「しかし先生、十年も前に既に被害者がいたなど、びっくりしました。この患者はカレー事件がなければ、全く埋もれたままですよね」

「この患者は、先月、和歌山で診察しました。現在でも重篤《じゅうとく》な多発ニューロパチーを示しています。実に気の毒です」

「この腹部単純写の異常所見に、病院側は気づいていなかったのでしょうか」

「診療録を見るかぎり、気づかれていません。残念ながら」

「無理もないでしょうね。よほど腹単を見慣れている者でないと、変に思わないでしょうし。仕方ないです」

　助教授は担当医をかばう言い方をした。

「最後に小林の分をお願いします」

「これにも驚きました。マスコミがあれこれ騒ぎ立てていますけど、やはり怪しかったのですね。彼のX線写真は、去年のものと三年前のがあります」

　本城助教授が腹部X線写真とCTスキャンをシャウカステンに掲げる。

「三年前の八月十日の腹単では、左右の腸骨や仙腸関節に重なった部分に、白い点状陰影が見えます。小林の入院はいつでしょうか」

「八月九日にN病院に入院しています。午後六時過ぎに嘔吐が始まって、真夜中近くの入院です」

「そうすると、胃から小腸に異物が移動していると考えてもいいです。こちらのCTスキャンは八月十四日に撮られています。やはり上行《じょうこう》結腸や下行《かこう》結腸の付近に、白い点状陰影があります。ところが、八月十七日の腹単になると、点状陰影が消えています。やはり石灰化ではなく異物です」

助教授が写真をかけ直す。「こちらは去年一月三十一日の腹単です。下行結腸部分に白い点状陰影があります。それが二月十九日の腹単になると、全く消えています。このときの患者は、どういう状態だったのですか」

「三年前よりも重症で、危篤寸前とみていいのではないでしょうか。N病院入院のあと、四月には大学病院に転院して、結局退院は八月末です」

「この患者を診察なさったのですか」

助教授が向き直って訊いた。

「していません。本人が診察を拒否しているようです。警察側の医師に診察されては都合が悪いのでしょう」

「やっぱりやましいところがあるのですね」

本城助教授の疑念は当然だった。

「被害者でもあり共犯者でもあり、加害者でもあるのでしょう。いずれそのあたりは、今後はっきりしてきます。ともかく、本城先生、ありがとうございます。先程の所見をまとめておいて下さい。後日、意見書の依頼があるはずです」

「分かりました」

「症例数が多いので、申し訳ないです」

「いえいえ。それよりも、先生からこんな機会を与えてもらったのが嬉《うれ》しいです」

本城助教授は大津助手と同じ感想を述べてくれた。


第一内科血液学の岡田講師が、衛生学教室までわざわざ出向いてくれたのは、九月十一日金曜日の夕方だった。大柄な身体《からだ》で息を継ぎ、資料を入れたキャリーバッグを開いて、大学ノートを取り出した。

「沢井先生、貴重な勉強をさせていただきました」

それが岡田講師の第一声だった。「こういうデータを経験した内科医は、血液学を専門にしていても、そうざらにはいないと思います」

　大津助手や本城助教授と異口同音の言い方に胸を衝《つ》かれる。昭和五十四年卒の本城助教授、五十七年卒の大津助手と比べ、岡田講師は四十八年卒で、三人の中では最古参だった。それだけに教室の仕事は膨大で、本来ならこんな事件に時間をさく余裕などないはずだった。

「このところ新聞でもテレビでも、カレー事件の話でもちきりでしょう。毎日の報道を見ながら、自分もその渦中にあるのだなと、つくづく思いました。もちろん、このことは口外できませんけど」

「教室員は気がついていませんか」

「いいえ。知っているのはN教授だけです。しかし会っても、この話は一切しません」

「助かります」

「沢井先生のほうは、取材攻勢で大変な目にあわれているのではないですか」

「今は止《や》んでいます。一時はビジネスホテルに寝泊まりしていました」

「やはり」

　岡田講師が頷く。「まずカレー事件からいきます。被害者の六十三名中、白血球数が基準値を下回ったのは二十九名です。うち十七名は、一過性に白血球数が増加したあと、基準値以下になっています」

「その変動の時間的変化はどうなんでしょう」

「砒素摂取後一日二日は増加します。四日目頃から減り始め、その低値は十日から十二日頃まで続くとみていいです。白血球の中でも、好中球《こうちゅうきゅう》の減少が顕著で、相対的に好酸球《こうさんきゅう》が増加している例もありました。

次に変化が出ているのは、血小板です。十五名が基準値を下回っています。経時的にみると、最初の一、二日は増加しても、四日目頃から減少に転じて、やはり十日から十二日続きます。そのあと、ほとんどが三週間以内に正常化しています」

「やはり砒素が造血作用に障害を与えるのですね」

「そう考えていいです。白血球や血小板と違い、赤血球は一部症例で一過性に減少しても、軽度です。貧血までは呈していません。以上がカレー事件の要約です」

「ありがとうございます」

「次はどれにしましょうか」

岡田講師が訊く。

「和泉氏のデータをお願いします」

岡田講師は頷いて、大学ノートをめくった。

「先生、これは本当に貴重なデータでした。病院側は、よくぞ末梢血《まっしょうけつ》や骨髄血の標本プレパラートを作製したと感心します。今年四月一日の分です」

それは和泉氏が三月二十八日、砒素入りのうどんを食べて、N病院に入院になったあと、W労災病院まで行って採取されたものだ。和泉氏にとっては、四回目に摂取した砒素であり、入院後はせん妄状態を示していた。

「末梢血では、白血球数が激減しています。特徴的なのは巨大血小板の出現です」

「どういう意味をもっているのでしょうか」

「これはもう、造血障害が顕著なときに出てきます。骨髄血の標本でも、有核細胞が正常人の四分の一、あるいは五分の一程度に減少しています。それに赤芽球《せきがきゅう》に大きな変化が生じています」

赤血球にはもちろん核がない。しかしその前駆体の赤芽球には核がある。岡田講師は続けた。

「まず赤芽球の核の異常ですが、いくつにも分断されている核崩壊像、それに左右に核が二つある多核赤芽球が見られます。胞体の異常としては、好塩基性斑点《はんてん》がありまます」

「その好塩基性斑点というのは、鉛中毒で出てきますよね」

「そうです、そうです。文献を検索して調べてみたのですが、砒素中毒による血液障害でも出現すると指摘している論文が、いくつかありました」

「その他に鑑別疾患はありますか」

質問に対して、岡田講師が頷く。

「こういう核形態や胞体の異常は、骨髄腫瘍《しゅよう》と骨髄異形成症候群でも出てきます。これらを除外するために、鉄染色とPAS染色の標本プレパラートも作られています。鉄染色で環状鉄芽球《てつがきゅう》は認められないので、骨髄異形成症候群は否定できます。PAS染色でも、骨髄腫瘍を疑わせる所見は認められません」

「いずれにしても、その二つは、数日で発症し、数週間で正常化するような病気ではないですよね」

「ええ、経過からみても否定できます」

岡田講師が顎《あご》を引いて説明を続ける。「血小板系列の変化としては、末梢血で見られた巨大血小板が骨髄部にもあり、血小板を作る骨髄巨核球《きょかくきゅう》も減っています。胞体をもたない骨髄巨核球も混じっています。

白血球は全体に占める割合が減っていて、巨大化好中球や、核が不均等に分離している好中球がありますし、正常では出現しない封入体も認められます。

好酸球では、核が不均等に分割しているものがあって、胞体が不均一な好酸球顆粒《かりゅう》分布不均一も指摘できます。いずれにしても著明な造血障害です」

説明し終って、岡田講師は大きく息を吸った。

「これらの異常が、その後の末梢血の検査では、徐々に正常化してくるのですよね。和泉氏は、今年三月二十九日にN病院に入院し、四月十一日に退院、四月十六日にW県立医大の輸血部を外来受診、二十八日にやはりW県立医大の神経精神科を外来受診しています」

「そのN病院では、幸い毎日のように血液検査がされています。その経過をみても、白血球、血小板ともに徐々に回復しています。よくぞ命が助かったと思います」

岡田講師が沈痛な表情になる。

「この入院の前、和泉氏は、去年の十一月から今年の三月上旬にかけて、四回も睡眠薬を飲まされ、そのたび、意識消失あるいは交通事故を起こしているのです」

「砒素だけでなく、睡眠薬もですか」

講師が驚く。

「睡眠薬が始まったのはおととしの七月で、去年の一月まで五回、そのあと少し空白があって、去年の九月から十月まで三回の砒素中毒、そして九月から今年の三月まで五回の睡眠薬被害、最後が三月二十八日の砒素中毒なのです」

「先生、実際に本人を診察されたのですか」

「しました。筋肉と神経系に後遺症が残っています。命に別状はありません」

「動機は生命保険ですか」

新聞とテレビで事情はいくらか知っているのだろう、講師が訊いた。

「死亡保険金は十一口、合計約二億です」

「二億」

「岡田先生、この話はここだけにしておいて下さい」

「もちろんです」

講師は微笑し、もとの真顔に戻った。「これだけ貴重な血液像の変化があっても、砒素中毒が全く頭になければ、医療側も診断はつけられません。豚に真珠のようなものです。診療録の要約によると、血液標本を作成したW労災病院は、HIVウィルス感染だと考えていたのですね。しかし三日後、HIVウィルスは陰性と分かって、それから先は、お手上げ状態です。一方、W県立医大の輸血部では、薬剤性のものを疑っていたようです。これも、それ以上は追究していません」

「この頃、和泉氏自身、自分の病気は何かと、何度も訊いていた様子が看護記録には残っています」

「生き証人ですよ。もし亡くなっていたら、カレー事件の解明も進まなかったのではないですか」

　さすがに岡田講師は死亡寸前の血液像を見ているだけに、実感のこもる言い方をした。

「全くそうです。この和泉氏が捜査の起点になっています」

「先生、次は小林という患者の血液像です」

　岡田講師はノートをめくった。「病歴の要約を読むと、このあたりの経過は複雑ですね。去年の一月三十日にN病院に入院して、二月五日に主治医が二日後の退院を決めたあと、二月六日に病状が急変して、退院が取り消しになっているようです。そうですよね」

「そうです、間違いないです」

「一月三十一日と二月五日の血液検査は、やや白血球数が低いものの、血小板は正常です。ところが、二月七日のデータでは、白血球のほうは一万一一〇〇に急上昇し、二月九日に三五〇〇と低くなって、その後は基準値以下で推移しています。

　血小板のほうは、二月七日に下がりはじめ、十一日には基準値以下になって、その後も低値がしばらく続いています。その他、BUNやクレアチニンも、二月六日を境に上昇、GOTとGPTも値が上昇して、腎臓《じんぞう》と肝臓の機能低下が明らかです。二月六日に、砒素を摂取したのは否定できません。沢井先生、まさかこの男、自分で砒素を飲んだのではないでしょうね」

思いがけない質問だった。入院を長びかせるために、亭主自ら病状を悪くする手も考えられなくはない。

「この頃、入院中の小林の世話をしていたのが和泉氏です。体調が回復していたので、和泉氏が付き添って外出で自宅に帰っています」

「普通なら、亭主の入院中の世話は女房がするものでしょう」

岡田講師が口をとがらす。

「そういう普通の夫婦ではないようです。自分は家で、四人の子供の世話で忙しいのでしょう。入院中も小林は汚れたパジャマのままだったらしいです。二月六日の昼過ぎ、小林は和泉氏と一緒に自宅に戻り、妻の真由美が作ったくず湯を飲んでいます。二十分後に気分が悪くなって、病院に戻り、退院は延期です。

一週間ほどしてせん妄が出現しています。小林が点滴のチューブを抜いたり、徘徊《はいかい》したりで、和泉氏の手に負えなくなって、真由美に手助けを頼んでいます。しかし真由美は自分では病院に行かず、知人を助っ人によこしています」

「知人をですか」

「小林の麻雀《マージャン》仲間ですよ。それで二人で小林の付き添いを始めたのですが、夜中に大声で叫び、両隣の部屋の患者から苦情が出て、個室から、六人部屋に移されています。六人部屋のひとり使用です。この頃、担当医は、一応覚悟しておくようにと、和泉氏たちに言っています。夜の付き添いは、小林のいとこがするようになっています」

和泉氏の供述調書には、そのあたりの経緯が生々しく記載されていた。

「つまり、女房のほうは一切近づいていないのですね」

「近づかないのは、やっぱり後ろめたかったからではないですか。小林が、女房との合意のうえで砒素入りくず湯を飲んでいれば、女房も少しは顔を出してもいいはずです」

憶測ではあったものの、正直な感想を岡田講師に伝えた。

「退院が延びたとして、一日の入院給付金はいくらくらいなのですか」

もっともな疑問だった。

「四社合計で四万円です」

「ひと月で百二十万円ですか。私の月給の三倍です」

大学に勤務する医師の給与はさして高額ではなく、岡田講師の言葉に嘘《うそ》はないはずだった。教授の年俸も、五十歩百歩と言えた。

「沢井先生、死亡した場合の保険金は、どのくらいなのですか」

「四社合計で一億四千万円」

「えっ」

岡田講師が絶句する。

「ここだけの話ですが、死ななくても、高度障害が残れば、死亡したときと同額の保険給付金が貰《もら》えます。ですから夫妻は、これで一億四千万を受け取っています」

「しかし、高度障害というのは、ほとんど寝たきり状態を言うのじゃないですか。テレビの映像を見る限り、彼は歩いていますよ」

「ですから、詐取《さしゅ》です。まずリハビリ担当者、整形外科の主治医に金品を贈って、一級の身体障害者認定用の診断書を作成してもらい、それをテコにして保険会社にかけ合い、保険金をだまし取ったのです。診療録をみても、その頃の小林はトイレも自分で行け、衣服の着脱もできていたので、高度障害は噴飯ものです」

言わずもがなと思いつつ、口にしてしまう。

「一級の診断書を書く医師も医師ですね」

納得がいかないという顔だ。

「袖《そで》の下のおかげでしょう」

「しかし、高度障害でない患者を高度障害にするというのは、虚偽の証明書です。いうなれば医学の敗北ですよ。こんなことが世間に知れたら、医学界全体が笑いものになります」

「たぶん、小林のほうも、夫婦して相当な芝居をしたはずです。そのくらいやりかねない夫婦です。例えば、皮膚の感覚を調べようとして医師が針で刺しても、痛いのを我慢して、じっとしていたり、足の関節を曲げられると、痛いと言って悲鳴を上げたりです。一億の金を貰うためには、そんな芝居くらいお安いものだと思います」

岡田講師をなだめるつもりで言う。

「沢井先生、考えてみれば、私たちがやっていることは、逆のことですよね。本物の医学の力で犯罪をあぶり出しているのですから、これこそ医学の勝利でしょう」

講師の顔がうっすらと赤味を帯びる。

「そう言っていただけると嬉しいです。岡田先生、いずれ警察と検察から正式な意見書要請が来るはずですから、所見をまとめておいて下さい」

「分かりました。そして一切、口外無用ですね」

最後は笑みを浮かべて言う。

岡田講師を送り出し、後姿を見送ったときも、講師の言葉が耳に響いていた。本物の医学の力で犯罪をあぶり出す――。まさしくこれこそが、この膨大な仕事の意義に違いなかった。

（下巻につづく）

帚木蓬生著

閉鎖病棟

山本周五郎賞受賞

精神科病棟で発生した殺人事件。隠されたその動機とは。優しさに溢れた感動の結末――。現役精神科医が描く、病院内部の人間模様。

帚木蓬生著

風花病棟

乳癌と闘う泣き虫先生、父の死に対峙する勤務医、惜しまれつつも閉院を決めた老ドクター。『閉鎖病棟』著者が描く十人の良医たち。

帚木蓬生著

白い夏の墓標

アメリカ留学中の細菌学者の死の謎は真夏のパリから残雪のピレネーへ、そして二十数年前の仙台へ遡る……抒情と戦慄のサスペンス。

帚木蓬生著

三たびの海峡

吉川英治文学新人賞受賞

三たびに亙って〝海峡〟を越えた男の生涯と、日韓近代史の深部に埋もれていた悲劇を誠実に重ねて描く。山本賞作家の長編小説。

帚木蓬生著

蠅の帝国

―軍医たちの黙示録―

日本医療小説大賞受賞

東京、広島、満州。国家により総動員され、過酷な状況下で活動した医師たち。彼らの慟哭が聞こえる。帚木蓬生のライフ・ワーク。

帚木蓬生著

蛍の航跡

―軍医たちの黙示録―

日本医療小説大賞受賞

シベリア、ビルマ、ニューギニア。戦、飢餓、病に斃れゆく兵士たち。医師は極限の地で自らの意味を問う。ライフ・ワーク完結篇。

悲《ひ》素《そ》（上）

新潮文庫　は－7－26

平成三十年二月一日発行

著者　帚《ははき》木《ぎ》蓬《ほう》生《せい》

発行者　佐藤隆信

発行所　株式会社　新潮社

郵便番号　一六二―八七一一
東京都新宿区矢来町七一
電話　編集部(〇三)三二六六―五四四〇
　　　読者係(〇三)三二六六―五一一一
http://www.shinchosha.co.jp

価格はカバーに表示してあります。

乱丁・落丁本は、ご面倒ですが小社読者係宛ご送付ください。送料小社負担にてお取替えいたします。

印刷・大日本印刷株式会社　製本・憲専堂製本株式会社

ISBN978-4-10-118826-3　C0193